西条陽

イラスト
Re岳

I'm fine with
being the
second girlfriend.

3

volume
three

わ

でいいから。

contents

「司郎くんは私の彼氏だからね。
それ、忘れないでよ」

橘さんは、ワンピースをひとやま抱えると、
鼻歌まじりに試着室に入っていった。

「なんで……なんで橘さんの彼氏とかいうの？」

今度は早坂さんの番だった。

「桐島くんは私の彼氏でしょ？　私だけの彼氏でしょ？」

もう前提条件から崩壊しているが、
早坂さんがそうだというならきっとそうなのだ。

「ねえ桐島くん、キスしたよね
橘さんとは……したよね

「ホントは今日ずっとこうしたかった」

早坂さんが試着室に入っていったときのこと。

「私以外の女の子とあんなことしないでよ……」

橘さんは、背伸びしてくちびるを押しあててきた。

一秒にも満たないとても短いキスだ。

しかし店員さんはしっかりみていて、驚愕の表情を浮かべる。

そりゃそうだ。彼女が試着室に入っているときに、店先で別の女の子とキスする男はかなりヤバい。

「私は彼女なんだから、上書きしないといけないよね？」

わたし、
二番目の彼女
でいいから。
3
volume
three

第18話　弱いから

放課後、橘《たちばな》さんと一緒《いっしょ》に帰っている。

彼女の吐《は》く息は白く、頰《ほお》も冷たそうだ。しかし――。グレーのピーコート、オフホワイトのチェックのマフラー、冬がよく似合っている。

「橘《たちばな》さん、不機嫌《ふきげん》だろ」

「わかってるじゃん」

橘《たちばな》さんはこっちをみずに、すねた顔でいう。

「彼氏彼女《かれしかのじょ》なんだから手くらいつなごうよ」

さっきから橘《たちばな》さんは、自分のコートのポケットに突《つ》っ込んだ手を、となりにいる俺の手の甲《こう》にぽんぽんと当ててきていた。

「いや、ここ通学路だし」

「別にいいじゃん」

「俺が橘《たちばな》さんのポケットに手を突《つ》っ込むのか？　せまいだろ」

「そのほうがあったかいよ」

「普通《ふつう》、男のコートにおじゃまするんじゃないのか？」

「司郎《しろう》くん、コート着てないし」

「じゃあ、俺がコート着てるときにしよう」

「往生際がわるい」

橘《たちばな》さんは片眉《かたまゆ》をつりあげ、怒《おこ》ったように体をぶつけてくる。俺が押し返して、ぎゅうぎゅうとせめぎ合う。

「手つないで帰ろうよ」

「待て、早まるな」

「司郎《しろう》くんの手、冷たそう」

「大丈夫《だいじょうぶ》だ。俺は意外と血行がいい」

「理屈《りくつ》こねて逃《に》げようとするの、好きじゃないな」

「でも――」

俺は背後を振《ふ》り返《かえ》っていう。

「ギャラリーがいるんだよなあ」

後ろを歩く一年女子の集団が好奇《こうき》心《しん》いっぱいの顔つきで、こちらをみていた。

彼女たちのミーハーな声がきこえてくる。

「橘《たちばな》先輩《せんぱい》やっぱかわいい～」

「あいかわらず熱々だね」

「またキスしてくれないかなあ」

文化祭のステージ、カップル選手権で逆転優勝からの橘《たちばな》さんの熱烈《ねつれつ》なキスはインパクト抜群《ばつぐん》で、今もふたりで歩いているだけで騒《さわ》がれるし、注目される。

「ここで手をつないだら、恥《は》ずかしいだろ」

「今さらそんなこと気にしないでよ」

「そうはいうけど」

「……………コンビニ寄る」

手をつなぐ気がないとわかり、橘《たちばな》さんの機嫌《きげん》がさらにわるくなる。

俺は橘《たちばな》さんの機嫌《きげん》を取るため、コンビニで彼女の好きな雪見だいふくを買う。店をでて歩きだしたところで手渡《てわた》そうとするが、橘《たちばな》さんはポケットに手を突《つ》っ込んだまま受け取らない。

そして、すねた顔のまま小さく口をあけた。

「いや、それは手をつなぐよりも恥《は》ずかしいだろ……」

俺はまた振《ふ》り返《かえ》る。

一年女子の集団もコンビニに寄ったものだから、しっかりと後ろにいて、期待に満ちた視線でこちらをみていた。

「じゃあ、もういいよ」

橘《たちばな》さんはそっぽを向く。

「他人の目ばかり気にしてさ」

「ごめん」

「もっとすっきりした感じがいい」

たしかに橘《たちばな》さんの感性からすれば、こういう半端《はんぱ》な感じは好みじゃないだろう。本来的に気持ちのままに振《ふ》る舞《ま》うストレートな女の子だ。

俺が、橘《たちばな》さんの性格を曲げてしまっている。

「よくないのは俺だな」

俺は少し反省する。そして覚悟《かくご》というほどのものではないけど、小さな決意をして、プラスチックの楊枝《ようじ》で雪見だいふくを刺《さ》す。そして橘《たちばな》さんの口元に近づけた。

「いいの？」

「ああ。たしかに人目を気にしてあれをするこれをしない、っていうのはなんかちがうし。それに、橘《たちばな》さんが自然なスタイルでいられるほうが俺もいい」

「じゃあ」

といって橘《たちばな》さんがちょっとだけ頰《ほお》を赤くしながら、小さな口をあける。

「あ〜ん」

「はい、あ〜ん」

俺はそういって、橘《たちばな》さんの口に雪見だいふくを運んだ。もうひとつを橘《たちばな》さんが俺に「あ〜

ん」して食べさせてくれる。

当然、後ろから「きゃ〜」という期待通りのリアクションがとんできた。

「いいね」

橘《たちばな》さんは満足そうに笑う。

「じゃあ、手もつなぐか」

俺はそういって橘《たちばな》さんのポケットに手を突《つ》っ込む。

橘《たちばな》さんは驚《おどろ》いた顔をするが、すぐに俺の手を握《にぎ》ってくる。思いのほか握《にぎ》る力が強くて、橘《たちばな》さんが喜んでいるのがわかる。でも——。

「司郎《しろう》くん、もっとしよ」

「なにを？」

「好きだよ」

次の瞬間《しゅんかん》、橘《たちばな》さんはつないでないほうの手で俺のネクタイを引っ張り、顔を引き寄せ、キスをしてきた。冬の空気でよく冷えたくちびるが強く押しつけられる。

橘《たちばな》さんのガラス玉みたいな瞳《ひとみ》は、このくらい当然でしょ、と語っていた。

後ろから、一年女子の大歓声《だいかんせい》があがる。

「橘《たちばな》さん、サービスしすぎだ」

「このくらいやらないと」

「劇場型なんだよなあ」

美しくて、なんでも絵になる女の子。そして——。

「司郎《しろう》くん、走ろっか」

突然《とつぜん》そんなことをいう。理由をきいても、「なんか、そういう気分」としかいわない。

橘《たちばな》さんはポケットから手をだし、俺の手を握《にぎ》ったまま走りだす。

俺もつられて走りだす。なぜか後ろの一年女子たちも走ってついてくる。

映画監督《えいがかんとく》が「アクション！」と音を鳴らしたように、俺と橘《たちばな》さんのアオハル劇場が、映画のフィルムのようにまわりだす。

◇

翌日から橘《たちばな》さんは遠慮《えんりょ》をしなくなる。ストレートに全力彼女。行き帰りは校門の前で俺を待ってるし、休み時間になると俺の席にやってくるし、俺のジャージを羽織って体育の授業にでてジャージの匂《にお》いばかり嗅《か》いでいたりする。

「みんなにバカっていわれる」

「彼氏《かれし》バカ、だろ」

「うん」

橘《たちばな》さんは爽《さわ》やかに笑いながらうなずく。

「私、そんなに司郎《しろう》くんにのぼせてるかな？」

「橘《たちばな》さんがしてるそのネクタイは？」

「司郎《しろう》くんの」

「その背負ってるカバンは？」

「司郎《しろう》くんの」

「今なにしたい？」

「キスしたい」

俺たちは学校帰りにクレープ店によって、路上で食べている。橘《たちばな》さんは俺の口元についた生クリームを指でとって舐《な》め、満足そうに笑う。

走りだした俺たちは誰《だれ》にもとめられない。

プリクラもとるし、おそろいのストラップもつけるし、一緒《いっしょ》に勉強するといってマックにいって結局ずっとおしゃべりをする。

自転車ふたり乗りで「わ～！」と堤防《ていぼう》を走ればアオハルは加速していく。

頭のなかでロックバンドのアップテンポな曲が流れだすテンション。

遊園地にいって観覧車に乗るし、カフェにいって生クリームを盛りすぎてパフェみたいになったコーヒーも飲むし、古本市にいってちょっと知的なデートだってする。

「今日はカラオケがいいな」

「俺、歌下手なんだよなあ」

「私、司郎《しろう》くんの歌好きだよ」

で、いざカラオケにいくと音楽が得意な橘《たちばな》さんのオンステージで、俺はずっとタンバリンを叩《たた》きつづける。俺が「タンバリン係かよ～」っていうと橘《たちばな》さんは脈絡《みゃくらく》なく「好き」といって抱《だ》きついてくる。

流星群をみにいった夜、お母さんに黙《だま》ってこっそりマンションを抜《ぬ》けだしてきた橘《たちばな》さんは、わかりやすくはしゃいでいて、最高にロマンチックでかわいい彼女になる。

そして、この頃《ころ》になると橘《たちばな》さんは女子のあいだで人気者になっている。

これまではクールな外見から近寄りがたいイメージだったけど、文化祭のステージ以降、恋《こい》する普通《ふつう》の女の子であることが明らかになり、みんなフレンドリーに接するようになった。女子たちは親しみをこめて『彼氏《かれし》好きすぎ彼女』として橘《たちばな》さんをいじる。

『納得《なっとく》いかない』

スマホ越《ご》しに橘《たちばな》さんがいう。

夜、俺はベッドのなかで通話していた。橘《たちばな》さんは通話状態のまま互《たが》いの寝息《ねいき》をききながら眠《ねむ》るのが好きだ。

『みんな私のことヤキモチ彼女っていう。全然そんなことないのに』

「橘《たちばな》さんがジトッとした目でみてくるから桐島《きりしま》に話しかけづらい、って酒井《さかい》がいってたぞ」

『……』

スマホのむこうからもぞもぞと動く音がする。寝間着《ねまき》姿で布団《ふとん》にくるまり、すねた顔をする橘《たちばな》さんを想像する。

『……ヤキモチやかせる司郎《しろう》くんがわるい』

「俺のせい？」

『今日も女の子たちと楽しそうにおしゃべりしてた』

最近、クラスの女子たちがやたらと俺にかまってくる。でも――。

「あれ、橘《たちばな》さんのリアクション待ちだからな」

女子が俺に話しかける。教室にきた橘《たちばな》さんが遠くからそれをみる。女子が俺を小突《こづ》いたりスキンシップをしたりする。たまりかねた橘《たちばな》さんが近づいてきて、『私の司郎《しろう》くんなんだけど……』と不安そうな顔でいう。女子たちが普段《ふだん》とギャップのある橘《たちばな》さんをみて『かわい〜』と大喜びし、『大丈夫《だいじょうぶ》、桐島《きりしま》は橘《たちばな》さんのものだよ』と頭をなでて慰《なぐさ》めるところまでがワンセットだ。

『みんないじわるだ』

「愛されてるんだよ」

それでも橘《たちばな》さんは納得《なっとく》がいかない様子だ。

『じゃあ、しゃべってもいいけどひとつだけ約束してよ』

「なにを？」

『他の女の子にさわらせないで。司郎《しろう》くんが他の女の子とふれあってるのみると……胸《むね》の奥が
ぎゅってなって……泣きそうになるから』

橘《たちばな》さんのいいかたがいつになく切実で、俺も胸《むね》の奥がぎゅっとなる。

「わかった」

俺が女子のおさわりから逃《に》げたら、絶対橘《たちばな》さんがいじられることになると思うけど。

『じゃあ、私もう寝《ね》る』

「おやすみ」

『通話切っちゃダメだよ』

橘《たちばな》さんはそういったところで、『やっぱ今夜は切る』という。

『忘れてた。今日は早坂《はやさか》さんの番だったね』

橘《たちばな》さんの声からはもうアオハル彼女の雰囲気《ふんいき》は消えていて、完全にこれまでのクールなもの
に戻《もど》っている。そして、とても冷静にいう。

『いるんでしょ？　早坂《はやさか》さん。今そこに』

◇

なぜ早坂《はやさか》さんと同じ布団《ふとん》に入りながら橘《たちばな》さんと通話することになったのか。

理由は、その日の午後にさかのぼる。

放課後のことだ。

「今日、私の番になったんだ」

旧校舎のミステリー研究部の部室にいくと、早坂《はやさか》さんがソファーに座っていた。

「ホントは橘《たちばな》さんの日だけど、ピアノのコンクールが近づいてレッスンが忙《いそが》しいらしくて」

だから私に振《ふ》り替《か》え、と早坂《はやさか》さんはいう。

「なんか、急にごめんね。勝手にこっちで決めちゃって」

そこまでいったところで、早坂《はやさか》さんは「あ」といって、困ったように笑う。

「私が謝る必要ないんだっけ？」

「ああ。もっと強気でいいぞ。どんとこい」

「うん。そうだね、そうだよね」

うなずいてから、早坂《はやさか》さんは少しコミカルにいう。

「桐島《きりしま》くん、私と橘《たちばな》さんのいうことは？」

「絶対」

それが三人の約束事。

文化祭のあの日、俺と橘《たちばな》さんが『わるいこと』をしているのがバレてしまった。

そして全てを知った早坂《はやさか》さんのリアクションは予想外のものだった。

『共有しよ』

早坂《はやさか》さんと橘《たちばな》さんで、俺を共有しようといいだしたのだ。

そして橘《たちばな》さんはそれを承諾《しょうだく》した。ふたりの気持ちは、俺にはわからない。

いずれにせよ共有にあたり、早坂《はやさか》さんと橘《たちばな》さんは四つのルールをつくった。

一つ、桐島司郎《きりしましろう》は早坂《はやさか》あかねと橘《たちばな》ひかりのいうことに従うこと。

二つ、早坂《はやさか》あかねと橘《たちばな》ひかりは平等に桐島司郎《きりしましろう》をシェアすること。

三つ、早坂《はやさか》あかねと橘《たちばな》ひかりは互《たが》いに抜《ぬ》け駆《が》けしないこと。

四つ、抜《ぬ》け駆《が》けした場合はペナルティがあり、必ずそのペナルティを実行すること。

俺に拒否権《きょひ》はなく、文化祭の最終日以降、俺は彼女たちの指定する日に、そのどちらかの彼氏《かれし》になっている。

そして今日は橘《たちばな》さんの日だったが、早坂《はやさか》さんの日に変更《へんこう》になったのだった。

「じゃあ、なにしよっか？」早坂《はやさか》さんがいう。

「まず、どこにいくか決めないとな」

　俺と橘《たちばな》さんが正式な恋人《こいびと》としてみんなに認識《にんしき》されているから、どうしても早坂《はやさか》さんとなにかするときは人目を避《さ》けることになる。最近は、同じ学校の生徒がこない遠くの場所までいってデートをしている。しかし――。


「今日は学校がいい」

　早坂《はやさか》さんがいう。

「せっかく桐島《きりしま》くんが彼氏《かれし》になってくれる日だもん。移動する時間がもったいないよ。少しでも長く一緒《いっしょ》にいたいんだ」

「じゃあ場所はここでいいとして、なにする？」

「ゲーム」

「どんな」

「手をつないだまま校舎のなかを一周するの」

　いやいやいやいや――。

「放課後とはいえ、まだけっこう生徒残ってるぞ？」

「そうだね。誰《だれ》かにみられたら、私は彼女持ちの男子に手をだすわるい女の子になっちゃうね。橘《たちばな》さん最近女子のあいだですごい人気だし、みつかったら私、すごく叩《たた》かれるね」

　俺は浮気《うわき》男としてさらに叩《たた》かれることになるだろう。

「だからゲームなんだよ」

早坂《はやさか》さんは幼い表情で明るくいう。

「みんなにみつからないよう、ふたりでがんばるの。ドキドキしながら校舎をまわるの」

「いや、でも……」

「大丈夫《だいじょうぶ》だよ、本当にまずくなったらちゃんと手を離《はな》すから」

それなら安全装置としては十分かもしれない。俺が頭のなかでそのシミュレーションをしていると、早坂《はやさか》さんはいたずらっぽい笑《え》みを浮《う》かべていう。

「ねえ桐島《きりしま》くん、私と橘《たちばな》さんのいうことは？」

「絶対」

「えへへ。私、桐島《きりしま》くんのそういうとこ好きだよ」

◇

早坂《はやさか》さんと手をつないで校舎のなかを歩く。その感触《かんしょく》を楽しんでいる余裕《よゆう》はない。グラウンドから部活をする生徒たちの声がきこえてくるたびに、向こうからこちらがみえていないか冷や冷やする。

「桐島《きりしま》くん、ルールわかってる？」

「大丈夫《だいじょうぶ》だ。早く終わらせよう」

早坂《はやさか》さんの決めたルールはシンプルだ。

俺たちの学校には新校舎と旧校舎があって、校舎をつなぐ渡《わた》り廊下《ろうか》が東西に配置されている。手をつないで歩くのは二階だけ。つまり旧校舎二階のミス研部室をスタートし、各校舎の端《はし》にある教室の扉《とびら》をタッチして、四角形にぐるりと一周するというものだった。

「簡単だよ。旧校舎にはほとんど誰《だれ》もいないし」

「かわりに難易度ひとつあげたろ」

「えへへ」

早坂《はやさか》さんが恥《は》ずかしそうにうつむく。彼女の提案により、ひとつルールが追加された。

「渡《わた》り廊下《ろうか》の途中《とちゅう》でキスするってやつ」

「だって、そのくらいしないと――」

そんな話をしているそのときだった。

進行方向にある教室から、扉《とびら》を開けて男子生徒がでてくる。

「ど、ど、ど、どうしよう、桐島《きりしま》くん！」

「大丈夫《だいじょうぶ》だ、彼は目がわるい。メガネの度があってないんだ」

その男子生徒はこちらに顔を向けていたが特にリアクションすることもなく、手前の渡《わた》り廊《ろう》下《か》で曲がっていった。

「早坂《はやさか》さん、そんなに焦《あせ》るならこんなゲームやらなきゃいいのに」

「だって……」

早坂《はやさか》さんはすねた顔になっていう。

「私だって、一回くらい学校で彼女やってみたかったんだもん。普通《ふつう》の高校生の彼女、桐島《きりしま》くんとやってみたかったんだもん」

それをきいてしまったら、やらないわけにはいかない。

早坂《はやさか》さんは俺と橘《たちばな》さんの学校公認《こうにん》のアオハル劇場をずっと眺《なが》めているのだ。

「二階だけじゃなくて、一階もいくか」

「いいの？」

早坂《はやさか》さんの表情が明るくなる。

「ああ。そのくらい、どうってことないだろ」

「うん！　ありがとう、桐島《きりしま》くん！」

俺は早坂《はやさか》さんの手を引いて歩きだす。

窓の外、横からの視線がありそうなときはぴったり平行になり、手をつなぎながらも距離《きょり》をとって、ただ隣《となり》あって歩いているようにみせる。正面からの視線があるときは、体を前後にして、後ろで手をつないだままやりすごす。

「すごい、すごいよ桐島《きりしま》くん！」

早坂《はやさか》さんが喜びながらくっついてくる。

「おい、今、手をつなぐって次元じゃなくなってるからな！」

腕《うで》を組んでいるというよりも、ほぼ抱《だ》きついている。胸で俺の肘《ひじ》を完全に挟《はさ》みこんでいるし、太ももは密着しているし、熱い吐息《といき》が制服越《ご》しにわかるほど顔を押しつけている。

「さすがにもう少し離《はな》れないと、ごまかしきかないって」

「早く渡《わた》り廊下《ろうか》いこ〜よ〜」

「きいてないんだよなあ」

なんとか渡《わた》り廊下《ろうか》までひきずっていって、柱の死角に隠《かく》れてミッションのキスをする。早坂《はやさか》さんの肩《かた》を抱《だ》き、くちびるを数秒重ねて——。

「よし、いこう」

しかし——。

「ダメ、もっとぉ……」

軽くくちびるを重ねただけでは、早坂《はやさか》さんは離《はな》れなかった。目が潤《うる》んで、頬《ほお》が紅潮して、完全にスイッチが入っている。

早坂《はやさか》さんは俺が逃《に》げられないよう、つま先立ちになって首の後ろに手をまわして、喘《あえ》ぐようにキスをしてきた。こうなったら仕方がない。早坂《はやさか》さんの熱く湿《しめ》った舌が口のなかに入ってくる。俺が舌を絡《から》めると、早坂《はやさか》さんはそれを強く吸う。

しがみついてくるから、彼女の体温と体のやわらかさを感じる。

「これ、好き……桐島《きりしま》くん、好き……」

結局、五分以上キスしてから早坂《はやさか》さんは俺から離《はな》れた。

口を離《はな》すとき、唾液《だえき》が糸を引いた。早坂《はやさか》さんの吐《は》く白い息はとても湿度《しつど》が高い。

「あんまり危ないことして楽しんでたらダメだぞ」

「えへへ」

満足して、早坂《はやさか》さんはにこにこ顔だ。

一階をまわり、ラスト、新校舎二階の直線に突入《とつにゅう》する。

「休み時間のあれも、きこえてるからな」

昼休み、教室の後ろで、女子たちが好きな男子のタイプの話をしていた。

早坂《はやさか》さんに話がまわってきて、彼女は大きな声でいったのだ。

「私は桐島《きりしま》くんが好き！」

俺はぎょっとしたが、みんなはむしろ安心した顔つきだった。なぜなら桐島司郎《きりしましろう》は橘《たちばな》ひかりのものであり、早坂《はやさか》さんがその桐島《きりしま》を好きとこたえるのは、実現不可能な相手を好きということで質問をかわすアイドル的な手法にみえるからだ。それはみんなの期待するところで、早坂《はやさか》さんは相変わらずクラスでは清純清楚《せいそ》なアイコンのままでいる。

「告白を断るときも、俺の名前だしてるだろ」

つまり、誰《だれ》かに呼びだされて告白されるたびに、こういうやりとりをしているのだ。

『ごめんなさい。私、他に好きな人がいるんです』

『誰《だれ》？』

『桐島《きりしま》くんです』

『ああ、橘《たちばな》さんの彼氏《かれし》の……そう、とにかく俺と付き合う気がないことだけはわかったよ』

といった感じ。

「ああいうの、よくないぞ」

「だって、ホントのことだもん」

それに、と早坂《はやさか》さんはむすっとした顔でいう。

「私だって好きな人のこと、はっきり好きっていいたいもん」

「早坂《はやさか》さん……」

そんな話をしているうちに、新校舎の端《はし》っこにたどりつく。そして最後の教室の扉《とびら》にタッチしようとしたそのときだった。

「早坂《はやさか》さん、これ、まずいって」

扉《とびら》の向こうから、ちょうど誰《だれ》かがでてこようとしていた。すりガラス越《ご》しに話し声と、今にも扉《とびら》の開く気配が伝わってくる。

「さすがに無理だ。離《はな》すぞ」

正面から鉢合《はちあ》わせではごまかしようがない。

しかし──。

「ヤだ」

「ちょ、早坂《はやさか》さん⁉」

「桐島《きりしま》くんの手、はなしたくない」

早坂《はやさか》さんは手を強く握《にぎ》り、さらにそこから動こうとしない。

「ヤバいって」

「私だって桐島《きりしま》くんの彼女だもん。私だって好きだもん。私だって本気だもん」

「いや、共有になったのは全部俺のせいだし、ふたりのためならなんでもするつもりだけど、さすがにこれは早坂《はやさか》さんのためにもならないというかなんというか──」

なんて言い合いをしている時間は当然なく、無情にも扉《とびら》が開く。

そして教室からでてきたのは──。

みたことのない大人の女の人だった。

そこで早坂《はやさか》さんが驚《おどろ》きの声をあげる。

「お、お母さん？」

そういえば今日は三者面談の日だった。さては早坂《はやさか》さん、忘れていたな、と思うけどそんなことを考えてる場合じゃない。

「あかね、そっちの男の子は?」

早坂《はやさか》さんのお母さんは、俺たちのつないだ手をみながらいう。

「お、お母さん、えっと、これは、えっと、えっと――」

早坂《はやさか》さんは目をグルグルさせながらこたえる。

「か、か、か、彼氏《かれし》! 彼氏《かれし》の桐島《きりしま》くん! 私たち、付き合ってるの!」

こうなってしまうと、俺もいうしかない。

「どうも、彼氏《かれし》の桐島司郎《きりしましろう》です。よろしくお願いします」

◇

そこからはあっという間だった。

早坂《はやさか》さんのお母さんと対面する。自宅のマンションに招かれる。一緒《いっしょ》に夕食をとる。いろいろ話しているうちに遅《おそ》くなる。泊《と》まっていくことになる。単身赴任《ふにん》で不在のお父さんのジャージをかりる。就職して家をでていったお姉さんの部屋のベッドを使って横になる。パジャマ姿の早坂《はやさか》さんが自分の部屋を抜《ぬ》けだしてきて、俺の寝《ね》ているベッドに入ってくる。橘《たちばな》さんから着信がある。こうして早坂《はやさか》さんと同じベッドで寝《ね》ながら、橘《たちばな》さんと通話するという気まずい状《じょう》況《きょう》ができあがったのだった。

「きてくれてありがとね」

早坂《はやさか》さんは俺に抱《だ》きつきながらいう。枕《まくら》よりも下にいて、頭まで布団《ふとん》のなかにすっぽりおさまったまま、俺の胸に顔を押しあてている。

「私に彼氏《かれし》ができて、お母さん嬉《うれ》しいんだと思う」

「でも、よかったのか？」

俺と橘《たちばな》さんが付き合っているのは有名な話だ。

「ママ友づてにいろいろきいてしまうかもしれないけど」

「なんとでもなるよ。桐島《きりしま》くんはもう橘《たちばな》さんとは別れたっていえばいいだけだし」

そこで早坂《はやさか》さんは布団《ふとん》から顔をだしていう。

「橘《たちばな》さん、それでいいよね？」

『いいよ』

スマホ越《ご》しに橘《たちばな》さんがこたえる。

ふたりは共有が平等になるよう、こうやっていろいろと情報交換《こうかん》をしている。決め事もたくさんあるみたいだが、俺が知らされていることは少ない。

『ジャマするのもわるいし、通話切るね』

しかし橘《たちばな》さんは少しのあいだもじもじして、ためらいながらいう。

『……あの、早坂《はやさか》さん』

「大丈夫《だいじょうぶ》だよ」

早坂《はやさか》さんがこたえる。

「抜《ぬ》け駆《が》け禁止、ちゃんとわかってるから」

『……じゃあ、おやすみ』

スマホから音がしなくなる。

次の瞬間《しゅんかん》、早坂《はやさか》さんが布団《ふとん》の中で俺のジャージのチャックをおろして脱《ぬ》がそうとしてきた。

「ちょ、ちょ、ちょ、ちょ、待てよ、早坂《はやさか》さん」

「なに？」

「今さっき、橘《たちばな》さんと抜《ぬ》け駆《が》け禁止って——」

「あれ、普通《ふつう》の彼氏《かれし》彼女《かのじょ》のすることの一番最後まではしちゃダメっていう意味だよ。そこまでは全部していいんだよ？」

「そうなの⁉」

俺の知らないところでそういう取り決めがされたらしい。

「しかし、橘《たちばな》さんがよく許したな。最後までしないっていっても、自分は恥《は》ずかしくてなにもできないのに」

「桐島《きりしま》くんの実家、私はいけないでしょ？」

俺の家には先に橘《たちばな》さんがきて、彼女として母と仲良くなった。その裏返しとして、早坂《はやさか》さんはもう俺の家には少なくとも彼女としては入れない。

「そのぶんを橘《たちばな》さんが譲《ゆず》ったのか」

「うん」

だからね、と早坂《はやさか》さんは俺の胸板《むないた》に口をつけながらいう。

「最後のギリギリのところまで、しよ」

「いや、お母さんがむこうの部屋で寝《ね》てるだろ」

「大丈夫《だいじょうぶ》だよ、一度寝《ね》たら朝まで起きないし」

「それに、お姉さんの部屋であんまそういうことするのは……」

「もういいよ、そういうの」

早坂《はやさか》さんの瞳《ひとみ》が虚《うつ》ろになる。

「なんで、そんな普通《ふつう》のことというの？　私たち、もう共有までできてるんだよ？　なんで桐島《きりしま》くんだけ冷静でいようとするの？」

「……ごめん」

「謝ってほしいわけじゃないよ。私、桐島《きりしま》くんを責めたりするつもりなんてないもん」

いいながら、早坂《はやさか》さんは自分のパジャマのボタンを外しはじめる。

「あのとき、私としてくれなかったよね。でもあれは、橘《たちばな》さんがクローゼットのなかにいたからなんだよね？」

「ああ」

「私が魅力《みりょく》ない女の子だからじゃないよね？　桐島《きりしま》くんが、私のこと全然好きじゃないってわけじゃないんだよね？」

「もちろん」

「だったらそれを証明してよ、でないと私、もうわけわかんないよ。言葉、信じられないよ。私ね、最近スカート短くしたんだ。そうすれば、みんなもっと私のことみてくれるから」

「そういうの、よくないって」

「そうだね。いやらしい目でみられて、ただ嫌《いや》な気持ちになっただけだった。でも、そうしないとわからないいんだもん。桐島《きりしま》くんが私に魅力《みりょく》を感じてくれてるか、わからないんだもん」

「俺は早坂《はやさか》さんに魅力《みりょく》感じてるよ」

「だったら、それ、みせてよ。さわって、私がなんの価値もない女の子じゃないってわからせてよ」

　それに、と早坂《はやさか》さんはいう。

「私と橘《たちばな》さんのいうことは？」

「絶対」

いいだろう。共有になったとき、こんな歪《ゆが》んだ状況《じょうきょう》を生んだ罪滅《つみほろ》ぼしに、彼女たちの望むことはなんでもしようと決めた。

俺は頭のネジを外して、早坂《はやさか》さんの胸に手をあてる。

「あっ」

早坂《はやさか》さんが甘い息を漏《も》らす。

パジャマ越《ご》しに、その突起《とっき》の存在を感じる。そうなのだ。彼女が部屋に入ってきたときから気づいていた。薄《うす》いピンクのパジャマ、早坂《はやさか》さんはその下にブラジャーをつけていない。

指で突起《とっき》を撫《な》でると、早坂《はやさか》さんの虚《うつ》ろだった瞳《ひとみ》は潤《うる》みはじめ、表情が蕩《とろ》けはじめる。

「桐島《きりしま》くん……」

すぐに甘えた感じになって、あごをあげてくる。

俺はそのぽってりとしたくちびるに、わざと唾液《だえき》の音を立てながらキスをする。その音で興奮するのか、早坂《はやさか》さんの体温がどんどんあがってくる。汗《あせ》ばむ体に、俺も興奮する。

手に余る大きなふくらみを、やわらかいパジャマの生地《きじ》の上からさわる。俺の握《にぎ》り方ひとつで面白《おもしろ》いように形を変え、早坂《はやさか》さんの体も面白《おもしろ》いように反応する。突起《とっき》は布越《ご》しにみてもわかるほど立ち、汗《あせ》で肌《はだ》が透《す》けはじめる。布団《ふとん》のなかの湿度《しつど》があがっていく。

「桐島《きりしま》くん……好きだよぉ、桐島《きりしま》くん……」

俺たちは服を脱《ぬ》がしあい、互《たが》いに下半身の下着だけになって、抱《だ》きあう。

「私、これ好き。桐島《きりしま》くんの体温感じるもん」

「早坂《はやさか》さんもすごくあったかいよ」

冬の寒い夜、ベッドのなかで互《たが》いの肌《はだ》をあわせて抱《だ》きあうのは格別だった。本当にひとりじゃないことを感じられる。早坂《はやさか》さんの表情もこれまでにないくらい幸せそうだ。

俺は早坂《はやさか》さんの熱い肌《はだ》をさわっていく。肩《かた》、背中、腰《こし》、一枚だけ下着をつけているところに興奮を覚える。太もものあいだに足を入れて、俺たちはよりたくさんくっつこうとする。

「桐島《きりしま》くん、これ……」

「その、なんていうか、ごめん」

「ううん、男の子って、こうなるんだよね？　桐島《きりしま》くんが私に魅力《みりょく》を感じてくれてるから、こうなるんだよね？」

「そうだよ」

「嬉《うれ》しい！」

早坂《はやさか》さんは俺にしがみつきながら、首すじや鎖骨《さこつ》に口づけをする。

「桐島《きりしま》くんは私になにしてもいいんだよ。最後までしなきゃ、私の体好きに使っていいんだよ。ねえ、好きに使ってよ。興奮してるなら、それぶつけてほしい、ねえ、ぶつけてよ」

いわれて俺は早坂《はやさか》さんを下にして、胸をさわる。早坂《はやさか》さんが喘《あえ》ぐ。なめらかな肌《はだ》に舌を這《は》わせる。早坂《はやさか》さんが俺のそれに腰《こし》を押しつけ、嬌声《きょうせい》をあげる。

「早坂《はやさか》さん、声」

「うん」

早坂《はやさか》さんは俺の左手をとると、その人差指を自分の口に入れ、おしゃぶりのように舐《な》めはじめる。そうすることで自分の口をふさぐ。俺が胸の突起《とつき》に刺激《しげき》を与《あた》えると、早坂《はやさか》さんは悶《もだ》えながら俺の人差指を強く吸う。

なにかするたびに、早坂《はやさか》さんの体は熱く、やわらかくなっていく。

俺は早坂《はやさか》さんの唾液《だえき》で濡《ぬ》れた舌を指でつまんでみる。

早坂《はやさか》さんは蕩《とろ》けきった表情で、声にならない声をあげながら、なすがままになる。

俺は自由なほうの手で、早坂《はやさか》さんの下着にふれる。早坂《はやさか》さんのそこは、いつかの日のように下着越《ご》しでもわかるくらいに熱く、湿《しめ》っている。

「いいよ、私、桐島《きりしま》くんにならオモチャみたいに扱《あつか》われてもいいんだよ」

俺は下着のなかに手を入れる。早坂《はやさか》さんのそれはよく濡《ぬ》れているから、くぼみに指をあてるだけで、勝手に滑《すべ》ってなめらかに動く。

すぐに、いやらしい水音が立ちはじめる。

「やだぁ……恥《は》ずかしいよぉ……わたし、はしたないよぉ……」

そういいながらも早坂《はやさか》さんは俺の指を強く吸い、甘い息を漏《も》らしながら、腰《こし》を浮《う》かせて指にそこを押しあててくる。

早坂《はやさか》さんの腰《こし》が小刻みに痙攣《けいれん》する。指を吸う力が強くなる。水音が激しくなり、痙攣《けいれん》の間隔《かんかく》がどんどん短くなり――枕《まくら》に顔を押しあてながら、早坂《はやさか》さんは全身を跳《は》ねあげた。

女の子が全てを委ねてくれることが俺は嬉《うれ》しい。

早坂《はやさか》さんは頬《ほお》を上気させ、口《くち》の端《はし》から涎《よだれ》をたらして脱力《だつりょく》する。その姿があまりに色っぽくて、俺は興奮して、早坂《はやさか》さんの足と足のあいだに体を入れて覆《おお》いかぶさる。

早坂《はやさか》さんは完全にできあがっているから、腰《こし》を浮《う》かせて俺のそれにそこを押しあててくる。

俺たちは本能のままに、互《たが》いの下着越《ご》しにそれを押しあてる。

「最後まではしちゃダメだよ、橘《たちばな》さんとの約束だもん」

「わかってる」

「でもしたいよお……桐島《きりしま》くんに全部あげたいよお……」

「俺も早坂《はやさか》さんがほしい」

でも俺たちにとって橘《たちばな》さんとの約束の存在は大きくて、代わりにキスをする。

「入れて、私のなかに入れて」

俺は舌を早坂《はやさか》さんの口のなかに入れる。

「もっと激しくして、もっと、もっとお」

代償行為《だいしょうこうい》。

俺が出し入れする舌を、早坂《はやさか》さんは音を立てて強く吸う。

ふたりの下着はどんどん濡《ぬ》れていく。早坂《はやさか》さんは下から俺を強く抱《だ》きしめ、俺の肩《かた》を噛《か》むようにして口を押しあてる。そして——。

「桐島《きりしま》くん……これ、すごい、桐島《きりしま》くん……すごいよ、桐島《きりしま》くん、桐島《きりしま》くんっ！」

早坂《はやさか》さんはリズミカルに何度も腰《こし》を跳《は》ねあげる。

そしてまた脱力《だつりょく》した早坂《はやさか》さんにキスをして、同じことを繰《く》り返《かえ》す。

俺たちの熱が冷めるころには、もう朝になっていた。

「し、下着、替《か》えてくるね」

早坂《はやさか》さんは照れた様子で、前髪《まえがみ》で表情を隠《かく》しながらいう。

「あと、あれだね、お母さんにみつかる前にシーツも洗濯《せんたく》しなきゃ」

そういって早坂《はやさか》さんが部屋をでていったあと、俺は枕元《まくらもと》のスマホに手を伸《の》ばす。

やれやれ。

「橘《たちばな》さん、通話切らなかったのか」

『…………』

少し間があり、橘《たちばな》さんの声がきこえてくる。

『おはよう、司郎《しろう》くん。寝《ね》てたからなにがあったかは知らないけど、通話状態のままにしてしまったみたい』

互《たが》いにいろいろといいたいことはあるはずだが、一晩中起きていただけあって、うまく考えがまとまらない。ただ、俺はずっとききたかったことを、ひとつきく。

「よかったのか？」

『なにが？』

「共有で」

あのとき、橘《たちばな》さんは早坂《はやさか》さんからの共有の提案を承諾《しょうだく》した。でも早坂《はやさか》さんのほうからのお願いで、橘《たちばな》さんは断ることができたはずだ。しかし――。

『あそこで司郎《しろう》くんにどちら選ばせるなんてできないよ』

「なんで？」

『絶対、早坂《はやさか》さんを選ぶ。司郎《しろう》くんは優《やさ》しいから――』

そこまでいったところで、橘《たちばな》さんは『ちがうね』といいなおす。

絶対、早坂《はやさか》さんを選ぶ。なぜなら――。

『司郎《しろう》くんは弱いから』

第19話　二対一

「え、新世界めざしてるんですか？」

浜波恵《はまなみめぐみ》がいう。

風紀委員の一年生。背の低い女の子で、先月は文化祭実行委員として一緒《いっしょ》に働いた。彼女はその文化祭で見事、幼馴染《おさななじみ》の吉見《よしみ》くんと恋人《こいびと》同士になることに成功した。

「今、共有っていいましたよね」

「いった。早坂《はやさか》さんと橘《たちばな》さんで俺を共有する」

「なんですかそれ!?　きいたことないんですけど！」

そう、二股《ふたまた》でも一夫多妻でもない。女の子ふたりが主導して男を共有する。

「三人でどこに向かってるんですか？　そんなところで開拓《かいたく》精神発揮しないでください！　恋《こい》のフロンティアスピリット！」

浜波《はまなみ》が絶叫《ぜっきょう》する。

昼休み、風紀委員の使っている旧校舎一階の教室でのことだ。

浜波《はまなみ》は俺たちの事情を全て知っているし、文化祭のステージでは結果として橘《たちばな》さんの入《い》れ替《か》えトリックの片棒を担《かつ》いでしまったこともあり、事の顛末《てんまつ》を気にしていた。だから、大丈夫《だいじょうぶ》だ、なにも気にすることはないと知らせたのだ。

「いや、全然大丈夫《だいじょうぶ》じゃないし、気がかりしかない！」

「そうか？」

「そうですとも！」

浜波《はまなみ》のキレのあるつっこみが冴《さ》えわたる。

「絶対、桐島先輩《きりしませんぱい》が破滅《はめつ》して終わると思ってました。恋《こい》の執着《しゅうちゃく》おそるべし……」

ていうか、と浜波《はまなみ》は考えこむような様子でいう。

「それだと女子ふたりが手をとりあって、男子の立場が弱いんじゃないですか？」

「ああ。だから俺がふたりのいうことを絶対きくってことになってる」

「桐島先輩《きりしませんぱい》、それでいいんですか？」

「全部、俺のせいだからな」

橘《たちばな》さんと両想《りょうおも》いになったとき、最初の約束どおりに早坂《はやさか》さんと二番目の関係を解消できなかったことが全ての原因だ。

「だから楽しもうと思う」

「？」

浜波《はまなみ》は首をかしげながら、自分の耳を何度もさわる。

「桐島先輩《きりしませんぱい》、もう一回いってもらっていいですか？」

「この恋人《こいびと》がふたりいる状況《じょうきょう》を楽しもうと思う」

「…………」

浜波《はまなみ》は軽くストレッチをしてから、今日一番の大きな声でいう。

「意味不明メンタル!!」

いいたくなる気持ちはわかる。

「そういう話になったんだ」

三人で話をしていたとき、反省会みたいな空気になった。俺は自分の行動が原因になったことを謝るし、橘《たちばな》さんは家の事情で半端《はんぱ》になってることを謝るし、早坂《はやさか》さんはただひたすら、ごめんねごめんねと謝りつづけた。

「でも、過去は変えられないし、ずっとうじうじ悩《なや》んでいても仕方がない」

「まさか……」

「まず女子ふたりが前を向いた。『こうなったら仕方がない、せっかくだし楽しもう!』って」

「ポジティブ!」

「それで俺も前を向いた」

「クソバカ野郎《やろう》!」

浜波《はまなみ》は他にもなにかいいたそうな顔をしていたが、「いいでしょう」といい、窓の外をちょいちょいと指さした。ちょうど中庭を、早坂《はやさか》さんと橘《たちばな》さんが歩いてくるところだった。

ふたりは俺たちに気づかず、そのままこちらに背を向けて、中庭のベンチに腰《こし》かける。

「いや、立ち聞きはよくないだろ」

「あのふたりが本当に楽しめてるのか、そこが重要じゃないですか？」

「たしかに」

俺たちはそそくさと窓の下にゆき、壁《かべ》を背にしてしゃがみこむ。

浜波《はまなみ》が静かに窓を開けたところで、冬の冷気とともに早坂《はやさか》さんと橘《たちばな》さんの声がきこえてきた。

「橘《たちばな》さん、進路希望だした？」

「うん。芸大の音楽部。早坂《はやさか》さんは？」

「とりあえず国公立理系のコースにまるつけた」

「獣医学部《じゅういがくぶ》？　動物好きっていってたもんね」

ほのぼのしたトーンで、ゆるふわガーリートークといえる。

「じゃあ、司郎《しろう》くんにはどっちの大学に進学してもらう？」

「橘《たちばな》さんと一緒《いつしよ》はさすがに難しくない？　桐島《きりしま》くん、楽器できないし」

「芸大は絵もあるよ」

「桐島《きりしま》くん、絵のセンスも壊滅《かいめつ》的だよ……」

「だよね。同じ大学通いたかったな」

「都内に住んでればすぐ会えるよ」

中身のないふわっふわの会話が繰《く》り広《ひろ》げられる。

浜波《はまなみ》が同情の目で俺をみながら、アイコンタクトで会話してくる。

『桐島先輩《きりしませんぱい》、進路も自分で選ばせてもらえないんですね』

『みたいだな』

俺の進路の話はそこで終わる。女子特有の話題がぽんぽんとぶ現象が彼女らにも起きるからだ。低気圧の話をして、落語の話をして、ヘアドライヤーの話をしたあとのことだ。

「女の子たちに『もうヤった？』ってすごくきかれる」

橘《たちばな》さんがすねた口調でいう。

「それって、そんなに大事なことなのかな？」

「橘《たちばな》さんが照れるところみたいだけだよ。気にすることないよ。でもね――」

他人に教える必要なんてないけどさ、と早坂《はやさか》さんは前置きしてからいう。

「私はそういうことするのって、恋人《こいびと》にとってはすごく大事なことだと思う」

「どうして？」

「だって……愛情の確認行為《かくにんこうい》だもん」

俺の位置からはみえないが、早坂《はやさか》さんが具体的な行為《こうい》を想像して、照れて顔を赤くしながら話す姿が目に浮《う》かぶ。

「ほら、男の子ってかっこつけるでしょ？　同じように、私たちもかわいくふるまおうとするでしょ？　でも本当はそうじゃない部分っていっぱいある」

「あるね」

「それでね、そういうことするときって、男の子は興奮してるし、女の子も、その……え、えっちになっちゃうでしょ？　そんな自分をみせるのってすごく勇気のいることだと思うんだ」

「うん。私、恥《は》ずかしくてなにもできないもん」

「でも、そういうきれいじゃないところもみせて、それでもお互《たが》いを受け入れることができたら、すごく素敵《すてき》だと思うんだ。だから私はしたいっていうか……」

早坂《はやさか》さんらしい考え方だ。彼女は清純清楚《せいそ》なイメージを周囲から押しつけられていて、そこから外れると幻滅《げんめつ》される。だから自分の好きな人には、いい子じゃない自分を受け入れてほしいと願っている。

「……昨日の夜、司郎《しろう》くんともそんな感じだった？」

「……うん」

早坂《はやさか》さんの声色《こわいろ》に、湿《しめ》ったものがまじる。

「男の子ってね、最後までしないと興奮がおさまらないんだ」

「知ってる。最近、勉強した」

「だからね、桐島《きりしま》くん、何度も何度もそういう気持ちになっちゃうんだ」

「寝《ね》ようとしなかったの？」

「したよ。でも下着で寝《ね》ようとしたのがよくなかったのかも……抱《だ》きしめあって、お互《たが》いの体温を感じながら寝《ね》ようとしたんだけど……私がその、すぐに背中とか肩《かた》とかなでたりしちゃって、なんとなく体にキスしちゃったりもして……そしたら桐島《きりしま》くんは興奮するし、その、体のあちこちがあたって、私もスイッチが入っちゃって、そしたら桐島《きりしま》くんが私の体いじりはじめて、私は気持ちよくなって、濡《ぬ》れて、喘《あえ》いで、桐島《きりしま》くんがもっと興奮して、私は、その……何度もとばされちゃうの」

寝《ね》ようとするたびにその繰《く》り返《かえ》し、と早坂《はやさか》さんはいう。

「最後は私、声をおさえられなくて、うつぶせになって枕《まくら》に顔を押しつけてたんだ。そこに桐《きり》島《しま》くんが覆《おお》いかぶさってきて、私の体を押しつぶしながら興奮してくれるから、私もすごく嬉《うれ》しくて、気持ちよくて、涎《よだれ》とかいろんなものがとまらなくなっちゃって、もう下着を三回も替《か》えてたんだけど、そのときはシーツまで替《か》えなきゃいけなくて……それでへとへとになって、やっと眠《ねむ》れたっていうか」

「…………」

「橘《たちばな》さん、鼻血でてるよ……」

「……うん」

がさがさとポケットティッシュをとりだす音がする。

「ご、ごめんね、なんか関係ないことまで話しちゃったかも」

早坂《はやさか》さんがいう。

「とにかく私がいいたかったのは、そういうことするのって恥《は》ずかしいけど、尊いことだと思うし……それに、やっぱり好きな人とだと……気持ちいいし……」

「うん……私もがんばってみる」

「た、橘《たちばな》さんも最後まではダメだからね⁉」

「わかってる。抜《ぬ》け駆《が》け禁止。約束だし、ペナルティもあるし」

でも司《し》郎《ろう》くんは我慢《がまん》できるかな？　と橘《たちばな》さんはいう。

「男の子ってしたいものなんでしょ？」

「私たちがさせてあげないからって、他の女の子のところにいったらどうしよ」

「そのことだけど」

橘《たちばな》さんが深刻そうな口調でいう。

「司《し》郎《ろう》くん、また他の女の子にさわってた」

「また⁉」

「なんか、喜んでた」

「……許せないよ、そんなの」

「女の子にさわるのもうやめて、ってお願いしたのに……」

「桐島《きりしま》くん……橘《たちばな》さんも私もいるのに……いってもわからないなら、もう、あのメガネ割りにいこうよ」

「うん、いこう」

ふたりの足音が遠ざかっていく。どうやら立ち去ったようだ。

ちなみに橘《たちばな》さんがいっていた俺が女の子にさわっていたというやつは、廊下《ろうか》ですれちがったときに肩《かた》がかすった程度だったりする。遠くから橘《たちばな》さんが頰《ほお》をふくらませてみていた。そして俺は断じて喜んでいない。

「桐島先輩《きりしませんぱい》も大変ですねえ」

浜波《はまなみ》がのんきな口調でいう。

「でも、たしかにみんな楽しそうですね」

「だろ？」

「全員、倫理観《りんり》がぶっ壊《こわ》れてることに目をつむればね！」

急にテンションをあげてくる浜波《はまなみ》。

「あと、ふたりが仲良しなの絶対今だけですよ！　うわべだけ！　うわべモンスター！」

「そうか？」

「わかりやすく火種あるじゃないですか！　その……や、ヤるとかヤらないとか」

「あれは抜《ぬ》け駆《が》け禁止のルールがちゃんとあるから」

「あなたたちがルール守ったことなんて一度もないでしょ！」

それをいわれるとつらい。

「それに今、日替《ひが》わりで彼氏《かれし》やってるんですよね？　だったら、もうすぐどっちか選ばなきゃいけない日がきますよ」

「クリスマスだろ」

「わかってるじゃないですか」

「三人で過ごそうと思ってる」

「うわぁ……」

「可能かどうか試《ため》すために週末、三人でデートする」

地獄《じごく》じゃないですか、と浜波《はまなみ》はいう。

「あのふたり、かわいいのはルックスだけで中身は怪獣《かいじゅう》みたいなもんですよ？　三人でいたら絶対ギャースってなって、怪獣《かいじゅう》大戦争になりますって」

「あんまおどすなよ。俺、そこに丸腰《まるごし》で参加するんだぞ」

「せいぜい踏《ふ》みつぶされないように気をつけてくださいね」

「早坂《はやさか》さんあたりにぺしゃんこにされそうなんだよなあ」

「誰《だれ》が怪獣《かいじゅう》だって？」

突然《とつぜん》、頭上から冷たい声が降ってくる。

俺はなにが起きたかすぐに理解する。やれやれ。おそるおそる見上げてみれば、窓の外から橘《たちばな》さんと早坂《はやさか》さんがこちらをのぞきこんでいた。

「浜波《はまなみ》さんも司郎《しろう》くんも、そこ動かないでね」

橘《たちばな》さんが無表情にいう。

「桐島《きりしま》くん、私のことそんなふうに思ってたんだね」

早坂《はやさか》さんは穏《おだ》やかな笑《え》みを浮《う》かべている。

彼女たちはそれ以上なにもいわず、旧校舎の入り口に向かって歩きだす。どうやらこちらにくるらしい。俺はメガネにお別れをいっておいたほうがいいだろう。

となりでは浜波《はまなみ》が頭を抱《かか》えている。

「その……なんだ、浜波《はまなみ》は吉見《よしみ》くんとうまくやれよ」

俺がいうと、浜波《はまなみ》は俺をにらみつけていう。

「お、お、お、お前は自分の身を心配してろ〜〜〜!!」

◇

橘《たちばな》さんと早坂《はやさか》さんが俺を共有する。

それはとても冒険《ぼうけん》的な試みだ。

恋人《こいびと》になれるのはひとりだけ、それ以外の選ばれなかった人は全員失恋《しつれん》する。それが世間一般に浸透している恋のルールだ。しかし共有を認めれば、たったひとつしかない椅子《いす》が増えることになり、失恋《しつれん》する人が減る。

橘《たちばな》さんと早坂《はやさか》さんはこんなに小難しく考えていないだろうが、結果として彼女たちはその手法を選んだ。しかし、これが成功するかはわからない。

好きな人を独《ひと》り占《じ》めしたい。共有はその衝動《しょうどう》に反しすぎている。

純愛幻想《げんそう》はひとつの価値観だから意識を変えることでそれを捨てることはできる。だからこそ俺は二番目に好きという感情を肯定《こうてい》した。

でも独占《どくせん》欲や嫉妬《しっと》は、価値観というより本能に近い。

好きな人が他の人と仲良くしていたら、頭で考えるよりも先に胸が痛くなる。だから橘《たちばな》さんと早坂《はやさか》さんがはじめたこの試みは、本能への挑戦《ちょうせん》といえる。

共有を成立させるためにはこの本能的な衝動《しょうどう》のコントロールが必要だ。

そしてそれが試《ため》される日はすぐにきた。

週末、昼過ぎのことだ。改札をくぐり、足早に歩く。電車が少し遅延《ちえん》してしまったのだ。

駅前の広場にでたところで、銅像の前に橘《たちばな》さんと早坂《はやさか》さんがいるのがみえた。大学生らしき男の人に話しかけられている。

「ふたりで買い物？　終わったら一緒《いっしょ》に遊ばない？」

「か、彼氏《かれし》を待っているので……」

早坂《はやさか》さんがあたふたしながら対応している。どうやらナンパされているらしい。橘《たちばな》さんはそのとなりでむすっとした顔をしている。対照的だ。

近づいていくと、早坂《はやさか》さんが「桐島《きりしま》くん！　こっちこっち！」と声をあげる。

「おそいよ」

橘《たちばな》さんも俺をみつけ、駆《か》け寄《よ》ってきて俺の服の袖《そで》をつかむ。

「いろんな人に声かけられて大変だったんだから」

早坂《はやさか》さんは暖色系のコートにマフラーを巻いてやわらかそうな印象だ。橘《たちばな》さんは白いファーつきのロングコートでいかにもお嬢様《じょうさま》という感じで、たしかにこのふたりがならんでいれば、人目を惹《ひ》くだろう。

それにしても橘《たちばな》さん、彼女モードのときは相変わらずかなり甘めだ。今も頬《ほお》を赤らめながら犬のように懐《なつ》いてくる。

「なんだ、ホントに彼氏《かれし》いたのか」

ナンパしていた男はあきらめよく去っていった。一度振《ふ》り返《かえ》って、どっちの彼氏《かれし》？　みたいな顔をしていた。

「じゃあ、いこっか」

早坂《はやさか》さんがいう。

「うん、いこう」

そこで橘《たちばな》さんは俺の袖《そで》をつかむ自分の手をみて、しばし考え込む。次に俺の袖《そで》から手をはなし、早坂《はやさか》さんと顔を見合わせる。そして——。

「これがいいね」

「うん、これでいこう」

橘《たちばな》さんと早坂《はやさか》さんは互《たが》いにうなずきあい、手をつないで歩きだす。

どうやらそういう結論になったらしい。

ふたりが仲良く手をつないで前を歩き、俺が後ろをついていく。たしかにこの方式ならケンカにならないし、俺がどちらかを選ばなければいけないという危険な状況《じょうきょう》も発生しない。

俺のオマケ感がすごいが、これなら三人のデートも成功するだろう。

しかし——。

「桐島《きりしま》くん、なんで立ってるの?」

「早く座りなよ、司郎《しろう》くん」

「いや、わざとやってるだろ」

百貨店のレストラン街にある有名なフルーツ店に入ったときのことだ。

ふたりは今日のお出かけにあたり、このフルーツ店で季節限定のパフェを食べることを約束していたようだ。事前に店を調べているところが女子だと思う。

それはいいのだが、店に入って四人掛《が》けのテーブルに案内されてすぐ、ふたりが対面で座ったのだ。つまり、俺はどちらかのとなりを選ばなければいけない。

「私のとなりがいいよね？」

早坂《はやさか》さんのほうにいこうとすると橘《たちばな》さんが眉間《みけん》にしわをよせる。橘《たちばな》さんのほうにいこうとすると早坂《はやさか》さんが張りついた笑《え》みを浮《う》かべる。

「私でしょ？」

「俺で遊んでるんだよなあ」

橘《たちばな》さんと早坂《はやさか》さんがならんで座ればよかっただけだ。

実際、やはり冗談《じょうだん》だったみたいで、俺が橘《たちばな》さんのとなりに腰《こし》かけても早坂《はやさか》さんはすねた顔をしたものの、仕方ないなあと笑っていた。

「桐島《きりしま》くんと橘《たちばな》さんがとなりじゃないと、学校の人にみられたときに言い訳できないもんね」

パフェを食べているときも、ふたりは仲良く会話していた。

「甘いものって美味《おい》しいよね」

「うん！　私、もう一個食べれそうだよ～」

「せっかくだし、いっちゃう？」

「うわあ、二つも食べたらすごいよね。でもいけそうだな～」

「いや、二つはヤバいだろ、めっちゃふとり……あ、はい、すいません、全面的に俺がわるいです。はい、黙《だま》ってます」

そんな感じで楽しくデートは進行した。

早坂《はやさか》さんも橘《たちばな》さんもかなり自制がきいていた。しかし、ひょんなことで風向きが変わる。

女子ふたりがパフェをもう一つ食べたあと、化粧《けしょう》品売り場にいったときのことだ。

「お連れ様、おふたりともかわいいですね」

店員さんが俺に声をかけてきた。

「どちらが彼女さんですか？」

こたえづらすぎる質問。おそらく店員さんは男の俺が化粧《けしょう》品売り場で退屈《たいくつ》しているだろうと、気を利《き》かせて話しかけてくれたのだ。さらにサービス心からこんなことまでいってしまう。

「あ、私があてます！　得意なんです。彼女さんは――」

妹をみていても思うのだけど、女の子って周囲からどうみえるかをかなり気にする生き物だ。早坂《はやさか》さんと橘《たちばな》さんも例外じゃない。というより、ルックスがいいだけに、他人の視線に対してかなり自覚的だったりする。

どちらが俺と恋人《こいびと》同士にみえるか。

ふたりの目の色が変わった瞬間《しゅんかん》だった。

◇

女子の競争心に火がついた。

化粧《けしょう》品売り場では店員さんが俺とふたりを見比べて、「荷物持ち要員ですね！」といってその場は丸く収まった。

しかし買い物に付き合っていると、どうしてもゆく先々で店員さんにきかれてしまう。

「どちらの彼氏《かれし》さんですか？」

それに対して、早坂《はやさか》さんも橘《たちばな》さんも、「どっちの彼氏《かれし》だと思います？」ときき返す。

店員さんも空気が読めるので、なにかしらのプレッシャーを察知して、「う〜ん、ちょっとわかりませんね……どちらもお似合いです……」とこわばった笑顔《えがお》で逃《に》げる。

しかし、なかには果敢《かかん》にチャレンジする店員さんもいる。

早坂《はやさか》さんが新しいマフラーが欲《ほ》しいといって立ち寄ったセレクトショップでのことだ。

そこの店員さんは逃《に》げずに当てにいった。

「わかりました。こっちです！」

選ばれたのは早坂《はやさか》さんだった。

「なんで私の彼氏《かれし》だと思ったんですか？」

「なんか、ふたりならんでるとしっくりくる気がしました」

「えへへ～ですよね～」

早坂《はやさか》さんはわかりやすくニッコニコになった。そして店員さんと話しながら、マフラーだけでなくいろいろな服を手にとっていく。

「ねえねえ彼氏《かれし》の桐島《きりしま》くん！　これどうかな？」

「似合うと思うよ」

「じゃあ、あれとこれと、それも試着しちゃお～。彼氏《かれし》の桐島《きりしま》くんのためにかわいくならなくちゃいけないもん！　私、彼女だもん！」

そういって早坂《はやさか》さんが試着室に入った瞬間《しゅんかん》だった。

「なにあれ」

橘《たちばな》さんがむすっとしながら、小声でいってくる。

「パフェ食べてたときも、足でつっつきあってたし」

「気づいてたのか」

「当たり前だよ」

フルーツ店で、早坂《はやさか》さんは橘《たちばな》さんと会話しながらも、対面からつま先で俺の足をつんつんしてきたり、足をはさみこんできたりしていたのだ。

「私以外の女の子とあんなことしないでよ……」

橘《たちばな》さんは不満そうに口をとがらせる。それでも我慢《がまん》しきれなかったらしく、小さなこぶしで俺の肩《かた》をパンチしたあとで、抱《だ》きつくように腕《うで》を組んできた。

「ホントは今日ずっとこうしたかった」

ふたりきりになりたい、なんて本音だだ漏《も》れなことまでいう。

「司郎《しろう》くんは私の彼氏《かれし》だからね。それ、忘れないでよ」

そして、背伸《せの》びしてくちびるを押しあててきた。一秒にも満たないとても短いキスだ。

しかし店員さんはしっかりみていて、驚愕《きょうがく》の表情を浮《う》かべる。そりゃそうだ。彼女が試着室に入っているときに、店先で別の女の子とキスする男はかなりヤバい。

「桐島《きりしま》くん、これどうかな――」

試着室から早坂《はやさか》さんがでてくる。橘《たちばな》さんはすぐに体を離《はな》したが、女の子同士わかるものはわかるらしい。

「……ふうん、そういうこと」

早坂《はやさか》さんのスイッチが入ったのがわかった。

そしてどっちがお似合いの恋人《こいびと》か選手権は第二ラウンドに突入《とつにゅう》する。

橘《たちばな》さんがピアノのコンクールで着るワンピースを探していたときだ。

「こちらですね」

その店員さんは、俺を橘《たちばな》さんの彼氏《かれし》だと認定《にんてい》した。

「どうして私の彼氏《かれし》だと思ったんですか？」

「彼氏《かれし》さん、高嶺《たかね》の花に夢中って顔してます」

「そうなんです。彼氏《かれし》の司郎《しろう》くんは私に夢中なんです。それはもう、完全に」

橘《たちばな》さんはとても冷静な顔をしていたが、ワンピースをひとやま抱《かか》えると、鼻歌まじりに試着室に入っていった。

「なんで……なんで橘《たちばな》さんの彼氏《かれし》とかいうの？」

今度は早坂《はやさか》さんの番だった。

「桐島《きりしま》くんは私の彼氏《かれし》でしょ？　私だけの彼氏《かれし》でしょ？」

もう前提条件から崩壊《ほうかい》しているが、早坂《はやさか》さんがそうだというならきっとそうなのだ。俺はとりあえず「ごめん」と謝る。

「それにパフェ食べてるときもテーブルの下で手つないでたよね？」

フルーツ店で、橘《たちばな》さんは早坂《はやさか》さんとおしゃべりしながらも、テーブルの下で俺の手をつかまえて恋人《こいびと》つなぎしてきたのだ。

「気づいてたのか……」

「まるわかりだよ！　だって橘《たちばな》さん、わかりやすすぎるし、それに……えっちすぎるよ……」

「あれな」

本来的に橘《たちばな》さんはポーカーフェイスで、周りになにも悟《さと》らせない。しかし唯一《ゆいいつ》の弱点が恋愛《れんあい》キッズであることだ。恥《は》ずかしくて『普通《ふつう》の彼氏《かれし》彼女《かのじょ》がすること』ができない。

橘《たちばな》さんはそれを克服《こくふく》しようとしているらしく、テーブルの下でつないだ俺の手を、ためらいがちに自分の太ももにもってこようとしていた。

俺の手を自分の内ももにちょんと当てては、顔を真っ赤にしていたのだ。

「いくら桐島《きりしま》くんの気を引きたいからって、体を使うのは反則だよ！」

「え？　あ、うん」

「困ったときに色仕掛《いろじか》けなんて、そんなの女の子失格だよ。絶対やっちゃダメだよ」

「そ、そうだな……」

「ねえ桐島《きりしま》くん、キスしよ」

「どういう角度⁉」

「だって、今日ずっと我慢《がまん》してるんだもん。全然ふたりきりになれないし」

「三人で遊ぼうって趣旨《しゅし》だからな！」

あと、お客さんが少ないとはいえここは店内だ。しかし――。

「橘《たちばな》さんとは……したよね？」

早坂《はやさか》さんの目が据わっている。

「私は彼女なんだから、上書きしないといけないよね？」

「……はい、しなきゃいけないです。短めにお願いします」

早坂《はやさか》さんは俺に口を押しつけ、しっかり舌を入れてきた。店員さんはこっちと試着室を交互《こうご》にみて、恐《おそ》ろしいものをみたかのように怯《おび》えていた。当然だろう。

「司郎《しろう》くん、これどう――」

試着室から橘《たちばな》さんがでてくる。早坂《はやさか》さんはすぐに体を離《はな》したが、明らかに頬《ほお》を上気させているから、なにをしていたかすぐにわかる。

「――司郎《しろう》くんにちょっかいださないでよ」

橘《たちばな》さんがストレートにいう。頭にきたみたいで、好戦的なトーンだ。

「私の彼氏《かれし》なんだから」

「ち、ちがうよ！」

早坂《はやさか》さんも顔を赤くして応戦する。

「桐島《きりしま》くんは私の彼氏《かれし》だよ！　私だけの彼氏《かれし》だよ！」

おい、うわべの仲の良さはどこいった。

ここからは浜波《はまなみ》の予言したとおり、怪獣《かいじゅう》大戦争だった。俺をはさんで威嚇《いかく》しあい、片方のみてないところで手をつないだり、人目がなければキスまでしようとしてくる。

早坂《はやさか》さんと橘《たちばな》さんが仲良くして、俺がオマケになる。そんな二対一のバランスは完全に崩《くず》れ去《さ》る。右から早坂《はやさか》さんが俺の手をひっぱり、左から橘《たちばな》さんが俺の手をひっぱるという、マンガみたいな構図ができあがった。そして、ふたりは口論だってする。

「司郎《しろう》くんって全然おしゃれじゃないから、私がコーディネートしてあげるよ」

そういって橘《たちばな》さんにメンズのセレクトショップに連れていかれたときのことだ。

俺に着せる服を巡《めぐ》って、カジュアルにしたい早坂《はやさか》さんと、シックにしたい橘《たちばな》さんの意見が激しく衝突《しょうとつ》した。

「シックな服なんて無理だよ。だって、桐島《きりしま》くんだよ⁉　服に着られて絶対ちぐはぐになるよ！」

「カジュアルにしたところで日曜日のお父さんみたいになるだけだよ。だって、司郎《しろう》くんだよ⁉　服だけでもかっこよくしないと、どうにもならないよ」

「も～、橘《たちばな》さんのわからずや！」

「早坂《はやさか》さんのおたんこなす！」

「俺、動きやすい服がいいんだけど……」

「「なにかいった⁉」」

ふたりの声が重なる。この眼光を俺は動画でみたことがある。狩《か》りをする雌《めす》ライオンだ。

「……いえ、なにも」

この調子で、今日はこのまま怪獣《かいじゅう》大戦争がつづくのかと思った。

しかし意外にも、それはすぐに終結した。

「そんなことより橘《たちばな》さん、時間！」

早坂《はやさか》さんが腕時計《うでどけい》をみていったのだ。その言葉で、橘《たちばな》さんもすぐに我に返る。

ふたりはうなずき合い、店をでて歩きだす。

「桐島《きりしま》くんもいくよ〜」

早坂《はやさか》さんに手招きされて、俺も犬のようについていく。

連れてこられたのは、大型商業ビルの最上階にあるプラネタリウムだった。展示のポスターをみて、なぜこのプラネタリウムなのかを理解する。

「俺の好きなアーティストだ……」

天体の映像をみながら音楽を聴《き》くという企画《きかく》で、コラボしているミュージシャンはまちがいなく俺のフェイバリットだ。シンセサイザーの音がとても詩的で、歌詞のなかに『夜』という単語が多く、プラネタリウムがよく似合う。

「えへへ、桐島《きりしま》くん、いつも聴《き》いてたから」

早坂《はやさか》さんが俺のリアクションをみて満足そうにいう。

橘《たちばな》さんは照れたように横を向き、つぶやく。

「気に入ってくれると嬉《うれ》しい……」

事前に俺が喜びそうなところをふたりで探してくれたのだ。どうやら今日のデート場所がこの都心の大きな駅の近くになったのは、ふたりが買い物しやすいからではなく、全てこのプラネタリウムのためだったようだ。

俺は思う。

彼女たちは優《やさ》しいのだ。

共有はそんな彼女たちの優《やさ》しさの表れだ。早坂《はやさか》さんは橘《たちばな》さんの気持ちを尊重するし、橘《たちばな》さんも早坂《はやさか》さんの気持ちを尊重する。そして俺のこともちゃんと考えていて、こうやってプラネタリウムのサプライズを用意してくれる。

結局すぐに怪獣《かいじゅう》大戦争をするし、デートも時間でいえば九割がふたりの買い物なわけだけど、それでも三人の関係がいいものになるよう努力している。

「ありがとう」

俺がいうと、早坂《はやさか》さんは嬉《うれ》しそうに笑い、橘《たちばな》さんは頬《ほお》を赤くした。

ずっと責任を感じていた。こういう関係にしてしまったことに。

でも彼女たちは前向きで、いろいろと考えて、自分たちの気持ちに折り合いをつけようとしている。だから俺も責任感とかじゃなくて、もっと前向きな気持ちでこの共有という関係に向き合うべきだ。そう、思った。

◇

「ごめんね」

「ごめんなさい」

　プラネタリウムからでたところで、早坂《はやさか》さんと橘《たちばな》さんが謝る。

　俺が全然プラネタリウムのプログラムに集中できなかったからだ。

　右に早坂《はやさか》さん、左に橘《たちばな》さんというならびでシートに座ったのだが、暗くなった瞬間《しゅんかん》、まずは早坂《はやさか》さんがいつものごとく俺にくっついてきた。三人でいるからと我慢《がまん》していたのが限界にきたらしく、完全にそういうモードだった。

　左からは恋愛《れんあい》キッズを卒業しようとがんばる橘《たちばな》さんも仕掛《しか》けてくる。当然、互《たが》いが互《たが》いの動きを察知して、どんどん過激になる。

　両耳に舌を突《つ》っ込まれた状態で音楽を聴《き》くのは難しい。

「も、もう一回いく？」

　早坂《はやさか》さんが申し訳なさそうにいう。

「大丈夫《だいじょうぶ》、ちゃんと楽しめたから」

「じゃ、俺はこの辺で。もういかないと――」

　それに、もう一回いったとしても絶対同じことの繰《く》り返《かえ》しになるだろ。

「え？」

　橘《たちばな》さんが急に不安そうな顔になる。

「デート……つまらなかった？　わ、私のせい？　ご、ごめん……」

ちがうちがう、と俺は手をふる。

「六時から用事あるっていってたろ」

そういえばメッセージにも書いてたね、と橘《たちばな》さんは落ち着きを取《と》り戻《もど》す。

「あんなの私がちょっとゴネればなんとかなると思ってた……」

「おい」

わがままお嬢様《じようさま》全開だな。

「なんか、最近多いよね。用事があるって、私とも橘《たちばな》さんとも予定いれないこと」

早坂《はやさか》さんが疑惑《ぎわく》の目を向けてくる。

当然、「なんの用事か教えてよ」と詰《つ》めよられることになった。

しかしそこは俺もがんばって、なにもいわずに持ちこたえる。結果、ふたりはもうちょっと遊んでいくというので、俺ひとりが離脱《りだつ》することになった。

別《わか》れ際《ぎわ》、橘《たちばな》さんは俺に駆《か》けよると、胸に額をこつんとあててきた。

「あんまり不安にさせないで」

小声で、そんなことをいう。

「ただでさえ私、すごいヤキモチやきになっちゃってるんだから」

「ごめん」

「いいけど……用事って、他の女の子とかそういうんじゃないよね？」

「ああ、信じてくれ」

「……うん、信じる」

橘《たちばな》さんはいじらしい表情で俺をみあげ、目を閉じる。完全にキス待ちになったところで──。

「も～！」と早坂《はやさか》さんが橘《たちばな》さんの首根っこをつかんでずるずると引《ひ》き離《はな》した。

「ここ公共の場だよ⁉」

どの口がいうんだろうと思うが、目は前に向かってついているから自分のことはみえないものなのだ。

「わ、私の彼氏《かれし》……」

引きずられながらも、橘《たちばな》さんが手を伸《の》ばす。

「わ、私の彼氏《かれし》だよ～‼」

早坂《はやさか》さんが顔を赤くしていう。

龍虎《りゅうこ》あい打つ戦いが始まりそうだし、時間もないしで、俺はそそくさとその場を離《はな》れた。

商業ビルの外にでてみれば、外はもう真っ暗だった。クリスマスシーズンのイルミネーションがあちこちで点灯している。

街並みは華《はな》やかだが、吹《ふ》く風は冷たい。

首をすくめ、ポケットに手を突《つ》っ込んで信号が変わるのを待つ。

それにしても、最近は早坂《はやさか》さんより橘《たちばな》さんのほうが不安定だ。別《わか》れ際《ぎわ》、『他の女の子じゃないよね？』と雨に濡《ぬ》れた子犬のような顔をしていたことを思いだす。

橘《たちばな》さんは本来、完全な一番タイプの女の子で、二番とか共有とかに全然向いてない。

でも多分、橘《たちばな》さんが不安定になっている原因は俺と早坂《はやさか》さんだけじゃない。

そんなことを考えていたそのときだった。


「ど〜ん！」

女の人がわざとらしくぶつかってくる。

オーバーサイズの厚手のパーカー、長いマフラーで首元をぐるぐる巻きにして、ショートカットの内側をピンク色に染めている。

「今夜もよろしくね」

なんて、楽しそうに笑っていう。

「それより桐島《きりしま》、かわいい女の子と一緒《いっしょ》にいたね」

「みてたんですね」

「私も買い物してたんだ〜。で、あの胸の大きいほうが桐島《きりしま》の彼女でしょ」

「なんでそう思ったんですか？」

「お嬢様《じょうさま》みたいなほうにはもう他に彼氏《かれし》いるじゃん」

昨夜、偶然《ぐうぜん》みかけたらしい。美人だから印象に残っていたという。

「男と歩いてた。サッカーやってそうな超《ちょう》イケメン。かなりいい感じで、手つないでたよ」

第20話　麦茶

文化祭が終わってすぐ、俺はアルバイトをはじめた。

場所は三人でデートした都心、ターミナル駅近くのライブバー。ピアノやサックスの音色を聴《き》きながら、お酒を飲むことができる。

校則でバイトは禁止されているけど、ライブバーなら高校の生徒にみつかることはないし、価格設定の高い店だから先生もこないと思ったのだ。

その日も俺は放課後になると、電車に乗ってバイトに向かった。

大通りから少し路地に入って、階段を下りる。地下とは思えない広さの空間、ステージがあり、テーブルがならび、バーカウンターがある。まだ開店前で、客はいない。

俺はロッカーでシャツとスラックスに着替《きか》える。この服は毎日、クリーニングしたものを支給される。オーナーの玲《れい》さんの方針で、細かいところまで手抜《てぬ》きがない。

エプロンをして、厨房《ちゅうぼう》にいって、手を洗って、バケツいっぱいのジャガイモの皮をピーラーで剝《む》く。俺の剝《む》いたジャガイモは、シェフの手によってハッセルバックポテトと呼ばれる美《お》味《い》しい料理になる。

「手伝うよ」

バケツの半分までいったところで、髪《かみ》の内側をピンクに染めた女の人がやってきていう。

「バーカウンターはいいんですか？」

「もうお客くるまでやることないし」

そういってしゃがみこみ、俺と一緒《いっしょ》にジャガイモの皮を剝《む》きはじめる。

彼女の名前は国見《くにみ》鳴《めい》。

二十歳《はたち》で、都内の大学に通いながら、この店でバーテンダーの見習いをしている。

猫《ねこ》のような顔つきで、胸は橘《たちばな》さん以上、早坂《はやさか》さん未満といったところ。

私服も話した感じもかなり砕《くだ》けた印象だが、制服を着てバーカウンターのなかにいるときはとても上品だったりする。姿勢がよくて、白いシャツと黒のベストが似合っている。髪《かみ》のピンクと耳にしたシルバーのピアスが差し色になって、暗いホールのなかでよく目立つ。とても都会的なセンスといえる。

「今日、ここにくるまで電車のなかで本を読んでたんだ」

国見《くにみ》さんがジャガイモを剝《む》きながらいう。

「なんの本ですか？」

「ヘルマン・ヘッセって人の本。読んでたら頭よさそうにみえるじゃん？」

「どうでした？」

「インテリになった気がする。ＰＴＡ会長みたいな顔つきになってない？」

「そういわれると、そんな気がしてきました」

「でしょ？　なんかノーベル賞とれそうな気がしてきた〜」

ちなみに最初の数ページで読むのはやめたらしい。スマホでヘッセについて調べて、それで全部読んだ気持ちになったという。

国見《くにみ》さんは自称《じしょう》くされ大学生で、大学名も学部も教えてくれない。よくバーカウンターのなかで練習といってはビールを注ぎ、自分で飲んでいる。さばさばした性格とショートカットがあいまって、少しボーイッシュな印象だ。

「ヘッセって人、詩人になりたい、さもなくば死にたい、みたいなこといったらしいじゃん。桐島《きりしま》はどう思う？」

「芸術家だなって思います」

「真面目だなあ。私はヘッセくん、三秒後には『やっぱ石油王になりて〜』っていってたと思うなあ」

「斬新《ざんしん》な解釈《かいしゃく》ですね」

「インテリだからね」

国見《くにみ》さんはベストの背中、ズボンにさしていたノートをとりだすと、ヘッセの新解釈《かいしゃく》という項目《こうもく》を立て、実は石油王になりたかった、と書き込んだ。

「国見《くにみ》さん、なんでもノートにまとめますよね」

ビールの銘柄《めいがら》や料理の種類をメモしてバイトに役立てることもあれば、こういうどうでもいいことを書きつけていることも多い。

「どれもこれもアイディアの種だからね～」

ノートを背中にしまったあと、得意げにピーラーを振《ふ》り回《まわ》しながらいう。ジャガイモの皮が俺の顔にはりつく。

そのうちに店がオープンして、国見《くにみ》さんはバーカウンターに戻《もど》っていった。俺は厨房《ちゅうぼう》のなかで食器を洗うんだけど、ホールの人が足りなくて、注文を取るようにいわれる。

ベストを着てメモを片手に各テーブルをまわる。飲み物をバーカウンターにとりにいくと、国見《くにみ》さんがビールを注いでいる。単純にみえるが泡《あわ》の量のコントロールなどの技術が必要な作業で、国見《くにみ》さんはかなりうまいらしく、見習いだがそれだけは任されている。

「今日のサックスどう？」

国見《くにみ》さんは真剣《しんけん》な眼差《まなざ》しでグラスを傾《かたむ》け、レバーを操作しながらいう。

「俺、ジャズは全然わからないんですよね」

「私も。この店おしゃれすぎ。笑える」

国見《くにみ》さんは注いだビールを俺が手に持つトレーにひょいひょい載《の》せていく。

「ほれ桐島《きりしま》、いってこい」

ピカピカのグラスに注がれた琥珀《こはく》色の液体は、間接照明に照らされ独特の輝《かがや》きを放つ。それはある種の芸術品のようにみえた。

バーカウンターからアルコールを運び、厨房《ちゅうぼう》から料理も運ぶ。グラスがなくなったら回収して洗って、繊維《せんい》の細かい布巾《ふきん》できれいにふく。忙《いそが》しくて、サックスやピアノの音色に耳を澄《す》ませているひまはない。

学校とはちがう時間の流れ、勉強とはちがう充実感《じゅうじつ》。

客も従業員も大人ばかりの空間で、自分も少しだけ大人になった気分になる。

でも、俺がバイトを始めた目的はそういうことじゃない。

閉店の時間が近づく。ほとんど客がいなくなった店内、女の人が一番後ろのテーブルに静かに座っている。俺は彼女のところに国見《くにみ》さんが注いだヒューガルデンを持っていく。

「なかなか様になってるじゃない、クラシック少年」

「俺はクラシックききませんよ」

「恋人《こいびと》のクリスマスプレゼントのためにバイトを始めるなんてクラシック以外のなにものでもないよ」

オーナーの玲《れい》さんだ。薄手《うすで》のニットのセーターにテーパードのパンツ、ゆるく巻いた長い髪《かみ》のあいだから、金色のイヤリングがみえる。いかにも大人の女性って雰囲気《ふんいき》だけど、年齢《ねんれい》はよくわからない。

「君の時給、少しだけあげようと思う」

「え？」

「恋人《こいびと》にちょっといいプレゼントを買ってあげなさい」

「でも、いいんですか？　俺、まだ働きはじめたばかりですよ？」

「私がこうやって座ってるのって、なんでだと思う？」

玲《れい》さんはここを含《ふく》めて、都内にある三つの店を毎日まわっている。客としてやってきて、一番後ろのテーブルに座り、音楽を聴《き》いて少しだけお酒を飲む。

「店になにが必要か、なにが足りないかをみてるって、ききました」

「そのとおり」

私にはそういうのが直感的にわかるの、と玲《れい》さんはいう。

「いい店にするためのコツはね、細部までクオリティにこだわること。そして、そのための経費を惜《お》しまないこと」

この店のシェフとバーテンダーは他の店よりも給与《きゅうよ》の水準が高い。

「そしてそれは君のジャガイモの皮むきやグラス磨《みが》きについても同じよ」

こうして、俺の時給はあがることになった。

大人に少しだけ認められた気がして嬉《うれ》しかった。早坂《はやさか》さんと橘《たちばな》さんにクリスマスプレゼントを買うために始めたことだけど、俺はこの店を好きになりはじめている。

新しい人間関係、生活圏《けん》というのはすごく新鮮《しんせん》で、風通しがよくて、俺の求めていたものかもしれない。

でも——。

「さすがにこれはまずいんだよなあ」

「え？　なんで？　もしかしてあの胸の大きい彼女、ヤキモチやくの？」

国見《くにみ》さんが当たり前みたいに俺と腕《うで》を組みながらいう。

駅に向かう帰り道、寒い寒いといってくっついてきたのだ。

「しかし、ホントに桐島《きりしま》に彼女いたとはなあ」

「信じてなかったんですか？」

「見栄《みえ》っ張《ば》り、って思ってたよ」

国見《くにみ》さんはからからと笑う。

「ぼっちだったら胸くらいさわらせてあげたのに、残念だったね」

そんなことをいわれて、俺は思わず国見《くにみ》さんの胸をみてしまう。生地《きじ》の厚いパーカーのせいで今はわからないが、バイト中、彼女の白いシャツは胸元《むなもと》がいつも張っている。

俺がそんな想像をしたことを見透《みす》かして、国見《くにみ》さんはおかしそうに笑う。

「顔赤くしてやんの」

「からかわないでくださいよ」

「彼女のやつさわっときな。クリスマスはお楽しみでしょ」

「いや、そういうわけでも……」

「え？　まだヤってないの？　ういういしいね～」

国見《くにみ》さんは俺と腕《うで》を組んだまま歩く。大学生で俺よりお姉さんということもあるし、そもそもこういうタイプなんだろう。

『この店、大人ばっかで寂《さび》しかったんだ。友だちになろうよ、友だち』

初めて声をかけられたときから、すごくフレンドリーだった。

でもタイミング的に俺が真面目に働くことを確認《かくにん》してから声をかけてきているから、意外とちゃっかりしているのかもしれない。付き合う人間はしっかり選ぶタイプ。

「ゲーセンで遊んでこうよ」

「俺、明日学校あるんで」

「週末だったら？」

「いいですよ」

国見《くにみ》さんとの会話はシンプルだ。ストレートで、そこに言葉以上の意味と感情が含《ふく》まれない。

だから俺も素直《すなお》になって、ぽんぽんと話をすることができる。

「髪《かみ》の色、そろそろ変えようかな」

「俺、今の感じけっこういいと思いますよ」

「マジ？　じゃあしばらくこれでいこうかな」

そんな会話をしながら、多くの人にまじって交差点の信号が青になるのを待つ。

そのときだった。

前にいるふたりの女の子に目がいった。かわいらしい後ろ姿。ひとりはキャメルのピーコートを着て、もうひとりは紺色《こんいろ》のダッフルコートを着ている。

そういえば橘《たちばな》さんと早坂《はやさか》さん、この前食べたパフェをもう一回リピートしようとはしゃいでいたな……。

俺はすぐに気がついて、その場から離《はな》れようとする。しかし——。

「え？　桐島《きりしま》くん？」

俺の声に反応して、早坂《はやさか》さんが振《ふ》り返《かえ》ってしまう。

まじまじと、俺と国見《くにみ》さんが組んでいる腕《うで》をみる。俺はいろいろと言い訳をしようとするが、国見《くにみ》さんが、早坂《はやさか》さんがいることに気づかず話をつづけてしまう。

「それにしても桐島《きりしま》の彼女って面白《おもしろ》いよね」

話題のチョイスがタイムリー。

「ヤらせてくれないのにヤキモチだけは一人前なんてさ」

それ、早坂《はやさか》さんが絶対キレるやつ。

「まあ、そういうところがかわいいよね～」

褒《ほ》める言葉がつづくがもう手遅《ておく》れ。

カチンときた表情で早坂《はやさか》さんが俺をみている。

「ヤらせてくれない？　私が？　その口がいうの？」

桐島《きりしま》くんってユーモアのセンスあるよね、と早坂《はやさか》さんは仏のように穏《おだ》やかな表情でいう。

「いいよ。じゃあ、今からヤろうよ。今度は逃《に》げないでさ」

◇

「どうしてこの俺が！　生徒会室から追いだされなきゃいけないんだよ！」

生徒会長の牧《まき》がいう。

昼休み、屋上でのことだ。

牧《まき》が生徒会室で庶務《しょむ》をこなしていたところ、早坂《はやさか》さんと橘《たちばな》さんが「部屋使わせて」といってきたらしい。

「なんで生徒会室なんだろ」

「他の生徒にも、そんで桐島《きりしま》にもきかれたくない話をしたかったからだろ」

牧《まき》はふたりに鍵《かぎ》を渡《わた》して部屋をでてから、少しのあいだ扉越《とびらご》しに聞き耳を立てたという。

「マナー違反《いはん》だろ」

「俺を便利に使うからだ。あいつらくらいだぞ、俺を桐島《きりしま》のオマケ扱《あつか》いする女」

橘《たちばな》さんに至っては『司郎《しろう》くんのお友だちの……なんとかくん』といって、牧《まき》を廊下《ろうか》で呼びとめたらしい。

「そんであいつら、桐島《きりしま》にめちゃくちゃ怒《おこ》ってたぞ」

俺をどう処すか作戦会議をしていたらしい。

「一体なにしたんだよ」

「女の人と腕《うで》組んで歩いているところをみられた」

「やってんなあ！」

「バイトの先輩《せんぱい》だよ。むこうは大学生で、そういう感じじゃない」

あのとき、国見《くにみ》さんの『やらせてくれない彼女』の部分に早坂《はやさか》さんがキレて、ふたり以外の女の人に俺がさわっていることに橘《たちばな》さんが静かにキレた。

『今はルールがあるからできないよ？　でも、それまで私が桐島《きりしま》くんを拒《こば》んだことなんてあった？　記憶《きおく》がないのは私がバカだから？　ねえ、こたえてよ』

『私たちのいうことは絶対なのに、司郎《しろう》くんがいうことをきかない……』

国見《くにみ》さんはただのバイトの先輩《せんぱい》で、バイトを始めたのは早坂《はやさか》さんと橘《たちばな》さんのクリスマスプレゼントのためだと何度も説明して、その場はなんとか落ち着いた。しかし彼女たちの怒《いか》りはまだおさまっていなかったらしい。

牧《まき》を生徒会室から追いだしてすぐに、話し合いを始めたという。

「浮気《うわき》する桐島《きりしま》が全部わるいっていってたな」

「まったく浮気《うわき》してないけどな」

「もう二度と『ヤらせてくれない彼女』なんていわせないって息巻いてたぞ」

「こわいな。ちょうど今日、三人でお出かけするんだ」

三人一緒《いっしょ》に楽しく過ごすことができるか。

その最終試験をすることになっている。前回は結局、怪獣《かいじゅう》大戦争になってしまった。今回も失敗すれば、さすがにクリスマスはどちらかひとりと過ごすという話になっている。

「桐島《きりしま》、選びたくないだろ」

「まあな」

「ていうか、イブと当日で分ければいいんじゃないのか？」

「ふたりともイブの夜から当日にかけて一緒《いっしょ》にいたいっていうんだ」

「あいつら抜《ぬ》け駆《が》け禁止のルール守る気ねえだろ」

だから彼女たちは三人で一緒《いっしょ》にいることにこだわっている。

「まあ、あいつらにしてみれば桐島《きりしま》に選ばせたくないだろうしな。事実上、どっちを優先したかがみえちまうわけだし」

共有の関係自体がそういう心理で成り立ってるもんな、と牧《まき》はいう。

「橘《たちばな》も早坂《はやさか》も、桐島《きりしま》に選ばせたら自分が捨てられると思ってる。だからこの共有をやめられない。そんで桐島《きりしま》も選べない。選ばれなかったほうがすごい傷つき方するってわかるから」

「情けない男って自分でも思ってるよ」

「けど冷静に考えればそうなるだろ。特に今回はあっちが選んで欲しくないっていってんだ」

でもどこまで逃《に》げ切《き》れるかな、と牧《まき》はいう。

「三人でずっと避《さ》けつづけてる話題があるだろ」

「……そうだな」

「早坂《はやさか》はもちろんだが、橘《たちばな》もあんま器用じゃないぞ」

「わかってる」

俺たちはいろいろなことに目をつむって、この共有関係をつづけている。

どこまで逃《に》げ切《き》れるか、それは俺にもわからない。この関係をつづけることがいいことなのかもわからない。多分、誰《だれ》もわかってないと思う。でも、もうやめられない。

「なあ桐島《きりしま》、お前がなにをしても見損《みそこ》なうことはないし、早坂《はやさか》と橘《たちばな》が俺を脇役扱《わきやくあつか》いしたってかまわない。でも一つだけいわせてもらうなら——」

牧《まき》は手すりにもたれ、冬のよく晴れた空をみあげながらいう。

「俺とお前と柳先輩《やなぎせんぱい》、三人でつるんでた中学時代、今でもけっこう気に入ってるぜ」

牧《まき》はそれだけいって屋上から去っていく。

俺はその背中をみながらいう。

「知ってるよ」

◇

放課後、電車のシートに橘《たちばな》さんとならんで座っている。

ふたりでサッカースタジアムに向かっていた。日本代表の親善試合があるのだ。公式戦じゃないからチケットはコンビニで簡単に買えた。早坂《はやさか》さんはあとから合流する。

三人で楽しく過ごせるかどうかの最終試験。

「しかし橘《たちばな》さん、いったいなにをやってるんだ」

「消してる」

橘《たちばな》さんは俺のスマホを操作している。貸して、といわれたから貸したのだ。

「でも女子の連絡《れんらく》先なんて全然ないだろ」

早坂《はやさか》さんをのぞけばせいぜい妹くらいのものだが、「そうじゃない」と橘《たちばな》さんはいう。

「私、心の広い彼女だから彼氏《かれし》のアドレス帳をチェックしたりしない」

「じゃあ、なにしてるんだ？」

「司郎《しろう》くん、女の子のアーティストばっかり聴《き》く」

「女性ボーカルは高音がきれいだし、電子音とも相性《あいしょう》いいからな」

「司郎《しろう》くんが他の女の子の話をするたびに私、胸《むね》の奥が痛くなる」

みれば橘《たちばな》さんは俺のスマホにある音楽のサブスクのアプリを立ちあげて、ライブラリから女性アーティストのアルバムや曲を次々に削除《さくじょ》していた。

「これからは女の子のアーティストを登録するときは許可制だから」

「浮気《うわき》判定厳しくない？」

「アイドルは絶対禁止」

「俺、ガチ恋《こい》の疑いかけられてんの？」

「やっぱアドレス帳もチェックする」

「心の広い彼女はどこいった？」

橘《たちばな》さんはひととおりスマホをチェックすると俺に返してよこした。

「あの大学生の女の人の連絡《れんらく》先、登録してないんだね」

「バイトの同僚《どうりょう》ってだけだからな」

「私も髪《かみ》、染めようか？」

「いいって。俺、今の橘《たちばな》さんが好きだ」

「知ってる」

「わかっててきいたろ」

「まあね」

橘《たちばな》さんが俺の手を握《にぎ》ってくる。そして黙《だま》ったまま、俺のスニーカーをローファーで軽く踏《ふ》んでくる。なにかいいたそうだけど、いえない。そんな感じ。

俺もききたいことがあるけど、きけないまま時間が過ぎていく。

やがて複数の線が乗り入れている駅に電車が到着《とうちゃく》して、早坂《はやさか》さんが乗ってくる。事前に座る車両は打ち合わせしておいた。

「これだけ学校から離《はな》れてたら、いいよね？」

そういって早坂《はやさか》さんがとなりに座り、俺はふたりに挟《はさ》まれる格好になる。

「司郎《しろう》くんのスマホ、チェックしといたよ」

「ありがとう！」

俺を挟《はさ》んで親指を立てあうふたり。仲が良《い》いのはいいことだ。しかしすぐに――。

「橘《たちばな》さん、手、手」

早坂《はやさか》さんが、俺と橘《たちばな》さんのつないだ手をみながらいう。

「び、平等の原則、忘れてるよ！」

「……早坂《はやさか》さんも手をつなげばいいよ。司郎《しろう》くんの右手あいてるし」

「それには俺から異議がある」

ここは電車のなかだ。男子高校生が女子高生ふたりと左右で手をつないでいる倒錯《とうさく》的な絵面をつくるわけにはいかない。そのことを説明すると、となりで早坂《はやさか》さんも「うん！　そうだよ！」と力強く同意する。

しかし、しれっとした顔をしていた橘《たちばな》さんが次にとった行動は——。

「ぐぅ」

狸寝入《たぬきねい》りだった。

「おい、バレバレだからな」

手をはなそうとすると、さらに強く握《にぎ》ってくる。肩《かた》に乗せた頭もどけようとしない。

「も～!!　それなら私だって！」

「やめろ早坂《はやさか》さん！」

早坂《はやさか》さんがやめるはずもなく、女の子ふたりと手をつなぐことになった。彼女たちの要求にこたえることはやぶさかではないが、他の乗客を戸惑《とまど》わせることは本意じゃない。

「仕事帰りのサラリーマンの皆《みな》さんが理解不能でこわがってるぞ」

橘《たちばな》さんが薄目《うすめ》を開けて周りをみる。彼女なりに説明可能な状況《じょうきょう》にしようと思ったのだろう。

「………お兄ちゃん」

「お兄ちゃん!?」

家族だからみんなで手をつないでてもセーフってこと!?

「司郎《しろう》お兄ちゃん、好き」

しかし橘《たちばな》さんはさらに体を押しつけて甘えはじめる。早坂《はやさか》さんはそれをみて「橘《たちばな》さん、その設定でいくんだね」と納得《なっとく》した顔をする。おい、やめろ。しかし――。

「き、桐島《きりしま》お兄ちゃん！　ちゅ、ちゅき！」

「……名字で呼ぶ妹なんていないんだよなあ」

あと早坂《はやさか》さんの妹イメージどうなってんの？

結局、ふたりのまったく似てない妹にべったりくっつかれながら電車に乗りつづけた。

今日もこのまま、この浮《う》ついたテンションでいくのだと思った。

けど、そうはならなかった。

夕闇《ゆうやみ》のなか、駅からスタジアムへの道を人の流れに乗って歩いているときだった。

「橘《たちばな》さんは学校でもイチャイチャしてるからいいでしょ！」

「早坂《はやさか》さんこそ、え……えっちなこといっぱいしてるんだから我慢《がまん》してよ！」

「わ、私をそういう女の子みたいにいわないでよ！」

「ちがうの!?」

例のごとくケンカが始まる。ふたりとも楽しんでいる雰囲気《ふんいき》さえあるから、それはよかったのだけど、早坂《はやさか》さんが勢い余っていってしまったのだ。

「私には桐島《きりしま》くんしかいないの！　橘《たちばな》さんはいいでしょ、今もやなぎ――」

「無理があるだろ～」

それは、俺たちが意図的に避《さ》けつづけている名前。

ほんの数秒、空白の時間が生まれる。

「ご、ごめん、その……」

早坂《はやさか》さんはあわてて口をつぐむ。そしてわざとらしいくらい明るい声で、「桐島《きりしま》くんは私のものだからね〜！」といいなおす。

でも、もう手遅《ておく》れだった。橘《たちばな》さんの表情から熱は引いている。

「橘《たちばな》さん、私そんなつもりじゃ……」

「いいよ、ホントのことだから」

急激に、俺たちの周りにリアリティが戻《もど》ってくる。

冬の寒さ、スタジアムに向かう人波、白い街灯。

俺たちの共有関係は、多分、本当はそんなに楽しいものじゃない。どうしようもなくなった感情が生みだした、妥協《だきょう》の産物。だから、降り積もる雪がすべてを美しくみせるように、俺たちは楽しいやりとりで全てを覆《おお》い隠《かく》していなければいけない。アオハル彼女とか、コミカルなケンカとか。

本当の感情や、都合のわるいことには目をつむって——。

「試合、楽しみだな」

俺はとりあえず、そういってみる。なかったことにしようとしてみる。でも、橘《たちばな》さんはそういう気持ちになれないみたいだった。司郎《しろう》くん、ごめん、と手を離《はな》してしまう。

「私、まだ瞬《しゅん》くんと連絡《れんらく》とってる」

行き場のない感情をどうしていいかわからない、そんな表情をしている。

「友だちとしてでいいからっていわれて、断れなかった。私、瞬《しゅん》くんにひどいことしちゃったから」

柳先輩《やなぎせんぱい》は、自分の大好きな婚約《こんやく》者と信じていた後輩《こうはい》がステージ上でキスするところをみせられた。それでも、「このことを親にいったりはしない、しばらくこのままでいて欲しい」と橘《たちばな》さんにいったらしい。

先輩《せんぱい》は怒《おこ》ってよくて、俺たちを軽蔑《けいべつ》してよくて、でも橘《たちばな》さんを好きという感情が勝って、その橘《たちばな》さんに好かれる可能性を残すという一点のためだけに頭を下げて頼《たの》んだのだ。俺はそのときの先輩《せんぱい》の葛藤《かっとう》を想像して苦しくなる。

「だから、まだ会ってる。瞬《しゅん》くんが私のこと好きって知ってるのに……でも、やっぱり瞬《しゅん》くんに申し訳ない気持ちがあって……その、ごめん」

「謝らなくていいよ。先輩《せんぱい》にひどいことしたのは俺も同じだから」

もう、そこからはテンションをあげることはできなかった。

文化祭直後の破滅《はめつ》的な気持ちに戻《もど》ってしまう。俺たちはどこにもいけない。

「ごめん橘《たちばな》さん、私が変なこといっちゃったから……」

「早坂《はやさか》さんは私と瞬《しゅん》くんのこと知ってるんだね」

「一緒《いっしょ》にフットサルしてるから……」

でも橘《たちばな》さんのこと責めたりしないよ、と早坂《はやさか》さんはいう。

「私がまだ桐島《きりしま》くんのとなりにいれるの、橘《たちばな》さんのそういう気持ちのおかげだから。先輩《せんぱい》と私を傷つけたって思ってるんでしょ？　だから共有させてくれたんだよね？　私、ちゃんとわかってるから。感謝してるから。だから橘《たちばな》さんがわるいなんて絶対思わない」

そこで早坂《はやさか》さんが黙《だま》りこむ。視線はスタジアムに向かう人波をみている。そのなかに同世代の恋人《こいびと》らしき男女が楽しそうに手をつないでいる姿があった。

「三人はちょっとバランスわるいね」

そういって静かに俺の手を離《はな》す。

「ねえ橘《たちばな》さん、クリスマス、三人はやめとこっか」

「そうね。そうしたほうがいいね」

三人で過ごせるかどうかの最終試験はあっけなく終わった。この試験はつまるところ楽しい演技をどこまでつづけられるかで、俺たちは最後まではできなかったのだ。

こうしてサッカーの試合は俺たちにとっては消化試合になってしまった。美しい芝生《しばふ》、ナイター、アンセム。周囲が熱狂《ねっきょう》するなか、三人棒立ちでただ眺《なが》める。フィールドの光に照らされた彼女たちの顔はぼうっとして、なにを考えているかわからなかった。

ダウナーなトーン。こうして今夜は終わってゆくのだと思った。しかし――。

「こういうのはよくないよね。三人でする最後のデートだし、どうせなら楽しい思い出にしたいな。好きな人と一緒《いっしょ》にいて楽しくなかったら嘘《うそ》だもん」

ハーフタイム、早坂《はやさか》さんはいつもの困ったような笑顔《えがお》をつくっていう。

「私、飲み物買ってくるね」

「私もいく」

ふたりが連れだってシートから離《はな》れていく。楽しくなるための作戦を考えるのだろう。ふたりのことだから頭を使えば使うほどポンコツになる気がする。そう思っていたら、意外と早くふたりは飲み物を手に戻《もど》ってきた。

「はい桐島《きりしま》くんのぶん」

麦茶といって、大きなプラスチックカップを渡《わた》される。

また俺のとなりにおさまるふたり。

早坂《はやさか》さんは麦茶をまじまじとみつめていたが、意を決したように口をつけた。カップを傾《かたむ》け、苦しそうな顔で、ごくごくとイッキに飲みはじめる。

「ぷはあっ！」

ぷはぁ⁉

反対側をみれば、橘《たちばな》さんも眉間《みけん》にしわを寄せ、目を強く閉じてイッキに飲んでいる。

まさか——。

俺は手渡《てわた》されたカップに口をつけてみる。おい——。

「これ、ビールじゃねえか!!」

俺は思う。このふたり、本当にブレーキついてない。

◇

バーで働くようになって知ったことだが、お酒を飲めばみんながみんなハイになるわけじゃない。眠《ねむ》くなる人もいれば、落ち込む人だっている。そして俺は頭が痛くなる人だった。

橘《たちばな》さんと早坂《はやさか》さんは最高にハイになるタイプだった。

「視界が……歪《ゆが》んでみえる……」

「うわ〜! 入った、入った、ご〜る!! やったよ桐島《きりしま》くん! 大好き!」

「すごい! 一点? 一点! あはっ、司郎《しろう》くん、キスしよ!」

サッカーの試合にはしゃぎまくり、脈絡《みゃくらく》なく俺に抱《だ》きついてくる。

そして試合が終わり、スタジアムをでて駅に向かっているときのことだ。

ふたりが人目を気にせずケンカを始めたため、わざわざ人のいない裏路地を歩いている。

「ひかりちゃんはずるい!」

早坂《はやさか》さんがいう。顔が赤く、全体的にろれつがまわっていない。

「桐島《きりしま》くんも柳先輩《やなぎせんぱい》もいて、学校でも彼女してて、けっきょく全部もってる！」

「あ、あかねちゃんがイジめる〜‼」

橘《たちばな》さんは幼稚園児《ようちえんじ》みたいになって、俺の体の後ろに隠《かく》れる。

「司郎《しろう》くん助けてよ〜！」

橘《たちばな》さんは泣き上戸の属性まで持っていて、輪をかけてめんどくさい。そして、酔《よ》っぱらった女の子ふたりのケンカに割って入るほど俺は命知らずじゃない。

「あ、あかねちゃんだってずるいじゃん！」

俺を盾《たて》にしながら橘《たちばな》さんが反撃《はんげき》する。

「すぐに壊《こわ》れた感じになってさあ、そんなの司郎《しろう》くん、ほっとけないじゃん！」

「ひかりちゃんだって、桐島《きりしま》くんしかさわれないとかさあ、小さい頃《ころ》の約束かもしれないけど、そんなのあったら桐島《きりしま》くん責任感じてずっと好きでいようとするに決まってるじゃん！」

「ちがうもん、そんなのなくても司郎《しろう》くんは私のこと好きだもん！」

「わかんないよ〜？」

「あ、あ、あかねちゃんのバカ〜！」

「バカぁ⁉　もうおこった！」

早坂《はやさか》さんが体当たりしてくる。当然、ぶち当たるのは盾《たて》にされている俺だ。橘《たちばな》さんは後ろから犬の前足みたいに丸めた手で、へにゃへにゃパンチを繰《く》り出《だ》して応戦する。このふたり、酔《よ》うと手まででる。もう絶対飲ませない。

「あかねちゃん、すぐ体使う！　そうやって司郎《しろう》くんも誘惑《ゆうわく》したんでしょ！」

「わ、私をえっちな女の子みたいにいわないでよ！」

「だってそうじゃん。いつもいつも私にみせつけて！」

「ひ、ひかりちゃんが恥《は》ずかしがってしようとしないだけでしょ？　そんなんだから、あの大学生に『やらせてくれない彼女』って笑われちゃうんだよ！」

「し、司郎《しろう》くんのせいだもん！　たしかに私は恥《は》ずかしいけど……無理やりしてくれたら、別にいいもん」

無理やりは俺が厳しいんだって。

「私なんて自分で準備したんだよ!?　なのに、なのに……」

ふたりのジトッとした視線が俺に向けられる。

え、これ、俺に飛び火すんの？

「司郎《しろう》くん、私、『やらせてくれない彼女』じゃないよね!?」

「桐島《きりしま》くん、なんでしないの？　みんなヤってるよ!?　ヤろうよ！」

この酔《よ》っ払《ばら》いども、すごいこといってくるぞ。

そして左右から引っ張られ、首をつかまれてぐらぐらされ、俺はどんどん酔《よ》いがまわっていって頭が痛い。視界が明滅《めいめつ》する。
とにかくこの酒乱ふたりをちゃんと連れて帰らなければ。そう思って、とにかく歩く。
そして気づいたときには――。
三人でラブホの部屋にいた。
頭のなかの浜波《はまなみ》が叫《さけ》ぶ。
なぜに!!

第21話　一緒《いっしょ》に壊《こわ》れてよ

バスルームでシャワーを浴びている。

頭から落ちた泡《あわ》が水と一緒《いっしょ》になって排水口《はいすいこう》に流れていく。

不思議な感覚だった。広い浴槽《よくそう》も、たくさんあるアメニティも、全てそういうことをするための前段階として用意されたものなのだ。

ラブホテル。

ただそれをするためだけの空間。

最初は酔《よ》っぱらったふたりの悪ノリが過ぎただけだと思った。実際、ふざけたテンションでふたりは一緒《いっしょ》にお風呂《ふろ》に入り、ジェットバスに騒《さわ》ぎまくり、「ひかりちゃん体きれいだね」「ふ、ふみぃぃっ！」なんて、どこさわってんだって感じの声がきこえてきて、お風呂《ふろ》からあがったあとも、バスローブを着てベッドの上で布団《ふとん》にくるまりながら、設置されたテレビでおっかなびっくりえっちな動画をみては生唾《なまつば》を飲みこんでいた。

俺は自制するために少し離《はな》れてソファーに座っていた。そして終電が近くなっても帰ろうとしないふたりをみて、彼女たちが本気なことがわかった。

「橘《たちばな》さんも私も、お互《たが》いの家に泊《と》まってることになってるから」

ふたりはもう酔《よ》っていなかった。互《たが》いをひかりちゃん、あかねちゃんと呼ぶこともない。酔《よ》っているとすれば、この空間にだ。広いベッド、間接照明に照らされた室内、枕元《まくらもと》に置かれたコンドーム。するということのリアリティがある。

興奮よりも緊張《きんちょう》。

早坂《はやさか》さんと橘《たちばな》さんも言葉数が少なくなっていた。そして、いいしれぬプレッシャーを放ってくるものだから、俺はバスルームに入ったのだった。

シャワーを浴びながら考える。

抜《ぬ》け駆《が》け禁止のルールはどうなったのだろうか？　時間的、場所的にほぼ同時だからセーフという考えか？　いや、そうじゃない。彼女たちに理屈《りくつ》なんてない。

体を拭《ふ》いて、下着を穿《は》いて、バスローブを羽織って、髪《かみ》を乾《かわ》かしてから部屋に戻《もど》る。

部屋の明かりは落とされ、ふたりとも頭まですっぽりとベッドのなかに入っていた。

普通《ふつう》に寝《ね》るパターンに落ち着いたのだろうか。

それならそれで俺はソファーで寝《ね》るだけだ。暖房《だんぼう》の設定温度はかなり高めで、布団《ふとん》がなくても風邪《かぜ》をひくことはなさそうだ。むしろ暑いくらいだ。

そう思ってベッドの脇《わき》を通り過ぎようとしたそのときだった。

「司郎《しろう》くんは真ん中だから」

橘《たちばな》さんにベッドのなかから腕《うで》をつかまれた。

「いや、さすがにこれは……」

「そういうの、いいから。俺はソファーで寝《ね》るとか、そんな常識ぶったポーズ、ホントにいらない。それで満足するのってソファーで寝《ね》た人だけでしょ？」

そういわれたら、もうベッドのなかに入るしかなかった。布団《ふとん》のなかに入るとき、バスローブを脱《ぬ》がされる。真ん中にきてわかったが、ふたりとも下着だけだ。肌《はだ》と肌《はだ》がふれ合う。

「本当にするのか？」

「するよ」

早坂《はやさか》さんがいう。

「だって、彼女だもん」

「でも、こういう状況《じょうきょう》で──」

「三人だとおかしい？　そうかもね。でも私たち、とっくにおかしくなってるよね？　なのに今さらまともぶるの？　しないことが誠実？　そんなの全部嘘《うそ》だよ」

早坂《はやさか》さんが布団《ふとん》から頭をだし、枕《まくら》の上にあるつまみをいじる。

部屋が少しだけ明るくなる。

「橘《たちばな》さん、桐島《きりしま》くんにちゃんとみせてあげようよ」

「……そうだね」

ふたりがベッドカバーを下に落とし、膝《ひざ》立ちになって、その体をあらわにする。

「さ、さすがにちょっと恥《は》ずかしいね」

早坂《はやさか》さんは照れたように横を向く。

「う、うん。やっぱ恥《は》ずかしい……」

橘《たちばな》さんは両手で自分の肩《かた》を抱《だ》きながら身をよじっている。

「そんなに恥《は》ずかしいなら無理しなくても——」

「ダメだよ、ちゃんと……みてよ」

そういう橘《たちばな》さんは目をグルグルさせている。いや、恋愛《れんあい》キッズなんだから無理するなって思うけど、「ちゃんとみてあげてよ」と早坂《はやさか》さんもいう。

「だってこれ、みられることがあるかもって思って準備してるんだから。買うのだって、すごく勇気いるんだよ」

ふたりが着ている下着は、普段《ふだん》の彼女たちからは想像もできないほど煽情的《せんじょうてき》だった。光沢《こうたく》のあるサテンの生地《きじ》。早坂《はやさか》さんがピンクと黒、橘《たちばな》さんが紫《むらさき》と黒のストライプ。一緒《いっしょ》に買いにいったのかもしれない。そして下半身の布がとても小さい。

「橘《たちばな》さん、最近はずっとこういう下着つけてるんだよ。それで、体育の着替《きが》えのときにみんなに冷やかされてるんだよ。知らなかったでしょ？　それでも橘《たちばな》さん、桐島《きりしま》くんとそういうことがあるかもしれないからって、毎日こういう下着なんだよ」

うん、と橘《たちばな》さんが無言で力強くうなずく。

早坂《はやさか》さんはなおもつづける。

「恥《は》ずかしいけど、そういうことになってもいいようにしてるんだよ？　ねえ、ここで実は恥《は》ずかしがってるだろって紳士《しんし》ぶるのが誠実なの？　それ、誰《だれ》の自己満足？」

多分、それはなにかしらこういう行為《こうい》について、こうすることが正しいみたいなイメージを持っている人が、他人や自分をそこにハメてする満足。

もちろん、俺もある種の正しさのイメージみたいなのを持っているが――。

「それ、私も橘《たちばな》さんも求めてないよ」

早坂《はやさか》さんが四《よ》つん這《ば》いで近づいてきて、耳元でささやく。

「桐島《きりしま》くん、共有になって、私たちに対して罪滅《つみほろ》ぼしみたいな気持ちで、誠実にやっていこうとか思ってるでしょ？　なにそれって感じだよ」

早坂《はやさか》さんの表情がどんどん官能的になっていく。

「ねえ、私も橘《たちばな》さんも壊《こわ》れちゃってるんだよ？」

俺は橘《たちばな》さんをみる。

橘《たちばな》さんは体をよじって恥《は》ずかしそうなポーズはとっているが、今、その目はとても冷めている。俺が言い訳をたくさんして、どうせ自分だけが気持ちよくなる自分勝手な誠実さみたいなのを選ぶんでしょ、と軽蔑《けいべつ》すらしているようにみえる。

「ねえ、桐島《きりしま》くんはどうしたいの？」

早坂《はやさか》さんがまた耳元でささやく。吐息《といき》があたる。

「一緒《いっしょ》に壊《こわ》れてよ、桐島《きりしま》くんが口だけの男じゃないならさ」

いわれた次の瞬間《しゅんかん》。

俺は体を起こし、キスより先に、早坂《はやさか》さんの下着のなかに手を突《つ》っ込んでいた。

◇

早坂《はやさか》さんを選んだのは、ただ彼女のほうが近くにいたというだけの理由だ。

足を開いて膝立《ひざだ》ちになっていた早坂《はやさか》さんの腰《こし》を抱《だ》きながら、もう片方の手で下着のなかをまさぐる。理性をトばすことなんて簡単だ。早坂《はやさか》さんの過激な下着姿をみて、早坂《はやさか》さんの肉づきのいい体を少しさわるだけでいい。

「桐島《きりしま》くん、この体勢、すごすぎるよ……」

最初こそいきなりさわられて驚《おどろ》いたようだったが、早坂《はやさか》さんはすぐにとろんとした表情になる。俺は指先で熱さと湿《しめ》り気《け》を感じる。

「早坂《はやさか》さん、もうこんなに」

「だって……」

「だって？」

言葉の先を促《うなが》しながら、指でなぞる。指先はなめらかに滑《すべ》り、どんどん水気を帯びていく。

早坂《はやさか》さんが甘い吐息《といき》を漏《も》らしながら腰《こし》をしならせる。

「だって、想像したんだもん」

「なにを？」

「ここラブホテルだし……ホントにしちゃうんだって……桐島《きりしま》くんのが……私のなかに入っちゃうんだって……」

「それで、こうなってたんだな」

俺は下着から手をだす。指についた液が糸を引いている。

「は、恥《は》ずかしくしないでよぉ……」

「最後までするんだろ？」

「そうだけど……」

早坂《はやさか》さんはすねるように俺にしなだれかかってくる。

そうやって俺に抱《だ》きつきながらも、早坂《はやさか》さんは橘《たちばな》さんに視線を送っている。

『私が先にするから』

早坂《はやさか》さんの目は、少し勝《か》ち誇《ほこ》ったニュアンスを含《ふく》んでいる。ふたりの視線が交錯《こうさく》して、火花が散ったようにみえた。

けれど、橘《たちばな》さんは不満気な表情ながら『……いいよ』といっている。こういうとき、恋愛《れんあい》キツズの橘《たちばな》さんはどうしても後《おく》れをとってしまう。その場にぺたんと座りこみ、ベッドカバーのはしをつかんで体を隠《かく》しながら、物欲《ものほ》しそうな顔でこちらをみている。

その視線がなんだか気持ちいい。

俺は早坂《はやさか》さんの体を抱《だ》きしめる。暑いくらいに暖房《だんぼう》が効いているため、うっすらと汗《あせ》ばんで、肌《はだ》が吸いつくようだ。

俺は乱暴に下着のうえからそのこぼれ落ちそうな胸をつかむ。

「俺、もう我慢《がまん》しないからな」

「桐島《きりしま》くん、それでいいんだよ。だって、好きな女の子をふたりも自分のものにしてるんだよ？　そうしたかったんでしょ？　そうなってるんだよ？」

そうだ。あまりに俺に都合のいい状況《じょうきょう》だ。都合がよすぎて、俺はその帳尻《ちょうじり》を合わせるかのように、罪滅《つみほろ》ぼしみたいな気持ちを演じて、不幸ヅラをして、この状況《じょうきょう》を享受《きょうじゅ》しながらなにかに許されようとしていた。

なにかというのはおそらく、世間にある一般《いっぱん》的な価値観だ。

そんな俺の態度をふたりは糾弾《きゅうだん》したのだ。

私たちが許してるんだから、それ以上のものはいらないでしょ？

それなのに踏《ふ》み込んでこない俺を、彼女たちは優柔不断《ゆうじゅうふだん》な男として扱《あつか》い、早坂《はやさか》さんにいたっては口だけとまでいったのだ。

たしかに臆病《おくびょう》だったかもしれない。まるで子供だ。たくさんのアメを目の前にして、でもこれ食べたらお母さんに叱《しか》られるんじゃないかと戸惑《とまど》っている。食べたいくせに。

今、橘《たちばな》さんと早坂《はやさか》さんは世界一甘い毒をくえといっている。それを許す許さないをいえるのは彼女たちだけで、その彼女たちは完全に許している。

そっちがそういう感情をぶつけてくるのなら、こっちだってぶつけられるだけの欲望は十分に持っている。そんなにいうなら、もう、ためらわない。

早坂《はやさか》さんを弄《もてあそ》ぶ。

トんだ。完全にバカになった。

俺は早坂《はやさか》さんのブラのホックをはずして、手を入れて思うがままに胸をもむ。

「全部は脱《ぬ》がさないからな」

「うん、そうして。だって、桐島《きりしま》くんにみせるためだもん、桐島《きりしま》くんに興奮してもらうための下着だもん……き、桐島《きりしま》くん……なんかっ、激しいよぉ……やぁっ……」

「声、我慢《がまん》しなくていいんだぞ」

ここはラブホテルだ。そして俺は指で突起《とっき》をさわる。それはすぐに硬《かた》くなる。

「桐島《きりしま》くん、それっ、すごいっ……気持ちいいよぉ……やぁ……」

早坂《はやさか》さんはこの空間に酔《よ》って、普段《ふだん》あげないような声をあげ、普段《ふだん》いわないようなことをいいはじめる。

俺はさっき、橘《たちばな》さんにも冷めた目でみられたことを思いだす。

だから、早坂《はやさか》さんの背後にまわり、橘《たちばな》さんにみせつけるように、早坂《はやさか》さんの胸を左手でつかみながら、右手を下着のなかに入れ、熱く湿《しめ》ったそこを指でかきまわす。

橘《たちばな》さんはそれをみて、なんともいえない顔をする。嫉妬《しっと》と悔《くや》しさと好奇心《こうきしん》の入り混じった表情を浮《う》かべながら、ずっと白い太ももをもぞもぞと動かしている。

早坂《はやさか》さんは橘《たちばな》さんの視線がわかっていて、さらに大袈裟《おおげさ》に喘《あえ》ぎはじめる。

「桐島《きりしま》くん、すごいよ、私すごく感じちゃってるよ、もう我慢《がまん》できないよ、もっとしてよ、もっとめちゃくちゃにしてよぉ」

そこは火傷《やけど》しそうなほど熱くなっていて、さっきよりもやわらかくて、どんどん奥から溢《あふ》れてくる。俺は指を溝《みぞ》にそうだけじゃなく、横にも動かす。もっと感じろ、と思う。そんなにいうなら、早坂《はやさか》さんだってその量で気持ちを示してみせろ、なんて気持ちになる。

そして早坂《はやさか》さんの体はすぐに俺のその要求にこたえる。

「やだっ、恥《は》ずかしいよ、そんなに音たてないでよぉ……」

早坂《はやさか》さんの体がさらに汗《あせ》ばんでくる。

首をひねってこっちを向いてくるから、その舌を吸う。胸をもみしだきながら、キスをしながら、体のあちこちを思うがままにさわりつづける。

「すごいよお、桐島《きりしま》くんにオモチャにされちゃってるよぉ」

早坂《はやさか》さんは俺に甘えながら、自分の乱れた姿を橘《たちばな》さんにみせつけることに興奮している。早《はや》坂《さか》さんは共有してもらったという負い目があって、自分が橘《たちばな》さんに負けていると思っていて、でも今この瞬間《しゅんかん》に俺とこういうことをしているのは自分で、橘《たちばな》さんにできないことをして、悦《えつ》に入っている。

「早坂《はやさか》さん、もっと舌だして」

俺は橘《たちばな》さんが柳先輩《やなぎせんぱい》とまだ連絡《れんらく》を取っていたことが本当は気に入らなくて、そして、手をつないでいたことを隠《かく》していることはもっと気に入らない。

だから、この行為《こうい》を橘《たちばな》さんにみせつける。

橘《たちばな》さんの家の事情とか、俺たちが先に柳先輩《やなぎせんぱい》にひどいことをしたとか、そういう理由を持ちだして、だから仕方ないと大人ぶることもできるけど、感情をプラスとマイナスで算数みたいに判断することをやめろといったのは彼女たちで、そして生の感情の俺はただみせつけたい。

「ふ、ふたりとも……やりすぎ……」

橘《たちばな》さんは俺たちの行為《こうい》をみることで自分を罰《ばつ》している。一途《いちず》になりきれない自分を、手をつないだことを隠《かく》して嘘《うそ》をついている自分を罰《ばつ》している。そして、みせつけられて、橘《たちばな》さんもつらいだけじゃない。橘《たちばな》さんは犬になったり、恥《は》ずかしいけど無理やりして欲しいという傾向《けいこう》があるくらいの女の子で、だからこの状況《じょうきょう》に興奮している。それは不満気な顔をしながらも、頬《ほお》を赤くして、シーツで隠《かく》しながら、その細い指を自分の下着のなかに入れて動かしていることからもわかる。俺が早坂《はやさか》さんの下着のなかで指を激しく動かせば、橘《たちばな》さんの指も同じように激しく動く。

熱がこもって、湿度《しつど》が高くて、水音の立つ、頭がおかしくなりそうな空間。

剝《む》きだしの感情の交錯《こうさく》が最高に気持ちいい。

俺たち三人は倒錯《とうさく》的な快楽にふける。そのうちに水音がどんどん激しくなる。早坂《はやさか》さんのだけじゃなく、橘《たちばな》さんの音も混じっている。

「やだっ、ダメだよぉ、こんなのっ、あっ、きちゃう、桐島《きりしま》くん、桐島《きりしま》くんっ‼」

早坂《はやさか》さんは前かがみになり、全身を震《ふる》わせる。

俺が指を入れた下着のあいだから、ぽたぽたと雫《しずく》がシーツに落ちる。自分でさわりつづけていた橘《たちばな》さんも、同時に肩《かた》を震《ふる》わせ、恍惚《こうこつ》とした表情になる。

三人の荒《あら》い息が部屋に満ちる。でも最後までする今夜はここで終わらない。

「今度は私が桐島《きりしま》くんを気持ちよくしてあげる」

完全にできあがった早坂《はやさか》さんがしなだれかかってくる。脱力《だつりょく》していて、体重をかけてもたれてくるから、俺は背中からベッドに倒《たお》される。

「桐島《きりしま》くん、好きだよぉ、桐島《きりしま》くん、私の体使ってよぉ、気持ちよくなってよぉ」

早坂《はやさか》さんは理性のタガが外れたようだった。上に乗って、体をこすりつけながらめちゃくちゃにキスをしてきて、俺の首すじを舐《な》め、鎖骨《さこつ》を舐《な》め、そこらじゅうを舐《な》めはじめる。

濡《ぬ》れた舌が肌《はだ》の上を這《は》って、背筋に快感が走る。早坂《はやさか》さんの汗《あせ》ばんだ太ももが俺の太ももに重なり、つるつるの下着の感触《かんしょく》を感じる。

そして俺の上に乗っているものだから、早坂《はやさか》さんのそこと、俺のものがあたる。

あたった瞬間《しゅんかん》、早坂《はやさか》さんの顔に喜色が広がる。

「これ、桐島《きりしま》くんが興奮してるからそうなるんだよね？　私に魅力《みりょく》、感じてくれてるんだよね？」

「ああ、もう俺、ただしたいだけになってるからな」

「うん、そういう桐島《きりしま》くんがいいよ、そういうのがいいんだよ」

乱れた早坂《はやさか》さんの姿は色っぽくて、体は熱くて、とろけてやわらかくなっていて、俺は自分の欲望を彼女にぶつけたい。だから下から気持ちのままに腰《こし》を押しつける。

「すごいよぉ、桐島《きりしま》くんの、ちゃんとわかるよぉ」

早坂《はやさか》さんが体を起こし、腰《こし》を動かしはじめる。互《たが》いの下着越《ご》しに、押しつけあう。俺は早坂《はやさか》さんの湿度《しつど》と熱さを感じる。

早坂《はやさか》さんは喘《あえ》ぎながら、橘《たちばな》さんをみて薄《うす》く笑う。

橘《たちばな》さんは怒《おこ》った顔をするが、指は動いていて、下着の色が変わっている。

「桐島《きりしま》くん、もっと気持ちよくなってよ、私の体で気持ちよくなってよお」

早坂《はやさか》さんが倒《たお》れこんできてキスをしてくる。そのあいだも腰《こし》は動きつづけていて、ぐしょぐしょに濡《ぬ》れた下着をこすりつけられて俺は興奮して腰《こし》を浮《う》かせて、ふたりで高まっていく。俺が舌をだすと早坂《はやさか》さんは一生けんめい吸う。ふたりとも汗《あせ》だくで、体液が混じりあう。俺は早坂《はやさか》さんのやわらかい胸をつかむ。もっと乱れた姿がみたくて、強くつまむ。早坂《はやさか》さんは甲高《かんだか》い嬌声《きょうせい》をあげて鳴く。その声で俺の頭はもっとトぶ。早坂《はやさか》さんの頬《ほお》を伝った汗《あせ》が俺の胸に落ちる。俺の下着は早坂《はやさか》さんのそこから染《し》みだした液で濡《ぬ》れている。

「いいよ、もっとしていいよ、桐島《きりしま》くんの好きにしていいよ、好きにしてよ」

俺は早坂《はやさか》さんの体を堪能《たんのう》する。首すじを舐《な》め、胸をもみ、腰《こし》をさわり、太ももをさわる。早《はや》坂《さか》さんの目はもう焦点《しょうてん》があってなくて、ただ喘《あえ》ぎながら腰《こし》を動かす。

俺は強く圧迫《あっぱく》され——。

「早坂《はやさか》さん、俺、もう——」

「桐島《きりしま》くん、好き、好き、好きっ！」

早坂《はやさか》さんがいくと連呼しながら全身を震《ふる》わせた瞬間《しゅんかん》——。

俺も——腰《こし》が抜《ぬ》けそうな快感とともに、下着のなかでだしていた。

「なにこれ……すごいよ……桐島《きりしま》くんのことしか考えられないよ……」

早坂《はやさか》さんは余韻《よいん》に浸《ひた》っている。その表情はただひたすら色っぽい。口が半開きで、涎《よだれ》が垂れていて、汗《あせ》に濡《ぬ》れた髪《かみ》が頬《ほお》に張りついている。

「すごく脈打ってた……」

そういいながら、俺の下着に手をふれる。

俺は快感で頭がぼうっとなってなにもいえない。

「私で気持ちよくなってくれたんだね。よかった、桐島《きりしま》くん、私のことちゃんと好きでいてくれたんだね……これがその証拠《しょうこ》なんだね……」

早坂《はやさか》さんは俺の下着のなかに手を入れ、それを指につけ、虚《うつ》ろな瞳《ひとみ》で眺《なが》めてからそれを舐《な》めとっていう。

「これ、なかにだしてほしい」

「え？」

「つけずに……しようよ」

俺は脱力《だつりょく》していて、いまいちなにをいっているか理解できない。ただ、早坂《はやさか》さんがとんでもないことをいっていることはわかる。

「桐島《きりしま》くんがなかに入ったら、私、すごいことになると思う。それで、こんなに熱いのだされたら、きっとめちゃくちゃになると思う。もう後戻《あともど》りできないほど、めちゃくちゃに好きになると思う。本当にバカになると思う」

早坂《はやさか》さんの目は正気を失っている。

「ねえ、しよ。めちゃくちゃになろ。なりたいよね？　なるよね？」

早坂《はやさか》さんは恍惚《こうこつ》とした顔で俺の体をさわる。

「私、桐島《きりしま》くんのことすごく気持ちよくできると思う。だって、こんなに好きなんだもん。こんなに、なってるんだもん。したいよね？　ねえ、したいよね？」

俺は想像する。早坂《はやさか》さんのなかに入って、その内側を感じながらあの熱く湿《しめ》った体を強く抱《だ》きしめて、溶《と》け合《あ》うようにキスをする。それってすごく気持ちいい。

「私、もっと好きになれるんだよ？　してくれたら、桐島《きりしま》くんのこと、もっともっと好きになれるんだよ？」

早坂《はやさか》さんはそういいながら、濡れてできあがったそこを下着越しに押しあててくる。

「桐島《きりしま》くんも絶対もっと好きになってくれると思う。だって、全然私の好きって気持ち伝わってないもん。したら、伝わると思う。だって、直接つながるんだもん。絶対、伝わるもん」

たしかにそうかもしれない。直接つながって、ふたりでめちゃくちゃになって、感情もぶつけあえば、俺たちはすれちがうことがなくなって、互いのことが本当にわかるかもしれない。

「桐島《きりしま》くんに伝えたいよぉ。すごいんだよ？　私、すごいことになれるんだよ？　桐島《きりしま》くんも絶対すごく気持ちよくなれると思う」

早坂《はやさか》さんはその先のことを想像したのか、また腰を動かしはじめる。

「桐島《きりしま》くん、桐島《きりしま》くん……私……また……うあ……うあぁ……これ、すごいよぉ……」

乱れに乱れた早坂《はやさか》さん。そのやわらかく湿った体に劣情をぶつけたくて、俺も興奮する。

「うあぁ、桐島《きりしま》くんのすごいよ、嬉しいよ。このましよ？　桐島《きりしま》くんのこと、なかで感じたい。私、狂っちゃうと思う。大声であえいじゃって、いっぱい溢れちゃうと思う」

ずっと、イキつづけると思う。

でもいいよね、めちゃくちゃになっちゃうけどいいよね、と早坂《はやさか》さんはいう。

「しよ、めちゃくちゃになろ、私、めちゃくちゃになりたい」

早坂《はやさか》さんが俺の下着に手をかける。

俺は早坂《はやさか》さんの下着を横にずらす。

この流れはもう止められない。

そしてついに初めてのそれをしようとしたとき——。


「そこまでにして」


熱に浮《う》かされた部屋に、冷たい声が響《ひび》いた。橘《たちばな》さんだ。早坂《はやさか》さんの腕《うで》を強くつかんでいる。

「もうやめて。十分でしょ」

熱のひいた、鋭《するど》い表情。しかし——。

「やだ、絶対する」

早坂《はやさか》さんは駄々《だだ》っ子《こ》みたいになって、橘《たちばな》さんの手を振《ふ》り払《はら》おうとする。

「もう、するもん。桐島《きりしま》くんもしたがってるもん。私がするんだもん」

色に浮《う》かれた早坂《はやさか》さんはもう橘《たちばな》さんのほうなんてみてなくて、息を荒《あら》くしながら俺の下着をつかもうとして――。

「やめてっていってるでしょ！」

乾《かわ》いた音が響《ひび》いた。

橘《たちばな》さんが激高して、早坂《はやさか》さんの頬《ほお》を叩《たた》いたのだ。

思わず俺も我に返るほどの平手打ち。

大丈夫《だいじょうぶ》なのか、と思うが、早坂《はやさか》さんは頬《ほお》をおさえながら薄《うす》く笑った。

「そうだよね、最初からわかってたよね。ラブホテルまできたところで、最後までできるわけないよね」

だって橘《たちばな》さん、ホントは絶対先にしたいもんね、と早坂《はやさか》さんはいう。

「私もそうだよ。しちゃったら、桐島《きりしま》くんのこと忘れられなくなるし、桐島《きりしま》くんのことバカみたいに好きになっちゃうってわかるし、絶対手放《てば》せなくなるし、もしそうなったら、そんなことしちゃったら――」

早坂《はやさか》さんはそのときのことを想像したのか、興奮した表情でいう。

「共有なんて絶対しない。なにがあっても渡《わた》さない。橘《たちばな》さんだってそうでしょ？」

◇

始発列車に三人ならんで座っている。

車両には他に誰《だれ》もいなくて、規則的な音がずっと響《ひび》いている。白《しら》みはじめた空、俺たちの口数は少ない。静かなビル群を車窓からただ眺《なが》めている。

あのあと、俺たちは冷静になって、おおいに反省した。橘《たちばな》さんはビンタしたことを早坂《はやさか》さんに謝り、俺と早坂《はやさか》さんはモラルのない快楽にふけったことを謝った。でも橘《たちばな》さんもちょっと楽しんでたよね、と早坂《はやさか》さんがいうと、橘《たちばな》さんは口をとがらせていた。

いずれにせよ、俺たちは二つの禁止事項《じこう》を追加で定めた。

一つめは、アルコールの禁止。

未成年なのだから当然だし、雰囲気《ふんいき》を明るくするためにビールを一気飲みしようという女子ふたりの雑な発想がかなりヤバい。

そしてもう一つは、えっちなことは一切《いっさい》禁止。

これは橘《たちばな》さんがいいだした。ろくなことにならないというのがその理由だ。

俺も早坂《はやさか》さんも当然いいかえせなかった。そして俺たちが好き勝手やったため、平等の原則に従って、橘《たちばな》さんはあと一回だけえっちなことができるという約束になった。橘《たちばな》さんいわく、

「私は『かわいいやつ』しかしない」という。

こうして俺たちはベッドの上で大反省会をし、別々にシャワーを浴びて、しっかり服を着て、ちゃんと互《たが》いに距離《きょり》をとって寝《ね》た。起きたとき、あれは夢だったたってことにしよう、ていうかホントに夢でしょ、と三人でうなずきあった。

俺たちはそんなふうにコミカルになることもできれば、今みたいに始発列車に座ってエモい気持ちになることもできる。

でも、そんな淡泊《たんぱく》な表情のその下に、着ている服のその下に、熱い肌《はだ》とナイフみたいな感情があることも知っている。だから——。

「もう無理して三人でいる必要なんてないよね」

橘《たちばな》さんがいう。彼女は降りる駅が近づいて、立ちあがっている。

「そうだね」

早坂《はやさか》さんがうなずく。その表情は気だるげだ。

「昨日の夜のあれが私たちの本心だもん。三人でいてもケンカになるだけだよ」

「クリスマスは司郎《しろう》くんに選んでもらう?」

「そうするしかないよ」

「じゃあ私、ここで降りるから」

電車が停車して、橘《たちばな》さんが車両から降りていく。

橘《たちばな》さんは一度振《ふ》り返《かえ》って、なにかいいたげな顔で俺をみていたが、結局、背を向けて去っていった。扉《とびら》が閉まり、電車が発車する。

「さらっと大事なこと決まったな」

俺がいうと、早坂《はやさか》さんはいたずらっぽく笑う。

「私、選ばれなかったら泣くからね」

「プレッシャーかけてくるんだよなあ」

「えへへ」

俺にとっては笑いごとではない。クリスマス、どちらと過ごすか。それは事実上、ふたりに優劣《ゆうれつ》をつけるようなもので、考えるだけで頭が痛い。

「でも、どうせ桐島《きりしま》くんは橘《たちばな》さんを選ぶよ。私にはわかるんだ」

「俺、ちゃんと早坂《はやさか》さんのこと好きだ」

「でもやっぱり一番は橘《たちばな》さんなんだよ。だから、橘《たちばな》さんの家の事情も冷静に解決しようとしてるんでしょ？」

私、知ってるんだよ、と早坂《はやさか》さんはいう。

「昨日の夜も、橘《たちばな》さんが柳先輩《やなぎせんぱい》と連絡《れんらく》とってるってきいても全然驚《おどろ》いてなかった。そりゃそうだよね。だって――」

最初から全部知ってるもんね、と早坂《はやさか》さんはいう。

「桐島《きりしま》くん、まだ柳先輩《やなぎせんぱい》と仲良くしてるんでしょ？　文化祭のあとも、ずっとさ。わけわかんないよ」

第21・5話　酒井《さかい》文《あや》の卒業試験

放課後、早坂《はやさか》あかねの部屋でおしゃべりをしている。

桐島《きりしま》がバイトで忙《いそが》しいから、その寂《さび》しさをまぎらわすために私を呼んだ感じだが、あかねは数少ない友だちだし、ちゃんとお茶菓子《ちゃがし》もだしてくれるからそこは許すとしよう。

「で、柳《やなぎ》くんとはどうなの？」

「……橘《たちばな》さんとのこと、すごく相談される。私はなにもいえなくて、ずっときいてる感じ」

夜、柳《やなぎ》くんからあかねに電話がかかってきたりするらしい。お風呂《ふろ》あがりにパジャマ姿で好きな男の子と緊張《きんちょう》しながら通話するあかねを想像して、かわいいなと思う。

「なんか脈ありそうだね」

男が恋愛《れんあい》相談してくるときって『失恋《しつれん》したらそっちいっていい？』っていう前フリであることが多い。もちろん、そうでない場合もあるが、好意的であることはまちがいない。

「じゃあ、桐島《きりしま》とはどうするの？」

「え？　ど、どうえ⁉」

あかねはカップから紅茶を吹《ふ》きだしそうになる。あかねは私のことを恋愛《れんあい》にうとい地味な女の子と思っている。

「な、なんで桐島《きりしま》くん⁉　わ、私、あやちゃんにはなにもいってないよね？」

「うん。でも好きなんでしょ」

「な、なんでわかるの〜？」

「え、わからないと思ってたの？」

あかねは観念して、全てを洗いざらい話した。その内容に私は軽く驚《おどろ》いた。ある程度は知っていたが、まさか共有までいっていたとは——。

「でもね、私、桐島《きりしま》くんのこと卒業しようと思うんだ」

「なんで？」

「だって桐島《きりしま》くん、私を選んではくれないもん。これ以上、好きでいても仕方ないよ。ほら、待ってもこない人と死んだ人は同じだ、っていうでしょ？」

「すごいこというね？」

それにね、とあかねはつづける。

「橘《たちばな》さんと桐島《きりしま》くんが両想《りょうおも》いのところに、私が無理やり入れてもらってるだけだもん。だから今は気持ちの整理がつかないからこうするしかないけど、どこかで桐島《きりしま》くんのこと卒業しなきゃいけないって思ってるんだ」

「ふうん、だったら私が試《ため》してあげるよ。ちゃんと卒業できるか、卒業試験」

「それ、面白《おもしろ》そう！」

あかねは謎《なぞ》のやる気をみせ、こぶしをグッと握《にぎ》る。

「じゃあスマホかして」

「なんで？」

「桐島《きりしま》のアドレス消す」

「ダ、ダメ〜!!」

あかねはスマホを抱《だ》きしめるようにして隠《かく》し、「今はまだ連絡《れんらく》できないと困るもん、それは最後！」という。まあ、一理ある。

じゃあ、と私は机の上に置かれた進路希望調査のプリントに目をとめる。国公立理系のところに丸がつけられているだけで、具体的な大学名は記入されていない。

「桐島《きりしま》はたしかひとり暮らしする余裕《よゆう》がないから都内の大学いきたいっていってたな……」

私はペンを持って、机に向かう。

「あかねちゃんは遠くの大学にいこう」

そういって京都にある大学を書き込もうとする。しかし——。

「ダ、ダメ〜!!」

あかねがまたもや抵抗《ていこう》する。

「遠くにいったほうが会わないから、すぐ忘れられるよ？」

「私は忘れないもん！　じゃなくて……ほら、その、わ、私の家もそんなに余裕《よゆう》ないし、ひとり暮らしはやめたほうがいいっていうか、なんていうか……」

「……ふうん」

次に部屋のなかをみまわしてみれば、本棚《ほんだな》の上にゲームのキャラクターのキーホルダーが飾《かざ》られているのが目につく。かわいいモンスターだが、あかねはそのゲームをやってない。

「あれは？」

「桐島《きりしま》くんがゲームセンターでとってくれたの」

次の瞬間《しゅんかん》、私はキーホルダーをつかみ、そのままゴミ箱に捨てようとする。しかし、「やめて!!」とあかねに両手で腕《うで》をつかまれた。

「なんでそんなひどいことするの!?　桐島《きりしま》くんとの思い出のキーホルダーなんだよ!?」

泣きそうな顔でそんなことをいう。さっき卒業したいといっていた気がするが、別人だろうか。さらに枕元《まくらもと》に映画の半券があるのをみつけて近づこうとするが、「ふぐう」とうなり声をあげてしがみついてくるあかねに羽交《はが》い締《じ》めにされてしまった。

そのあとも格闘《かくとう》をつづけたが、結局、途中《とちゅう》で私がめんどくさくなり、またふたりで座椅子《いす》に座ってお茶を飲むティータイムとなった。

「……あかねちゃん、ホントに桐島《きりしま》あきらめる気ある？」

「あ、ある！」

どの口がいうんだろうかと思うが、彼女なりに努力しているらしい。

「ほら、私、男の子に……え、えっちな目でみられるの苦手でしょ？」

「そんな体してるのにね」

「あ、あやちゃん！」

顔を真っ赤にするあかね。私は「はいはい」と話のつづきを促《うなが》す。

「だからね、それを克服《こくふく》するために男の人がいっぱいくる場所でバイトはじめたんだ」

「どこ？」

「メイド喫茶《きつさ》！」

「……なんか、あれだね、クラシックだね」

「ふ、古いっていいたいの？」

今どきはもっとコンセプトカフェ的なところがトレンドなんじゃないだろうか。

「で、でもあれだから。犬耳もつけるから」

「その属性の盛り方あってんの？」

あかねはメイド喫茶《きつさ》でバイトを始めたことを桐島《きりしま》にはいってないらしい。

「私、ほんのちょっとだけ桐島《きりしま》くんに依存《いぞん》してるところがあるからさ」

「うん、ほんのちょっとだけね」

「いつも桐島《きりしま》くんに助けてもらってばかりだから、ひとりでやりきろうと思うんだ。いつまでも頼《たよ》ってられないし」

たしかに、あかねが自分にあれこれ期待してくる男たちへの苦手意識をなくせば、恋愛《れんあい》の選《せん》択肢《たくし》の幅《はば》が広がって桐島《きりしま》への依存《いぞん》はなくなるかもしれない。

「でも、そこまでやる必要あるかな」

私はカップを置いて立ちあがる。

「あかねちゃんが橘《たちばな》さんに負けてるとは思わないけど」

「え？」

「じゃあ、そろそろ帰るね。バタバタしてつかれたし」

「ご、ごめん」

「ううん、久しぶりに楽しかったよ」

帰《かえ》り支度《じたく》を整え、コートを着て部屋をでようとする。そんな私の袖《そで》をひっぱり、「ねえねえ、あやちゃん」とあかねが遠慮《えんりょ》がちにきいてくる。

「……それで、私の桐島《きりしま》くん卒業試験の結果は？」

私は首のストレッチをしてから、柄《がら》にもなく声をはっていう。

「不合格だけど!?」

第22話　斬新《ざんしん》な愛情表現

振《ふ》り回《まわ》されている。

今まで、俺は恋《こい》についてかなり自覚的に、明確な意図を持って取り組んできた。世間の恋《こい》のイメージに流されるでもなく、投げやりにするでもなく、ちゃんと考えて行動してきた。それが本当の誠実性だと思ったからだ。

どのように恋《こい》をするか。ちゃんと先のことや相手の気持ちを想像して、計画を立てる。メソッド・アンド・プラクティス、仮説検証行為《こうい》。

でも今、俺にビジョンはない。ただ早坂《はやさか》さんと橘《たちばな》さんに押し込まれている。ふたりの行動に対応するだけでせいいっぱいで、まるで終わりのないディフェンスだ。

もう俺にイニシアティブはない。なにもコントロールできていない。そして、俺を押し込んできているのは早坂《はやさか》さんと橘《たちばな》さんだけじゃない。もうひとり——。

「すごいところでバイトしてるな」

いつものごとくライブバーでジャガイモの皮を剥《む》き、グラスを磨《みが》き、バーカウンターのなかでビールをごくごく飲みながら仕事をする国見《くにみ》さんの相手をしたあとのことだ。

シフトが終わったあと、路地裏にゴミをだして、帰るため店をでた。

　そこで、その人は俺を待っていた。

「桐島《きりしま》、ちょっと話せるか」

　柳先輩《やなぎせんぱい》だ。

　俺たちは電車に乗って地元の駅に戻《もど》り、深夜までやってるドーナツショップに入った。中学のときから、俺と牧《まき》と先輩《せんぱい》、三人で遊んでいるときにお腹《なか》が減ると、よくこの店にきた。そして今はふたりきり。夜も遅《おそ》いから、客の姿はまばらだ。

「コーヒーと、いつものでいいか？」

「俺、自分のぶんだしますよ。バイトしてますし」

「いいって」

　店の奥の席に、向かい合って座る。俺はシンプルなドーナツを指で折って、ひとかけら口のなかに放りこむ。

「口、大丈夫《だいじょうぶ》か？」

「少し切れてたけど、もう治りました」

「あのときはわるかったな」

　文化祭のステージで橘《たちばな》さんとキスをした。その当日の夜、俺は柳先輩《やなぎせんぱい》に呼びだされた。自転車で川に沿ってつくられた遊歩道にいけば、柳先輩《やなぎせんぱい》が立っていた。街灯に照らされたその表情は、なにを考えているかわからない、乾《かわ》いたものだった。

「いつからだ？」

きかれて、俺は夏の合宿のときにはすでに両想《りょうおも》いだったことを告げた。先輩《せんぱい》は「そうか」といったあとで、拳《こぶし》で俺の頬《ほお》を殴《なぐ》りつけた。俺は口のなかが切れて、さらに後ろに倒《たお》れて尻《しり》もちをついた。

先輩《せんぱい》が殴《なぐ》ったのも、俺が殴《なぐ》られたのも、そうすればやり場のないこの状況《じょうきょう》が変わるかもという根拠《こんきょ》のない期待があったんだと思う。でも結局のところ、それっぽいことをなんとなくしてみただけで、まったく意味のないことだった。

「殴《なぐ》った俺のほうが痛いかもしれないな……」

先輩《せんぱい》は手をぶらぶらさせながらいった。苦々しい顔で、殴《なぐ》った自分をひどく嫌悪《けんお》しているようだった。先輩《せんぱい》は人を殴《なぐ》るようなタイプじゃなくて、そんな先輩《せんぱい》をそうさせたのはまちがいなく俺だった。

そして俺は殴《なぐ》られてすっきりするんじゃないかと思ったけど、やっぱり全然そんなことはなくて、ただ頬《ほお》がじんじん痛いだけだった。

それから俺たちは少し黙《だま》った。

「こんなことになっても、俺はまだひかりちゃんのことが好きなんだ」

先輩《せんぱい》はそういいながら、混乱しているようだった。

「俺、バカだよな」

以来、俺は先輩《せんぱい》とこうしてたまに話をしている。

だから、橘《たちばな》さんが先輩《せんぱい》と連絡《れんらく》を取っていることは最初から知っていた。

俺がドーナツを食べているあいだ、先輩《せんぱい》はつかれた顔でコーヒーを飲んでいた。椅子《いす》には重そうなカバンが置かれている。先輩《せんぱい》の通う予備校は俺がバイトしているライブバーの近くにある。だから、先輩《せんぱい》は俺が店からでてくるのを待っていたのだ。

「卑怯《ひきょう》だよな」

先輩《せんぱい》は力なく笑いながらいう。

「俺はお前にだけ怒《おこ》って、ひかりちゃんには怒《おこ》らなかった。ひかりちゃんに好かれる可能性を少しでも残しておきたかったから。俺はお前に怒《おこ》りながらも、頭の片隅《かたすみ》でどうやったら桐島《きりしま》からひかりちゃんを奪《うば》えるか考えてたんだ。小賢《こざか》しいよな」

感情を抑《おさ》えた、とても合理的な選択《せんたく》だと思う。

「その甲斐《かい》あって、このあいだ、ひかりちゃんと手をつないだよ」

「……知ってます」

「ひかりちゃんがいったのか？」

「バイト先の先輩《せんぱい》が偶然《ぐうぜん》みたんです」

「別にひかりちゃんが浮気性《うわきしょう》ってわけじゃないからな」

俺は「はい」とこたえる。目の前にいる先輩《せんぱい》は少しやつれた顔をしているけどやっぱりイケメンで、橘《たちばな》さんがそんな人と手をつないでいたと思うと、胸が痛くなる。今すぐに橘《たちばな》さんに連《れん》絡《らく》してそのことを問いただしたい。そんな自分勝手なあせりをおぼえる。

「つけこんでるんだ。彼女の罪悪感に」

先輩《せんぱい》がいう。

「ああいうことがあって、それでも俺が許して『婚約《こんやく》者のままでいさせてくれ』って頼《たの》めばなし崩《くず》し的にこうなるってわかってた。家の事情があるからな。我ながらずるくて、情けないと思う。でも、おかげでひかりちゃんは俺のことをその他大勢の男じゃなく、家が決めた婚約《こんやく》者でもなく、初めて柳瞬《やなぎしゅん》というひとりの人間として認識《にんしき》してくれたよ」

橘《たちばな》ひかりは優《やさ》しいんだ、と先輩《せんぱい》はいう。

「同情なんだよ。俺がすがりつくようにとなりにいさせてくれと頼《たの》む情けなくて卑怯《ひきょう》なやつだから、橘《たちばな》ひかりは俺の頼《たの》みを断れない」

先輩《せんぱい》のいうとおりだ。先輩《せんぱい》が本当に強くて、爽《さわ》やかで、かっこいいだけの人なら橘《たちばな》さんは今までどおり先輩《せんぱい》をただの『家が決めた婚約《こんやく》者』としてしか扱《あつか》わなかったはずだ。

「ひかりちゃんが混乱して、苦しんでるのは知ってる。お前を好きという気持ちと、俺への罪悪感と同情で。でも俺はもっとひかりちゃんをゆさぶらなきゃいけない。それが卑怯《ひきょう》でも、さらにひかりちゃんを苦しめることになっても」

　そうだ。先輩《せんぱい》が橘《たちばな》さんを自分のものにするには、そうするしかない。現状の気持ちのまま橘《たちばな》さんが安定してしまったら、好意の矢印が先輩《せんぱい》に向くことはない。

「桐島《きりしま》とひかりちゃんは初恋《はつこい》なんだろ？」

「はい」

「小さい頃《ころ》の約束で、ひかりちゃんは桐島《きりしま》以外の男にさわれなくなってるんだろ」

「……そうです」

「なあ桐島《きりしま》、俺は思うんだよ。後からきた男はノーチャンスか？　初恋《はつこい》にはかなわないのか？　あきらめなきゃいけないか？　俺は、そうは思わない、そうしたくない」

　人の心は移り変わるものだろ、と先輩《せんぱい》はいう。

「俺は、お前から橘《たちばな》ひかりを奪《うば》い取《と》ろうと思う」

「……先輩《せんぱい》」

「次の週末、ひかりちゃんをフットサルに誘《さそ》った」

「橘《たちばな》さんはいくってこたえたんですか？」

「いや、さすがに首を横にふったよ。お前に遠慮《えんりょ》したんだろう」

　ただ、先輩《せんぱい》が粘《ねば》ると「司郎《しろう》くんがくるなら……」と苦《くる》し紛《まぎ》れに承諾《しょうだく》したらしい。

「桐島《きりしま》、みにこい」

「先輩《せんぱい》に心を開きはじめた橘《たちばな》さんをですか？」

それをみるのはさぞ心が苦しくなるだろうな、と思う。しかし——。

「ちがう」

先輩《せんぱい》は机に身を乗りだす。

「俺をみにこい」

「え？」

戸惑《とまど》う俺をよそに、先輩《せんぱい》は俺の目をまっすぐみながらいう。

「みじめになったこの俺の姿をみにこい、桐島司郎《きりしましろう》」

◇

土曜日、俺は柳先輩《やなぎせんぱい》が主宰《しゅさい》するフットサルに参加するため、大きな電器店のビルの屋上に向かった。更衣《こうい》室でジャージに着替《きか》えて外にでれば、緑のネットに囲まれたフットサルコートが数面あった。

一番手前のコートに、柳先輩《やなぎせんぱい》と橘《たちばな》さんがいる。橘《たちばな》さんは白いジャージを着て、髪《かみ》をひとつにまとめている。あまり運動する印象がないせいか、コートに立つその姿は、どこかとぼけたような印象だった。

他には、柳先輩《やなぎせんぱい》とサッカーでつながっている人たちが多数いた。大学生らしき人たちもいるし、女の子も少なからずいる。そのなかには当然、毎週参加している早坂《はやさか》さんもいる。

そしてもうひとり――。

「どうして！」

浜波《はまなみ》が絶叫《ぜっきょう》する。

「なぜ私がこんなところに⁉」

「人数足りない可能性があるから、知り合いに声かけてくれっていわれてさ」

結局みんなが知り合いを連れてきたから、むしろ人数は多くなってしまっている。

「二度と関わりたくなかったのに……」

「俺が呼んだのは吉見《よしみ》くんだけどな。運動できるし」

「だから私が代わりにきたんですよ！　私の吉見《よしみ》を！　こんな爆心地《ばくしん》になりそうな場所で！

あなたたちの不健全な波動にさらすわけにはいかないんです！」

「私の吉見《よしみ》、か。橘《たちばな》さんみたいなことをいう」

「い、い、い、一緒《いっしょ》にするな～!!」

集合時間になり、俺たちもコートに入っていく。

柳先輩《やなぎせんぱい》のとなりにいた橘《たちばな》さんはどこか気まずそうに目をふせ、早坂《はやさか》さんは俺をみつけると遠くから小さく手をふった。

橘《たちばな》さんは、柳先輩《やなぎせんぱい》の親が経営する会社の取引先の娘《むすめ》さんとしてみんなに紹介《しょうかい》された。先輩《せんぱい》の婚約《こんやく》者でも俺の彼女でもない。

これは暗黙《あんもく》の紳士《しんし》協定のようなものだった。橘《たちばな》さんはその文脈を理解しているだろうが、表情を少しも変えず、それをどう思ったかはわからなかった。

柳先輩《やなぎせんぱい》の仕切りで、まずはストレッチをする。先輩《せんぱい》はリーダーの立場をいかして、橘《たちばな》さんとペアになる。先輩《せんぱい》らしくないその必死さをみて、俺は先輩《せんぱい》の本気を感じる。

「橘先輩《たちばなせんぱい》が桐島先輩《きりしませんぱい》以外の男の人にさわられてるの、初めてみました」

俺とペアになった浜波《はまなみ》がいう。

「今までは桐島先輩《きりしませんぱい》とその他大勢って感じでしたけど、ホントに柳先輩《やなぎせんぱい》がひとりの人間として意識に立ちあがってきたんですね」

橘《たちばな》さんは不器用に開脚《かいきゃく》しながら、一生けんめい前に手を伸《の》ばし、その背中を先輩《せんぱい》に押してもらっている。

「桐島先輩《きりしませんぱい》、大丈夫《だいじょうぶ》ですか？」

「え、なんで？　俺は全然へーキだけど？」

「そんなこの世の終わりみたいな顔でいわれましても」

男女でストレッチすることぐらいたいしたことない。普通《ふつう》だ。現に俺も浜波《はまなみ》と一緒《いっしょ》にしている。でも人は元々持っていないものよりも、今持っているものを失うことのほうに心理的恐《きょう》怖《ふ》を覚える生き物なのだ。これを保有効果という。恋愛《れんあい》ノートにそう書いてあった。

「そして、あっちはあっちでやっぱ人気ありますねぇ」

浜波《はまなみ》が早坂《はやさか》さんのほうに顔を向ける。

早坂《はやさか》さんは大学生らしき男とストレッチをしている。背中をあわせて腕《うで》を組んで、胸を反らすあれだ。親し気で、「えへへ」と笑うときの表情をしている。

「いや、早坂《はやさか》さんはずっと参加してるから。だから親しくなってるだけだから」

「でも、なんか早坂先輩《はやさかせんぱい》、男の人に対していつもより心開いてるようにみえません？　前は表面だけで、どこか壁《かべ》みたいなのがあったのに、妙《みょう》にしっとりしているというか、親しさに質があるというか……」

「やっぱそう思う!?」

「桐島先輩《きりしませんぱい》、テンションぶっ壊《こわ》れてますよ」

やれやれ、これ以上俺を混乱させないでくれ。

「ホントにどうするんですか？　柳先輩《やなぎせんぱい》参戦してもうめちゃくちゃですよ」

「どうしていいかは俺にもわからない」

ただ、と俺はつづける。

「禅《ぜん》の思想にヒントがあると思ってる」

「すごい角度もってきましたね」

「心頭滅却《めっきゃく》すれば火もまた涼《すず》し、ってあるだろ。あれって、心の修行《しゅぎょう》をすれば暑さも感じない、っていう意味だとみんなとらえてるけど、本来の意味はちがうんだ」

「そうなんですか？」

暑いときには、暑いという状況《じょうきょう》をあるがまま受け入れよという意味のほうがどちらかという解釈《かいしゃく》として正しい。暑いという状況《じょうきょう》を『不快なもの』と自分で評価するから不快になる。だからその状況《じょうきょう》の善悪を判断せず、身を委ねれば快も不快もないという考え。

「これは正しい、これはまちがってる、と自分で判断すると心が苦しくなる。私は正しいことをしているのに認められないのはなんで、とか、彼はまちがっているのに罰《ばつ》を受けないのはなんで、って考えてしまうだろ？　だから目の前にある事柄《ことがら》をありのまま、そのようなものがあるのだと認めれば心は乱れない。禅《ぜん》にはそういう考えがある」

正誤、善悪にとらわれ、自分の力ではなんともならないことをどうにかしようとするから、怒《おこ》ったり、不安になったりするのだ。

「だから俺は今の状態をあるがまま受け入れようと思う。四人の関係が正しいとか、まちがっているとか、そんなことはいわない。それは目の前にたしかにあるし、もし俺が嫉妬《しっと》を感じてしまったら、そのこと自体も良《い》いとか悪いとか、そういう話ではないんだ。ただ、俺はその感情に身を委ねようと思う」

「あの、先輩《せんぱい》、ひとことだけいいですか？」

浜波《はまなみ》は俺の顔をのぞきこみ、目を見開いて迫力《はくりょく》のある表情でいう。

「今すぐ世界中の仏教してる人全員に謝ってもらっていいですか？」

ボール練習が始まっても、状況《じょうきょう》は変わらなかった。橘《たちばな》さんには柳《やなぎ》先輩《せんぱい》がべったりついて、ボールの蹴《け》り方を教えている。

客観的にみて、いい手だと思った。柳先輩《やなぎせんぱい》はリーダーで、頼《たよ》りがいがあるところも、かっこいいところも、この状況《じょうきょう》なら存分に橘《たちばな》さんにみせることができる。

早坂《はやさか》さんは引きつづきチームのマスコットガールとして人気だった。そして早坂《はやさか》さんもそれをどこか楽しんでいるようにみえる。早坂《はやさか》さんは今、半袖《はんそで》にショートパンツというユニフォーム姿で、二《に》の腕《うで》も太ももも、大きく露出《ろしゅつ》している。明らかに男たちはその肉づきのいい白い肌《はだ》にちらちらと視線を送っている。でも、早坂《はやさか》さんは嫌《いや》がっているようにみえない。それは今までとちがう変化だった。

最近は学校でも男子たちに対して、これまでより優《やさ》しく接しているようにみえる。

「桐島先輩《きりしませんぱい》、いじけないでくださいよ」

「いじけてないって」

俺は浜波《はまなみ》の足元を狙《ねら》ってボールを蹴《け》る。

そして早坂《はやさか》さんと橘《たちばな》さんから視線をそらすようにバックネット側に目をやれば、コートのすみっこで女の子がひとりでボールを蹴《け》っているのがみえた。

不愛想《ぶあいそう》な感じの、無表情な女の子。顔つきが幼くて、浜波《はまなみ》よりも年下にみえる。

俺は女の子に近づいて、いう。

「パス練習、一緒《いっしょ》にする？」

女の子がこちらを向く。すらっとした体形で、長い髪《かみ》を青いシュシュでポニーテールにしている。

「ありがとうございます。参加するの、今日が初めてで……」

「俺たちもだよ。フットサル好きなの？」

「いえ、ずっと陸上部だったんですけど、夏に引退して家でずっとごろごろしてたら、今日、フットサルすればって姉に連れてこられて」

中学三年生らしい。

話をききながら、浜波《はまなみ》が「誰《だれ》かに似ているような気がします」と首をかしげる。

俺が自分の名前をいうと、彼女も名前を名乗る。

「橘《たちばな》みゆきです。あそこにいる、橘《たちばな》ひかりの妹です」

◇

ボールを使った練習をしたあと、ミニゲームをする前に休憩《きゅうけい》をとることになった。

俺は休憩室《きゅうけいしつ》に入って、自動販売機《はんばいき》でスポーツドリンクを買って飲む。

窓からコートをみれば、相変わらず柳先輩《やなぎせんぱい》と橘《たちばな》さんが立ち話をしていた。

ひとりの女の子と話しつづけるのって、バレバレで恥《は》ずかしくて普通《ふつう》しない。柳先輩《やなぎせんぱい》はそれをわかったうえでやっている。そして橘《たちばな》さんも拒否《きょひ》していない。

いろいろと思うところはある。

でも俺自身も、柳先輩《やなぎせんぱい》への罪悪感があってなにもいえない。

いつも涼《すず》しげで、正々堂々としている先輩《せんぱい》が、ずっと泥臭《どろくさ》いことをしている。

先輩《せんぱい》を肯定《こうてい》したい気持ちと、もうやめてくれという気持ちがある。

その葛藤《かっとう》のなかにいるときだった。

「橘《たちばな》さんの妹、かわいいね」

早坂《はやさか》さんが休憩室《きゅうけいしつ》に入ってきて、にこにこしながらいう。

橘《たちばな》さんの妹、みゆきちゃんは今もコートのすみでランニングをしていた。陸上部だっただけあって姿勢がきれいで、ボールを蹴《け》っているとき以外はずっと涼《すず》しい顔で走っている。生きているあいだずっと泳ぎつづける魚みたいだ。

「あ、桐島《きりしま》くんがみてるのはお姉ちゃんのほうだったね」

早坂《はやさか》さんは俺のとなりに立ち、一緒《いっしょ》に窓からコートをみる。

「すごい人気だね」

橘《たちばな》さんの周囲には柳先輩《やなぎせんぱい》だけでなく、三年生とか大学生風の人たちも集まっている。

「ああいう大人びた女の子って、年上の男の人にモテるイメージあるな」

早坂《はやさか》さんが中学生のとき、クラスメートのなかにいたらしい。

「大人っぽくて、近よりがたくて、あまり恋愛《れんあい》に興味なさそうな女の子。でも同年代を相手にしてなかっただけで、かっこいい教育実習の先生と車の中でキスしてたんだよね」

もちろん、早坂《はやさか》さんも橘《たちばな》さんがそういう女の子だといいたいわけじゃない。外見の系統としてはそういうタイプだという話。

「桐島《きりしま》くん、なんか、いつもみたいに嫉妬《しっと》する自分を楽しめてないね」

「なんでだろうな」

「我慢《がまん》しすぎなんだよ、勝手にさ。もっと感情的になって、なんでもすればいいんだよ。私も橘《たちばな》さんもそれでいいんだから」

つらいよね、橘《たちばな》さんが先輩《せんぱい》のことちゃんと相手にするようになって、わかるよ、私が慰《なぐさ》めてあげる。そういって、早坂《はやさか》さんは窓から死角になる場所に移動して、両手を広げてこちらを向く。俺は早坂《はやさか》さんに近づいて、その体を抱《だ》きしめる。でも、全然足りない。

「桐島《きりしま》くん、まだ苦しそう。なんで？」

「それは俺、早坂《はやさか》さんにも……」

納得《なっとく》がいってない。そのことをいうのをためらっていると、「ねえ、いってよ」と早坂《はやさか》さんが甘くささやく。俺は早坂《はやさか》さんの体温に誘《さそ》われるように、かっこわるいとわかっているのに、いってしまう。

「早坂《はやさか》さん、なんか、男と仲良くしてない？　全体的に……」

そういったところで、早坂《はやさか》さんは「えへへ」と色っぽく笑う。

「私ね、男の子のこと苦手なの、克服《こくふく》しようと思ってるの。だって、いつもそれで桐島《きりしま》くんに助けてもらって、迷惑《めいわく》かけてるでしょ？　だから平気になろう、って。そのために男の人がいっぱいいくるところでバイトも始めたんだよ」

体をみられたり、そのことでからかわれたとしても、それを自分の魅力《みりょく》として考えて、楽しもうとしているのだという。

「そしたらね、ちょっとずつ男の子って単純でかわいいなって思えるようになってきたの。私が笑って肩《かた》をさわり返してあげたら、すごく興奮してさ」

「なんていうんだろ、それって……」

「そうだね。危ないかもね。私、誰《だれ》かにうまいことされちゃうかもね。ねえ、そのときのこと想像してみて？」

俺は早坂《はやさか》さんが年上の男にお酒とかを飲まされて、抱《だ》かれているところを想像する。

「ねえ、いや？　私が他の男の人となにかあったらいや？」

いやだといえる資格が二番目である俺にあるかと考えそうになるが、多分、そういう正誤の足し引きを考える幼いフェーズはもうとっくに過ぎている。

「正直にいってよ」

「……絶対イヤだ」

「じゃあ、もっと好きにさせちゃえばいいじゃん。私が壊《こわ》れちゃうくらい、桐島《きりしま》くんのことを好きにさせちゃえばいいんだよ。その方法、知ってるよね？」

知っている。早坂《はやさか》さんは俺との肉体的接触《せっしょく》が深ければ深いほど、暴走気味に好きになる。

「遠慮《えんりょ》しないで、しちゃえばいいよ。好きにすればいいんだよ」

つま先立ちになって、俺の耳元で、「この部屋、他に誰《だれ》もいないよ？」とささやく。

俺は背中にまわしていた右手を、後ろから、早坂《はやさか》さんのショートパンツのなかに突《つ》っ込み、下着の上から撫《な》でる。

「それでいいんだよ。私バカだから、初めてキスしただけで、手をつないだだけで、桐島《きりしま》くんのことすごく好きになるんだよ。こんなことされたら、狂《くる》っちゃうくらい好きになるんだよ」

そこはすぐに下着越《ご》しでもわかるくらい濡《ぬ》れはじめる。

汗《あせ》で湿《しめ》っていた早坂《はやさか》さんの体がさらに熱くなり、湿《しめ》り気《け》をおびていく。

他の男たちがそうであるように、俺だって早坂《はやさか》さんをいやらしい目でみていた。運動しながら紅潮していく体、露出《ろしゅつ》した太もも、ユニフォーム姿が目に毒だった。

「桐島《きりしま》くんはできるんだよ。思ったこと、私に全部できるんだよ」

俺は早坂《はやさか》さんが体を震《ふる》わせたところをずっとさわりつづける。早坂《はやさか》さんは俺の胸に顔を押しつけて、喘《あえ》ぎ声を殺しながらつま先立ちになる。

「桐島《きりしま》くん、これ好きだよね。なんで？」

「早坂《はやさか》さんが俺のことを好きな証明のように思えるんだ」

おろかなことに。でも、身体的な接触《せっしょく》を許すというのはそういうニュアンスがあると思う。

「じゃあこれ、ちゃんと橘《たちばな》さんにもみせてあげないとね。ちゃんと嫉妬《しっと》させてあげないとね。私たち、そういう関係だもん」

早坂《はやさか》さんは蕩《とろ》けた表情のまま、俺の手を離《はな》れて、また窓の前に立つ。

なにをするかは俺にもわかった。

俺は早坂《はやさか》さんのとなりに立ち、また後ろからショートパンツのなかに手を入れた。

外からは、俺と早坂《はやさか》さんがならんで立って、コートを眺《なが》めているようにみえるだろう。でも、早坂《はやさか》さんの蕩《とろ》けた表情で、橘《たちばな》さんはなにが起きているかわかるはずだ。

案の定、こちらをちらりとみて、すぐに険しい表情になったのが遠目にもわかった。

そして柳先輩《やなぎせんぱい》と話しながらも、何度もこちらを振《ふ》り返《かえ》る。

「桐島《きりしま》くん、やだ、音を立てるのは……恥《は》ずかしいよ……」

俺は橘《たちばな》さんをみながら、早坂《はやさか》さんをさわりつづける。水音が立って、だんだんと早坂《はやさか》さんが前かがみになっていく。下着のすき間から指を入れる。

早坂《はやさか》さんが吐息《といき》を漏《も》らす。橘《たちばな》さんはもうずっとこっちをみている。

そんなことをつづけたあと――。

「桐島《きりしま》くんっ！　やだっ、もう、ダメッ、だめっ、やっ、やっ！」

早坂《はやさか》さんはついに全身を震《ふる》わせ、窓を叩《たた》くように両手をついた。

瞬間《しゅんかん》、コートにいた橘《たちばな》さんは転がってきたボールを乱暴に蹴《け》りあげ、怒《おこ》ったようにそっぽを向く。周りにいた人たちは驚《おどろ》いたようだった。

「……それでいいんだよ」

早坂《はやさか》さんはその場にへたりこみ、髪《かみ》を一束、汗《あせ》で頬《ほお》に張りつかせながら優《やさ》しい表情でいう。

「ねえ桐島《きりしま》くん、共有って楽しいね」

「ああ」

俺はいう。

そして、俺も壊《こわ》れかけているかもしれないな、と思った。

◇

橘《たちばな》さんとふたりで駅に向かって帰っている。

休憩時間《きゆうけい》をはさんでミニゲームを一試合したあと、橘《たちばな》さんがいったのだ。

「夕方からピアノのレッスンあるから……帰る……」

俺も夜にバイトがあるから、そのタイミングで帰ることにした。

早坂《はやさか》さんは明るく「おつかれさま！」と笑っていた。

更衣室《こうい》で着替《きか》えてエレベーターの前にいけば、ぴったり橘《たちばな》さんと一緒《いっしょ》になった。示し合わせたわけではない。俺と橘《たちばな》さんは、妙《みよう》にシンクロするところがあって、今回もそれだ。

ミニゲームをするときグーとパーでチームを分けたが、当然のごとく同じチームになった。

血のなせるわざか、妹のみゆきちゃんも同じだった。

「みゆきちゃん、足速かったな」

「いつも走ってるから」

「ミニゲーム、負けて悔《くや》しそうにしてた」

「小さい頃《ころ》からずっと負《ま》けず嫌《ぎら》い。頭もかたいから、めんどくさいよ」

「真面目そうな感じだよな」

「──妹の話はもういいって！」

そこで突然《とつぜん》、橘《たちばな》さんが大きな声をだす。

「ふたりでいるときに他の女の話なんてしないでよ!!」

橘《たちばな》さんはそこではっとした顔になって、すぐに「ごめん、私、ちょっとどうかしてる」と、額に手をあてていった。ため息をついて、首を横にふる。

そこからはしばらく黙《だま》って歩いた。

橘《たちばな》さん、かなり不安定になっている。

でも俺は、橘《たちばな》さんが声を荒《あら》らげてくれて、少し嬉《うれ》しい。俺と早坂《はやさか》さんがああいうことをして、嫉妬《しっと》してくれて、まだちゃんと俺のことを好きだと普段《ふだん》みせない態度でそれをみせてくれたことが嬉《うれ》しい。怒《おこ》ってくれて嬉《うれ》しい。

そしてもうひとり、怒《おこ》られたい人間がここにいる。

「司郎《しろう》くん、私にいいたいことあるんじゃないの？」

人の少ない道にきたところで、橘《たちばな》さんが口をひらく。

「……正直にいってよ。かっこつけないでさ」

それでも俺が黙《だま》っていると、橘《たちばな》さんは「なんで？」とさっきほどではないにしろ、強めのトーンで不機嫌《ふきげん》にいう。そして恨《うら》めしそうな顔をする橘《たちばな》さんはすごくきれいだ。

「私、瞬《しゅん》くんと仲良くしてるんだよ？　なんだかわからないけど拒否《きょひ》できなくて……前に私、司郎《しろう》くんと早坂《はやさか》さんに二つの好きって気持ちがあるの、わからないっていったよね？　でも、それ、ちょっとわかるようになっちゃったんだよ⁉」

橘《たちばな》さんは恋愛《れんあい》においては白紙状態のキッズだった。そこからいろいろあって、ついに俺以外の男にも、いいところがあることを発見した。

そしておそらく柳先輩《やなぎせんぱい》に抱《いだ》いている気持ちは『二番目に好き』という感情。

その自分の変化に橘《たちばな》さんは戸惑《とまど》って、混乱している。

「先輩《せんぱい》と、手もつなげるようになったんだな」

「……知ってたんだ」

なのに、なにもいわなかったんだね、と橘《たちばな》さんは瞳《ひとみ》に青白い炎《ほのお》をともしながらいう。

「いいの？　私、司郎《しろう》くんの彼女なのに、他の男の子に浮《うわ》ついてるわるい女の子になりそうなんだよ？　なんで怒《おこ》ってくれないの？　早坂《はやさか》さんがいればそれでいいってこと⁉」

橘《たちばな》さんのいってほしいことが、なんなのかはわかる。でも――。

「柳先輩《やなぎせんぱい》にいわれたんだ」

フットサルコートを去るとき、先輩《せんぱい》はためらいながらも、苦しそうにいった。

『桐島《きりしま》、お前がひかりちゃんを歪《ゆが》めてるんだ』

橘《たちばな》さんはフットサルで、柳先輩《やなぎせんぱい》との流れもあって、他の男の人たちとも会話をしていた。

『本当は社交的な女の子なんだよ』

たしかにそうかもしれない。

小さい頃《ころ》に俺と約束したせいで、橘《たちばな》さんは他の男にさわれなくなった。さわられたら、気分がわるくなって、吐《は》くようになった。それって普通《ふつう》じゃない。柳先輩《やなぎせんぱい》がしていることは、ある意味、橘《たちばな》さんを正しい方向に導いているといえる。けど――。

「歪《ゆが》んでるとか、どうでもいい」

橘《たちばな》さんは俺をにらみつけながらいう。

「早坂《はやさか》さんとあんなことして、みせつけてさあ。そんなことしないで、直接いってよ。怒《おこ》ってるんでしょ？　それ、みせてよ。私、司郎《しろう》くんになら叩《たた》かれてもいいよ。ムカついてるなら、気が済むまで叩《たた》いてよ。髪《かみ》つかんで引っ張ったって、私、なにもいわないよ」

めちゃくちゃいうな、と思う。

でも俺の心については、橘《たちばな》さんのいうとおりだ。たしかに俺はムカついている。ただ、それを認めたくなかっただけだ。自分が怒《おこ》っていることを、女々《めめ》しく嫉妬《しっと》していることを。

でも橘《たちばな》さんの鬼気迫《ききせま》る表情におされて、泥《どろ》を吐《は》くように、隠《かく》していた気持ちを口にする。

「なんで他の男にさわれるようになってんだよ」

「……ごめん」

「なんで先輩《せんぱい》と手つないだこと黙《だま》ってたんだよ」

「…………司郎《しろう》くんに嫌《きら》われるの、こわかった。だから、いえなかった」

橘《たちばな》さんが、俺のコートの袖《そで》をつかんでくる。

「ねえ、私が他の男の人にさわれるようになったらイヤ？」

「ああ」

「瞬《しゅん》くんと仲良くしてたら、イヤ？」

「ああ」

「早坂《はやさか》さんいるくせに、自分勝手だね」

でもそれ、すごくいいよ、と橘《たちばな》さんは表情を崩《くず》して笑った。

さっきまでの雰囲気《ふんいき》が一変して、とても明るい表情になる。

「私のこと、独《ひと》り占めしたい？　司郎《しろう》くんだけの女の子にしたい？」

俺はうなずく。フットサルのときから気持ちをゆさぶられつづけていて、俺はもうなにも考えられなくて、かつていったことを、またいってしまう。

「他の男子に、指一本ふれて欲しくない」

それをきいて、橘《たちばな》さんは喜色の笑《え》みを浮《う》かべた。俺に抱《だ》きついてきて、その喜びを全身で表現する。

「余裕《よゆう》のない司郎《しろう》くんすごくいいよ、周りみえなくなってる司郎《しろう》くん、最高に好きだよ」

そういいながら、橘《たちばな》さんは自分の手をかかげてみせる。あったかそうな手袋《てぶくろ》をしている。

「ねえ司郎《しろう》くん、今、冬だよ？　ホント、全然みえてないね」

「まさか……」

「うん、手をつないだとき、私も瞬《しゅん》くんも手袋《てぶくろ》してたよ」

「その瞬《しゅん》くんっていいかたもさ」

「そうだね。いいよ、これからは柳《やなぎ》くんっていう。下の名前で呼ぶのは司郎《しろう》くんだけ。私、どんどん司郎《しろう》くん好みの女の子になっちゃうね。司郎《しろう》くんのせいで」

橘《たちばな》さんは嬉《うれ》しそうに笑いながらいう。ちなみに手をつないだのは、柳先輩《やなぎせんぱい》から桐島《きりしま》以外の男にさわれないのは不便だろうといわれて、実験的にやってみたことらしい。

「いや、でもフットサルのときは……」

ストレッチをしながら、たしかに肌《はだ》と肌《はだ》が触《ふ》れ合《あ》っていたはずだ。俺がそんな細かいところまで気にして嫉妬《しっと》していることがわかって、橘《たちばな》さんのテンションはどんどんあがっていく。

「そうだね、いっぱいさわられちゃったね」

橘《たちばな》さんはご機嫌《きげん》になりながら、俺の正面にまわりこみ、俺のコートの前を開け、さらにシャツのボタンを外していく。そしてシャツのなかをのぞきこみながら盛大《せいだい》に――。

吐《は》いた。

えずきながら、目じりに涙《なみだ》をためながら、でも嬉《うれ》しそうに、胃が空っぽになるまで、何度も何度も吐《は》く。

俺の胸から腹にかけて、生暖かいものが広がっていく。

「よかったね」

橘《たちばな》さんは口をぬぐいながらいう。

「私の一番と二番のあいだには、すごい差があるよ」

結局のところ橘《たちばな》さんはまだ俺以外の男にさわれなくて、さわられても平気にみえたのはやせ我慢《がまん》で、最後には吐《は》いてしまう女の子だった。

俺はため息をつき、シャツのなかをみながらいう。

「愛情表現が斬新《ざんしん》なんだよなあ」

第23話　あの頃《ころ》にバックトゥザフューチャー

立ちこめる湯気のなか、湯船に浸《つ》かっている。

運動したあとだから、とても気持ちいい。

橘《たちばな》さんの住むタワーマンションのバスルームだ。浴槽《よくそう》は足を伸《の》ばせるほど広いし、壁《かべ》もタイルもピカピカだし、ジェットバスもついている。

橘《たちばな》さんに吐《は》かれたあと、服のなかにそれをためたまま、タクシーに乗せられ、ここに連れてこられた。橘《たちばな》さんのお母さんはいつも深夜まで帰ってこないらしく、妹のみゆきちゃんもまだフットサルをしている。俺の住んでいる家とは全然ちがうな、と思う。

タワマンの高層階、玄関《げんかん》からもう広くて、洗面所に置かれている家電も最新式のものばかりだった。

「司郎《しろう》くん」

洗面所から俺を呼ぶ声がきこえる。

「着替《きが》え、ここおいとくから」

俺が体を流しているあいだに、買ってきてくれたのだ。

「ありがとう」

「ううん、私のせいだもん。じゃあ、ゆっくりしてね」

入浴剤《ざい》のラベンダーの香りをかぎながら、俺は伸《の》びをしてリラックスする。

なんだかつかれていたから、ゆっくりと風呂《ふろ》に浸《つ》かった。俺は基本的に長風呂《ながぶろ》だ。

そして風呂《ふろ》からあがってバスタオルで体をふき、橘《たちばな》さんが買ってきた服を着る。シックな感じで、彼女が俺に着てほしいといっていた系統の服だった。

髪《かみ》を乾《かわ》かして、廊下《ろうか》を歩いて、橘《たちばな》さんの部屋に入る。

橘《たちばな》さんは大きなクッションに体を沈《しず》めながら、髪《かみ》をくるくるといじっていた。

「マンガ読んで待ってようと思ったんだけど、司郎《しろう》くんが家にいると思うとなんだかドキドキしちゃって……」

橘《たちばな》さんはパーカーにショートパンツという部屋着姿だった。白い太もも、足がすらっと伸《の》びている。床暖房《ゆかだんぼう》で、素足《すあし》でも寒くない。

ちなみに玄関《げんかん》には客用のスリッパと、怪獣《かいじゅう》足のぬいぐるみスリッパが置かれていた。玄関《げんかん》で靴《くつ》を脱《ぬ》いでから、橘《たちばな》さんはごく自然にぬいぐるみスリッパを履《は》いたあとで、幼い趣味《しゅみ》が恥《は》ずかしくなったのか、すぐに脱《ぬ》いだ。顔を赤くして、「お、お母さんのだから」といっていたが、お母さんもひどい濡《ぬ》れ衣《ぎぬ》を着せられたと思う。せめて妹のだと言い訳すればいいのに。

橘《たちばな》さんの部屋も一見、大人びているが、幼い趣味《しゅみ》が同居している。

カーテンやベッドカバーの色調は統一され、家具もデザイン性が高いけど、机の上に置かれたへアピンにはかわいい花があしらわれていたりする。

「司郎《しろう》くん、立ってないで座りなよ」

橘《たちばな》さんに指し示されたのは、ベッドだった。

「いや、そこは……」

「他に座るところないし」

「勉強机のところに椅子《いす》がみえるけど」

「他に、ないし」

橘《たちばな》さんは自分もベッドに座り、となりにくるよう促《うなが》してくる。照れた様子で、まあ、恋愛《れんあい》キッズだしそんな変なことにはならないだろうと思って、俺もベッドに腰《こし》かけた。

「やっぱりふたりきりがいい」

橘《たちばな》さんがもたれかかってくる。いわれてみれば、落ち着いてふたりきりになるのはずいぶん久しぶりのように思えた。

「さっきはごめんね。いろいろいっちゃって」

「俺のほうこそ、言葉遣いが荒《あら》かったたって反省してる」

「じゃあ、仲直りしよ」

服似合うね、かっこいい、といいながら橘《たちばな》さんが抱《だ》きついてくる。そして、ハグ以上のことはしないようだった。

そうだ。橘《たちばな》さんは本来、こういうちょっとしたことで幸せを感じるタイプだ。お家《うち》デートとか、そういうかわいい感じが好きなのだ。さっきみたいに、鋭《するど》い言い合いをしたいわけじゃない。だから、これでいい。この時間がずっとつづけばいい。

「私、なんでも正直に話したいって思ってるんだよ。でも、なかなか素直《すなお》になれなくて」

「わかるよ。俺もそうだから」

「小さい頃《ころ》は素直《すなお》だったんだけど」

「みんなだいたいそうだよ」

「だから、小学生に戻《もど》ろうと思うんだ」

「ん？」

「小学生に戻《もど》れば、ありのままの気持ちを司郎《しろう》くんに伝えられるから」

「ちょっと話がとびすぎてて、ついていけてないんだけど」

「司郎《しろう》くんも、小学生の私と話したいでしょ？」

「仮定の話？　メタファー？」

「ううん、現実の話だよ」

橘《たちばな》さんは立ちあがると、引き出しのなかからそれをとりだし、頬《ほお》を少し赤らめながら恥《は》ずかしそうに差しだしてきた。

「すごいタイミングですごいもんだしてきたな！」

俺は思わずいってしまう。橘《たちばな》さんが差しだしてきたのは――。

まさかの恋愛《れんあい》ノートだった。

ミス研のＯＢが作成した、恋愛《れんあい》についての心理学や相手を惚《ほ》れさせる方法が記載《きさい》された恋《こい》の奥義書《おうぎしょ》だ。作成したその人物は当初、恋愛《れんあい》ミステリーを書こうとしていたが、恋《こい》に恋《こい》するあまり、恋《こい》について研究しただけのこのノートを完成させた。ちなみに作成者のＩＱは１８０だったといわれている。

「わざわざ部室から持って帰ってたのか……」

「うん」

相当気に入ってるな。しかもそのノートは男女が仲良くなるためのとんでもないゲームが収録されている、禁書にあたるノートだった。これまで俺たちはこのノートで様々な自己破壊《はかい》をおこなってきた。俺は湿《しめ》ったポッキーでないと味を感じない体になってしまったし、橘《たちばな》さんはいまだにワンコの気分が抜《ぬ》けないときがある。

そして今回、橘《たちばな》さんがやろうと提案してきたゲームは――。

『あの頃《ころ》にバックトゥザフューチャー』

ゲームの説明文の出だしはこうだ。

『あなたはこう思ったことはありませんか？　大好きなあの子に俺が先に出会っていれば、もしくは幼馴染《おさななじみ》だったら――』

つまり過去のあの子に会いにいく、そしてその子の過去に影響《えいきょう》を与《あた》えるためのゲーム。もちろん、方法はタイムマシンじゃない。俺はゲームの説明文を読んで、このノートが禁書とされることにさらに納得《なっとく》する。

「これ、ただの幼児退行催眠《さいみん》じゃねえか！」

催眠《さいみん》状態にして、小さい頃《ころ》に意識を戻《もど》すという手法。

「私、今から小学生のひかりちゃんに戻《もど》るから、そこで刷り込みしてよ」

「不穏《ふおん》なことしかいわないんだよなあ」

「絶対に司郎《しろう》くん以外の男の人にさわれないようにするの。さわるなさわるな、って刷り込むの。司郎《しろう》くん以外の男の人がみえなくなるでもいいよ」

「いや、さすがにそういうことをするのは……」

「そう。どうせ司郎《しろう》くんはそういうと思ってたけど」

でもさ、と橘《たちばな》さんはつづける。

「小学生のひかりちゃんに会いたくない？」

「会いたい気もするけど……」

俺たちがこの手のゲームをするといつもろくなことにならない。だからどうするべきか俺は悩《なや》む。軽い気持ちでやるべきじゃない。そんなことを考えていると——。

「もういいよ」

橘《たちばな》さんが立ちあがる。

「そんなにイヤなら、今からこのノート学校に返してくる。司郎《しろう》くんがやってくれないなら、あっても意味ないし、司郎《しろう》くん以外とやることなんてないし、やりたくないし」

その横顔はとても寂《さび》しそうだ。

多分、橘《たちばな》さんはこのゲームをして俺と一緒《いっしょ》に無邪気《むじゃき》に遊びたいのだ。最近はずっと張りつめていることが多かったから。

それなのに俺に断られて、橘《たちばな》さんは泣きそうな雰囲気《ふんいき》だ。こうなると、俺の体は反射的に動いていた。

「ちょ、待てよ！」

橘《たちばな》さんの前にまわりこみ、五円玉にひもを通してぶらさげる。

「あはっ」

橘《たちばな》さんは嬉《うれ》しそうな顔で笑う。

「司郎《しろう》くんのそういうところ好きだよ」

「刷り込みはしないからな」

「わかった」

ちょっと遊んでみるだけだ。俺だって小学生のひかりちゃんに会いたい。だって、俺が橘《たちばな》さんを好きになったのはまさに小学生のときなのだから。

「やるんだね」

「ああ、やってみよう」

あの頃《ころ》にバックトゥザフューチャー。

そういう流れになった。

◇

まずは俺で、本当に退行催眠《さいみん》が成功するのか試《ため》してみることになった。はっきりいって、俺は催眠《さいみん》の類にはかなり懐疑《かいぎ》的だ。結局なにも起こらないんじゃないかとも思う。

しかし物は試《ため》しというから、とりあえず橘《たちばな》さんの部屋のベッドの上で向かい合って座る。ぺたんと足を崩《くず》して座る橘《たちばな》さんの仕草がかわいらしい。

催眠《さいみん》に入りやすいよう、いろいろ連想ゲームをしたあとで――。

「司郎《しろう》くんは今から赤ちゃんに戻《もど》る、赤ちゃんに戻《もど》る、司郎《しろう》くんは赤ちゃん、赤ちゃん」

橘《たちばな》さんが五円玉を俺の目の前でぶらさげ、ゆらしはじめる。

まったくやれやれという感じだ。赤ちゃんとはまた極端《きよくたん》なチョイスだし、退行するにしてもあまりに遠すぎて全然いける気がしない。

「赤ちゃんになった司郎《しろう》くんは私の膝《ひざ》を枕《まくら》にして寝転《ねころ》がる、寝転《ねころ》がる」

おぎゃおぎゃ、それは橘《たちばな》さんが自分の部屋での膝枕《ひざまくら》シチュエーションに憧《あこが》れてるだけだろ、と思う。でも、それを叶《かな》えてあげるのはやぶさかではないし、俺もショートパンツから伸《の》びる白い太ももに膝枕《ひざまくら》されたい気持ちはたしかにバブ。

「よしよし、司郎《しろう》くんはいい子でちゅね～」

おいおい、あんまり俺をおぎゃおぎゃバブバブ。

「普段《ふだん》の司郎《しろう》くんもこれくらい素直《すなお》だったらいいのにな」

「ほぎゃ？」

「司郎《しろう》くん、好きだよ、よしよし。あ、指吸っちゃダメ！　こらっ！」

「きゃっ、きゃっ」

おぎゃおぎゃぎゃぎゃぎゃぶ～。

「司郎《しろう》くん、甘えんぼだね」

「おぎゃ～？」

「ミルク飲みたいの？」

「おぎゃ、おぎゃ」

「哺乳瓶《ほにゅうびん》買っておけばよかったな。赤ちゃんパターンも準備しておけばよかった」

おんぎゃぎゃぎゃぎゃぎゃ。

「でも、やっぱり私が幼くなって甘えるほうがいいな」

「ぎゃぷ〜」

「小学生の私が、司郎《しろう》くんにいっぱいイタズラされちゃう感じがいいんだよね。手を叩《たた》いて元に戻《もど》すから、いっぱいイタズラしてね。強引《ごういん》でいいからね。絶対だよ、司郎《しろう》くん」

「おぎゃぎゃぎゃぎゃぎゃるぎゃる」

　ばぶしゃかぶぶばぶ〜！

「でもその前に、せっかくだからちょっとだけ刷り込みしとこうかな」

「バブッ!?」

「司郎《しろう》くんはツインテールをみるとイケナイ気持ちになる、イケナイ気持ちになる」

「ほ、ほぎゃ〜っ！　ばぶしゃかぶ〜！」

「司郎《しろう》くんはスクール水着をみると、とてもイケナイ気持ちになる、とてもイケナイ気持ちになる、イタズラしたくなる、イタズラしたくなる」

「ほぎゃっ〜！　ほぎゃ〜っ！」

「はいっ、司郎《しろう》くんは元に戻《もど》る！」

　おぎゃばぶ〜っ！

「はっ」

　意識が急速に浮上《ふじょう》してくる。今、俺はなにをしていたのだろうか？　なぜ、俺は膝枕《ひざまくら》されているのだろうか？　なにより、とても恥《は》ずかしい状態だったような気がする……。

「もしかして、催眠《さいみん》、成功した？」

「時計みてよ」

「……時間がトんでる」

「じゃあ、次は私の番ね。私は小学生でいいから」

ちょっと準備する、といって橘《たちばな》さんは部屋をでていく。そして指にヘアゴムを二つ引っかけて戻《もど》ってくる。

「こっちのほうが雰囲気《ふんいき》でるでしょ？」

どういう雰囲気《ふんいき》だと思うが、橘《たちばな》さんがヘアゴムを使ってツインテールにした瞬間《しゅんかん》、頭の奥が突然《とつぜん》熱くなる。そしてなぜだか、とてもイケナイ気持ちになる。

「どうしたの？」

「い、いや、なんでもない」

なぜだろう。目の前にいる橘《たちばな》さんに、すごくイタズラしたい。

俺はそんな不埒《ふらち》な衝動《しょうどう》を抑《おさ》えこみながら、五円玉をゆらし始める。

「橘《たちばな》さんは小学生に戻《もど》る、戻《もど》る、戻《もど》る、小学生に戻《もど》る」

すぐに橘《たちばな》さんの目が眠《ねむ》そうな感じになる。だんだんまどろむようにまぶたが閉じられていき、次に目が開かれたとき、彼女の表情はとても幼くなっていた。

そして、ひかりちゃん（小学生）は甘えた声でいう。

「……司郎《しろう》お兄ちゃん」

こうして、あの頃《ころ》にバックトゥザフューチャーの本番が始まった。

◇

「おなかへった！」

ひかりちゃん（小学生）はそういうと、袖《そで》を引っ張って俺をキッチンへと連れていく。

お腹《なか》が減るのも無理はないよな。なんせ、俺の服のなかに全部吐《は》いたもんな。

「なにかつくってよ～」

「ひかりちゃんはなんでもお母さんにつくってもらう子だったんだな」

「ひかりの秘密の食料もあるよ！　お母さんにナイショのやつ！」

そういって、食器棚《だな》のすみっこの扉《とびら》を開ける。なかには大量のカップ麺《めん》が無造作に積みあげられていた。ひかり（高校生）のずぼらな性格がよくでている。そしてひかりちゃん（小学生）にインスタント食品よりも栄養のあるものを食べさせようと思い、俺は冷蔵庫のなかからいくらか食材を拝借して、簡単なサラダとスクランブルエッグをつくった。

「ソースとマヨネーズも～」

ひかりちゃんはスクランブルエッグにソースとマヨネーズをかける派だった。それらをリビングに持っていって、もぐもぐ食べるひかりちゃん。俺はとなりに座って眺《なが》めながら、口のまわりについたソースとマヨネーズをウエットティッシュで拭《ふ》いてあげたりした。

「ごろんする〜」

自由奔放《ほんぽう》なひかりちゃんは食べ終わると自分の部屋に戻《もど》って横になる。一緒《いっしょ》にごろんしよ、というので俺は添《そ》い寝《ね》する格好でひかりちゃんに寄《よ》り添《そ》った。

不思議だった。体や手足は完全に十六歳の高校生なのに、仕草やしゃべり方、表情で本当に小学生のようにみえてくる。

「ひかりね、ひかりね」

ひかりちゃんが俺にしがみつきながらいう。

「司郎《しろう》お兄ちゃんだけじゃなくて、柳《やなぎ》お兄ちゃんも好きになっちゃったんだ」

「ホント素直《すなお》にいうな」

「でも司郎《しろう》お兄ちゃんのほうが、ずっとずっと好きなんだよ。ずっとずっとずっとだよ」

「ありがとう」

「でもね、でもね、柳《やなぎ》お兄ちゃんのことも考えちゃうから、頭が変になりそうなの。司郎《しろう》お兄ちゃんのことだけ考えてたいのに」

ひかりちゃんは小学生だけあって、とても正直になんでも話す。

「司郎《しろう》お兄ちゃんはこんなひかりのこと好きじゃない？　もう、好きじゃない？」

「そんなことないよ」

たしかにずっと一途《いちず》に好きでいてくれたほうが嬉《うれ》しいけど、多分、それってあまり現実的じゃない。いろいろな人の魅力《みりょく》に気づいて、いろいろな人に好意を抱《いだ》く。それはとても自然なことのように思える。

「でも、それだと司郎《しろう》お兄ちゃん、早坂《はやさか》お姉ちゃんを好きになっちゃうんじゃないの？　ひかりよりも、早坂《はやさか》お姉ちゃんを選ぶんじゃないの？」

「いや、そんなことは……」

俺がどういったものかと考えていると、ひかりちゃんは自分の手をみて「あ」と声をあげる。

「ツメきらなきゃ」

ひかりちゃんはそういって、ととと、と部屋をでていき、爪《つめ》切りを持って戻《もど》ってくる。この脈絡《みゃくらく》のない行動と情緒《じょうちょ》、まさに小学生。

「きって～」

俺はベッドに腰《こし》かけた状態で、ひかりちゃんを膝《ひざ》に乗せる。そして爪《つめ》を切りはじめる。

ひかりちゃんは指をぴんと伸《の》ばしたまま大人しくしている。なかなかいい子じゃないか。

爪《つめ》を切る音が一定のリズムで室内に響《ひび》く。ひかりちゃんは眠《ねむ》そうな顔をしている。

ひとりでは食事も用意できず、寝《ね》ることもできず、爪《つめ》も切れないひかりちゃん。俺が面倒《めんどう》をみなければいけない。俺が庇護《ひご》しなければならない。そう考えると、とてもかわいらしく、とても愛おしい。

なんだか、光源氏《ひかるげんじ》の若紫《わかむらさき》に対する気持ちがわかるような気がした。

俺は細心の注意を払《はら》って爪《つめ》を切る。この子には俺がついていなきゃいけない。俺が守らなければいけないのだ。

左手の小指の爪《つめ》、楕円《だえん》を描《えが》くように角度をつけて切っていく。

とても美しい指だった。まっ白で、細くて、長くて、陶器《とうき》のようだ。ピアノを弾《ひ》くだけあって、余計な肉がなく洗練されている。その指先の爪《つめ》の形を整えるというのは、芸術品を完成させるための一筆を入れるような趣《おもむき》があった。

指を意識すれば、もうひかりちゃんじゃない。

橘《たちばな》さんだ。彼女の表情も少し大人びてみえる。

薬指、中指、人差指。切ったあとで、俺はその指を手《て》の甲《こう》から爪《つめ》の先まで撫《な》でてみる。

「そうやってさわられるの、すごく気持ちいい」

橘《たちばな》さんは俺にもたれかかり、目をつむっている。

左手を終え、右手に移る。

「これ、いい。なんだか、とても愛されてる感じがする」

橘《たちばな》さんは恍惚《こうこつ》としていう。俺は思う。

一体どれほどの人間が、愛する人の爪《つめ》を切ったことがあるだろうか。これは形を整えるということであり、輪郭《りんかく》をなぞるということであり、とても尊い行為《こうい》でもある。

十本の指の爪《つめ》を切り終えるころ、俺は橘《たちばな》さんの指の美しさのとりこになっていた。

でも、切るだけでは終われない。

俺はやすりの部分を使って、爪《つめ》を磨《みが》いて形を整えていく。そうやって愛の輪郭《りんかく》をなめらかにしていく。

「すごく落ち着く……」

橘《たちばな》さんは俺に身を委ねきっている。橘《たちばな》さん、君はすごい女の子だ。いつも俺の知らない世界に気づかせてくれる。このゲームはそのためにあったんだろ。

右手の人差指、皮膚《ひふ》を傷つけないよう爪《つめ》を磨《みが》きながら思う。

女の人の顔や胸に注目するのは三流だ。もっとも美しいパーツは指だ。その美しさの先端《せんたん》を整える。俺は世界を感じる。爪《つめ》を磨《みが》くということ、それは天国への扉《とびら》、それはルネッサンス、それは福音《ふくいん》、天地創造、生きて、出会うということ――。

とりつかれたように爪《つめ》を磨《みが》く。十本の指の爪《つめ》を仕上げ、俺は橘《たちばな》さんをベッドに座らせ、自分はひざまずき、足の爪《つめ》にとりかかる。また、愛の輪郭《りんかく》をなぞる。

橘《たちばな》さんは足を差しだす。俺はその甲《こう》を左手でうやうやしく持ち、右手で爪《つめ》を切る。

俺は橘《たちばな》さんにひざまずきながら、愛にひざまずいている。

愛する人の体の輪郭《りんかく》を整える。それ以上の行為《こうい》があるだろうか。

親指、人差指、中指。俺はこの世界に橘《たちばな》さんが生まれ落ちてくれたことに感謝しながら切っていく。低俗《ていぞく》な欲望や、肉欲が消えていく。

これが、本当の愛だ――。

深爪《ふかづめ》しないように切りすぎず、しかし割れないように長いところも残さない。相手を思いやる気持ちが試《ため》されている。

必要なのは集中力と、惜《お》しみない愛。

足の指も整え終わったとき、俺はなんだか成《な》し遂《と》げたような気持ちになった。とても高尚《こうしよう》なにかだ。そして俺は感謝の気持ちとともに、足《あし》の甲《こう》に頬《ほお》ずりをする。

もう、このゲームはここでピリオドを打っていいだろう。

指の美しさという新世界の魅力《みりよく》とともに、高尚《こうしよう》な愛の残像をやきつけたまま――。

そう思ったそのときだった。

「そうだ！」

ひかりちゃんが俺の顔を蹴《け》っとばして立ちあがる。

「おふろはいらなきゃ！」

「お風呂《ふろ》!?」

「だってひかり、うんどうしたのにあせながしてないんだもん」

たしかにフットサルのあと、俺は風呂《ふろ》に入ったが、橘《たちばな》さんは入ってない。多少の違和感《いわかん》はあったが、まさか最初からこれを計算していたというのか。

「あの、もしかして、ひかりちゃん……」

うん、とひかりちゃんは無邪気《むじゃき》な顔でいう。

「ひかり、目あけられないから自分で髪《かみ》あらえないの。だから、司郎《しろう》お兄ちゃんがあらうんだよ！」

◇

まったく、橘《たちばな》さんは策士だ。

恋愛《れんあい》キッズの恥《は》ずかしがり屋だから、自分からは踏《ふ》み込んだことができない。でもよく考えれば、羞恥心《しゅうちしん》は大人になればなるほど大きくなるものだ。本当のキッズになってしまえば、なにも照れることはない。

つまりこのゲーム、完全に橘《たちばな》さんの誘《さそ》い受け。

普段《ふだん》私ができないことを無理やりしてよ、というメッセージ。

「ばんざ〜い」

洗面所でひかりちゃんが両手を上にあげる。俺はパーカーを脱《ぬ》がせてあげる。

「ぜんぶぬがせて！　ぜんぶ！」

ダダをこねるから、仕方なくキャミソールとショートパンツも脱《ぬ》がせる。あらわれた下着はイチゴ柄《がら》の幼いものだった。相変わらず変なところでクオリティだしてくるな。

そしてすらりと伸《の》びる白い手足は完全に十六歳の高校生だ。

「あとは自分で脱《ぬ》げるだろ。それと、髪《かみ》洗ってあげるから、バスタオルとかでちゃんと体は隠すんだよ」

「うん、司郎《しろう》お兄ちゃんはひかりの裸《はだか》をみるのが恥《は》ずかしいんだよね！」

「そういうこと」

準備できたら呼ぶね、といって白いタオルのようなものをつかんでお風呂《ふろ》場に入っていく。

俺もそのあいだに服を脱《ぬ》いで腰《こし》にタオルを巻く。

それにしても橘《たちばな》さんは計算ちがいをしている。彼女は俺に不埒《ふらち》なことをして欲しくてこのシチュエーションを仕組んだのだろうが、俺がひかりちゃん（小学生）に抱《いだ》いている感情は、どこまでも高尚《こうしょう》な愛だ。

ひかりちゃん（小学生）相手にそんなことするはずないだろ。そう思いながら、ひかりちゃんに呼ばれてお風呂《ふろ》場に入ったところで——。

トんだ。

それは白いスクール水着だった。

たちば

「なんで!?」

「だって、司郎《しろう》お兄ちゃんが体を隠せっていうから」

ゼッケンには『たちばな』と平仮名《ひらがな》で書かれている。ていうかこれ、絶対用意したろ。恋愛《れんあい》ノートを持って帰ってきたときから、完全に準備してたろ。

そしてなぜだろう、俺にはそんな趣味《しゅみ》はないはずなのに、ツインテールでスク水姿のひかりちゃん（小学生）をみていると、すごくイケナイ気持ちになってくる。体をさわり、水着のなかに手を入れたいという不埒《ふらち》な衝動《しょうどう》が湧《わ》きあがってくる。

「司郎《しろう》お兄ちゃん、いいよ……」

ひかりちゃんがシャワーから湯をだして、その体を濡《ぬ》らしはじめる。スクール水着の表面が光沢《こうたく》をおびる。

「ひかり、司郎《しろう》お兄ちゃんにならイタズラされても、お母さんにも先生にもいわないよ」

とんでもないことをいう。やはりひかりちゃんの中身は橘《たちばな》さんで、精神年齢《ねんれい》こそ幼くなっているが記憶《きおく》領域は完全に保たれているから、確信犯的に俺を挑発《ちょうはつ》してくる。

「ひかりに大人の遊び教えてよ。なにも知らないひかりに、いっぱいイタズラしてよ。イケナイことして、司郎《しろう》お兄ちゃんの女の子にしちゃおうよ」

それは禁じられた遊び。小学生だけど、体は完全に十六歳で、イタズラしてよと誘《さそ》ってきて、アウトっぽくもありながらセーフっぽくもあり、頭がおかしくなりそうだけど、多分それはすごく気持ちいい。

だから、俺はその濡《ぬ》れた肌《はだ》と水着にふれようとする。しかし、そのときだった。

「あ！」

ひかりちゃんがなにか思いついたように、濡《ぬ》れた体のまま風呂《ふろ》場からでていく。そしてすぐに、戻《もど》ってくる。手には歯ブラシと、歯磨《はみが》き粉《こ》。

「歯、みがかなきゃ！」

どうやら橘《たちばな》さんはお風呂《ふろ》のときに歯を磨《みが》くタイプの小学生だったらしい。

「みがいて〜」

「じゃ、こっちおいで」

俺は椅子《いす》に座り、ひかりちゃんを膝《ひざ》に乗せる。ひかりちゃんは俺の首の後ろに手をまわし、お姫様《ひめ》抱《だ》っこされるような姿勢になる。俺はひかりちゃんの頭を左手で支え、右手に持った歯ブラシで歯を磨《みが》きはじめる。

誤算だったな、橘《たちばな》さん。羞恥心《しゅうちしん》を捨てるために幼児になったはいいが、幼児ゆえに純粋《じゅんすい》、その行動はコントロール不能。彼女自身のプランからも外れてしまう。

「奥歯《おくば》も磨《みが》くからもっと口あけて。はい、あ〜ん」

「あ〜ん」

爪《つめ》切りのときと同様、俺はまた一本一本丁寧《ていねい》に磨《みが》いていく。これもまた、愛の輪郭《りんかく》をなぞる行為《こうい》だ。俺は世間の人たちに問いたい。好きだ好きだといっているが、でもその好きは真実なのか？　もし本当に好きなら、その女の子のなにを知っている？　俺は、歯の形も、爪《つめ》の長さも知っている。輪郭《りんかく》をなぞっている。諸君、これが愛だ。

俺は高尚《こうしょう》な愛を取《と》り戻《もど》し、かいがいしくひかりちゃんの歯を磨《みが》く。しかし――。

「司郎《しろう》お兄ちゃん、ベロもみがいて～」

「ひかりちゃん、ベロも磨《みが》く小学生なの？」

「橘《たちばな》お姉ちゃんが最近ハマってるの。健康にいいって動画でみたんだよ～」

おい、勝手に人格を分離《ぶんり》して話をするな。

「でも俺、舌磨《みが》きとかやったことないから下手だぞ」

それでもひかりちゃんが「いいよ」というので、舌に歯ブラシをあてて、こすってみる。初心者だから勝手がわからなくて、奥に歯ブラシを入れすぎて、ひかりちゃんがえずいてしまう。

「ひかりちゃん、ごめん」

「ううん、こういうものなんだよ。それにね、ひかり、司郎《しろう》お兄ちゃんに苦しくされると、なんだかすごく気持ちいいの」

恍惚《こうこつ》とした表情で、そんなことをいう。

俺は小さなピンク色の舌をまた磨《みが》く。やはり奥にいくたびに、ひかりちゃんはえずく。そのたびにお腹《なか》を収縮させて、目じりに涙《なみだ》をためる。でも、なんだか嬉《うれ》しそうだ。

「お腹《なか》の下のあたりがね、きゅっとなるの。そのときに、司郎《しろう》お兄ちゃんのこと大好き、って気持ちになるの」

　この、この、エロ小学生（十六歳）め！

　トんだ。完全に。橘《たちばな》さんに仕組まれたとおりに、その思惑《おもわく》どおりに。

　何度も歯ブラシを喉奥《のどおく》に突《つ》き入《い》れる。そのたびに橘《たちばな》さんの体が反応する。シャワーの水量を強くして、乱暴に口のなかをゆすぐ。橘《たちばな》さんは溺《おぼ》れたような声をだし、咳《せ》き込み、でもその表情は蕩《とろ》けきっている。

　俺は橘《たちばな》さんの内ももに垂れた水滴《すいてき》を指ですくう。

「ひかり、これはなんだ。水じゃないだろ」

「ごめんなさい。はしたない女の子でごめんなさい。わるい女の子でごめんなさい。だからお仕置きして。司郎《しろう》お兄ちゃんが、お仕置きして」

　お仕置きだけじゃない。俺たちはここで、互《たが》いに体を洗ったり、髪《かみ》を洗ったりもしなければいけない。橘《たちばな》さんのことだ、その全ての工程に気持ちのいいことを用意しているのだろう。

「ぜんぶしていいよ。司郎《しろう》お兄ちゃんが思うイケナイこと、ぜんぶしていいよ」

「いいのか？」

　このあとどうなるかを、想像したのだろう。

　橘《たちばな》さんは頰《ほお》を赤らめながら、恥《は》ずかしそうに、こっくりとうなずく。

「とんだおてんば小学生だな」

このあと俺がひかりちゃん（小学生）にした愛にあふれた紳士《しんし》的な行為《こうい》について、ここでは多くを語ることはできない。

いずれにせよ、最高だった。

◇

橘《たちばな》さんの部屋で、髪《かみ》を乾《かわ》かしている。

風呂《ふろ》場で彼女はのぼせ、さらにいろいろあって脱力《だつりょく》して立てなくなった。なんとか部屋着を着せ、クッションに座らせ、俺が後ろからドライヤーをかけている。

当然、俺たちは大反省会だった。もう恋愛《れんあい》ノートのゲームは禁止しようという話になり、仮にまたするにしても、事前に準備するのはダメということになった。

「でも、すごかったね」

橘《たちばな》さんは温かい風をあてられ、気持ちよさそうに目を細めながらいう。

「司郎《しろう》くんのお人形さんにされて弄《もてあそ》ばれちゃった」

「あれ、全部愛だから」

「無知で幼い私を思いどおりにして、どうだった？」

「お世話しただけだから」

「腋《わき》を洗うときのあれは……さすがに私も……」

「なにもいわないでくれ……」

「ひかりちゃん（小学生）にはこれからも登場してもらおうかな」

「いや、ダメだろ」

「デートするとき、ひかりちゃん（小学生）とひかり犬、どっち連れていきたい？」

「二択《にたく》がすごいんだよなあ」

でも、橘《たちばな》さんが楽しそうでなによりだ。最近、彼女はひどく不安定になっていたから。

「それより司郎《しろう》くん、私になにか刷り込みした？」

「なんで？」

「その……さっきから司郎《しろう》くんの手があたるたびに……」

「ああ、それか」

体を洗っているとき、ひかりちゃんが「なんで司郎《しろう》お兄ちゃんに洗ってもらうと気持ちいいんだろ？」ときいてきた。洗髪《せんぱつ》や肩《かた》もみは他人にしてもらうほうが気持ちいい。でも俺は「司《し》郎《ろう》お兄ちゃんにさわられると気持ちいいんだよ」と、ろくでもない刷り込みをしたのだった。

「私、司郎《しろう》くんにさわられるだけで気持ちよくなっちゃうの⁉　そ、それはダメだよ」

橘《たちばな》さんが珍《めずら》しくあわてていう。

「だって、ただでさえ……」

そう、彼女は肌《はだ》やいろいろな感覚が鋭敏《えいびん》で、とても感じやすい。

「でも、橘《たちばな》さんも俺になにか変なこと刷り込んだろ」

「……なにもしてないよ」

橘《たちばな》さんはしれっとした顔をして目をそらす。いや、これ絶対やってるだろ。

「いわないと、こうだぞ」

「ちょっと、司郎《しろう》くん！」

俺は橘《たちばな》さんを後ろから抱《だ》きすくめる。橘《たちばな》さんは体をよじって抵抗《ていこう》しようとするが、すぐに大人しくなって、太ももをもじもじとすり合わせる。

「司郎《しろう》くん、ダメだよ……下着、新しいのに替《か》えたところなのに……」

「俺になにをしたんだ？」

「それは――」

橘《たちばな》さんが俺にした刷り込みの内容を話す。ツインテールとスクール水着。

「俺が犯罪者になっちまうじゃねえか！　早く刷り込み解除しろ！」

「……わかったよ」

橘《たちばな》さんは俺の腕《うで》に抱《だ》かれ、甘く湿《しめ》った息を吐《は》きながら、テーブルに手を伸《の》ばす。しかし手にとったのは五円玉ではなく、ヘアゴムだった。また、ツインテールにする。

「おい」

「ちゃんと解除する」

でも、と橘《たちばな》さんはあごをあげ、おねだりをするような顔でいう。

「私、レッスンまでもう少し時間あるよ……」

今、俺の腕《うで》のなかにはお風呂《ふろ》あがりの、しっとりとした肌《はだ》の、温かい体温の橘《たちばな》さんがいる。

そしてその橘《たちばな》さんは、俺がただ抱《だ》いているだけで下着を替《か》えなければいけないような女の子になっているのだ。

「……俺も、バイトまでもう少し時間あるな」

「じゃあさ、やっぱり恥《は》ずかしくて最後まではできないけどさ、でも刷り込みを解除する前にもう少しだけ……」

「そうだな……」

俺たちはうなずきあう。

「ひかりちゃん……」

「司郎《しろう》お兄ちゃん……」

普通《ふつう》ではたどり着けない快楽の予感と共に、俺たちは互《たが》いのくちびるを近づけていく。

しかし、キスする直前のことだった。

「ただいま～」

と、声がする。

「え？　お姉ちゃん自分で料理したの？　どうしちゃったの？」

足音はキッチンからこちらに向かってくる。速い。すぐに扉《とびら》が無遠慮《ぶえんりよ》に開かれる。

あらわれたのは橘《たちばな》さんの妹、みゆきちゃんだった。

「お腹《なか》すかせてぐずってるって思ったから、コンビニでお弁当買ってきちゃ——」

みゆきちゃんは折り重なる俺たちをみて、弁当を床《ゆか》に落とす。

そしてしばらく棒立ちになったあと、ひどく冷たい表情でいった。

「お姉ちゃん、それ、私のヘアゴムなんだけど」

◇

今度こそ俺たちは我に返っていた。

刷り込みも、もう一度赤ちゃんと小学生に戻《もど》って消した。

そして、ふたりでメトロのホームで電車を待っている。

俺はバイトに、橘《たちばな》さんはピアノのレッスンにいくためだ。

「妹さんに嫌《きら》われたな」

みゆきちゃんは当然、姉が柳先輩《やなぎせんぱい》と婚約《こんやく》していることを知っている。だから、俺が間男のようにみえたのだろう。「私、この人嫌い《ひときら》」と敵意をむきだしにしていた。

「別にいいよ」

橘《たちばな》さんは特に気にしていない顔でいう。

「妹がどう思っても、私の気持ちに関係ないし」

「仲悪くなったりしない？　みゆきが司郎《しろう》くんのこと気に入って、べたべたしたほうがケンカになるよ」

そんなことより、と橘《たちばな》さんはいう。

「司郎《しろう》くん、結局、刷り込みやらなかったね。私が他の男の人に、絶対に柳《やなぎ》くんにさわれないようにできたのに」

別にいいけどさ、と橘《たちばな》さんは淡々《たんたん》という。さっきみたいに感情をあらわにしてなくて、とても静かなトーンだ。

「司郎《しろう》くん、他人に影響与《えいきようあた》えるの、こわがってるよね」

「それは……」

「責任とれないとか、そういうこと考えてるんだよね」

そうだ。家の事情、将来への影響《えいきよう》、そういうことをどうしても考えてしまう。

「だったら司郎《しろう》くん、最後はやっぱり早坂《はやさか》さんだね」

橘《たちばな》さんは俺をみようとしない。

「早坂《はやさか》さんを選べば柳《やなぎ》くんとも折り合いがつくし、私の将来にも影響《えいきょう》しないし」

共有をつづけていれば、やがて高校を卒業するときがくる。そのタイミングで橘《たちばな》さんが婚約《こんやく》を果たして共有から離脱《りだつ》する。それは現状維持《いじ》のいきつく結果のひとつで、俺も考えなかったわけじゃない。

「クリスマスだって、どうせ早坂《はやさか》さんと過ごすんでしょ」

「そのことだけど」

最近、俺たちはクリスマスに向けてあれこれやってきた。共有という浮《う》かれたテンションで、様々なことに蓋《ふた》をしながら。でも、そろそろ本当のことに目を向けるときだ。

「橘《たちばな》さん、クリスマスは最初から無理だろ」

俺がいうと、橘《たちばな》さんの横顔の温度が冷たくなる。

沈黙《ちんもく》は肯定《こうてい》の証《あかし》。

そう、それは最初からわかっていた。ずっと決まっていたのだ。俺と橘《たちばな》さんが一緒《いっしょ》に過ごすことはない。

なぜなら橘《たちばな》さんは——。

「クリスマス、柳先輩《やなぎせんぱい》と過ごすんだろ」

第24話　美しき修羅《しゅら》

ある週末の昼下がり、俺は国見《くにみ》さんに呼びだされて、上野駅近くの立ち飲み屋にいた。

壁《かべ》に貼《は》られた汚《きたな》い字のお品書き、積んだビールケースの上に板を置いただけの机、競馬中《ちゅう》継《けい》の実況《じっきょう》と喧騒《けんそう》がBGM代わりだ。

「昼間っからビールとは、くされ大学生ここに極《きわ》まれりですね」

「桐島《きりしま》も飲めば？」

「ダメですよ。俺、高校生ですし」

「お子ちゃまだね～」

立ち飲み屋はどちらかというとおじさんの空間だと思っていたが、国見《くにみ》さんみたいな派手なお姉さんがジョッキ片手に串《くし》焼きを食べているのもなかなか絵になっていた。

「内臓ゲームやろうよ」

「なんですかそれ」

「桐島《きりしま》、口あけて目つむって」

いわれたとおり目を閉じたところで、口のなかに串《くし》から外された肉を放りこまれる。なるほど。そういうことかと、俺は舌でその肉をさわり、噛《か》んで飲み込んでからこたえる。

「ミノ」

「ぶっぶ〜、ハツでした〜」

次から次に口のなかに肉を入れられる。シマチョウ、マルチョウ、ホホ、ハチノス、適当に答えをいってみるがどれも当たらない。

「いや、難しいですよ。タレの味が強いですし、そもそも俺、ホルモンくわしくないですし」

「じゃあ、これで最後。嚙《か》まずに舐《な》めて当てること」

また目を閉じる。口のなかに入ってきたのは――。

「ちょ、これ、国見《くにみ》さんの指じゃないですか」

「正解」

国見《くにみ》さんはけたけたと笑いながら、俺の服の裾《すそ》で指を拭《ふ》く。

「私、ゲーム作るの好きなんだ〜」

大学のボードゲームサークルの人と自作のゲームを作ったりしているらしい。

バーテンダー見習いのバイトにせっせと励《はげ》み、バーカウンターのなかで、かぱかぱとお酒を飲むだけの人だと思っていたから、大学生活の話がでるのはなんだか新鮮《しんせん》だった。

「それより、いつまで食べてるんですか。猫《ねこ》が逃《に》げたっていうからきたんですよ」

「うちの猫《ねこ》ちゃん元気だからさ。しっかり食べておかないと、捕《つか》まえられないよ?」

「ていうか、よく俺の番号わかりましたね」

「バイトの緊急連絡網《きんきゆうれんらくもう》」

「よくないですよ、そういうの」

「桐島《きりしま》はかたいね～」

国見《くにみ》さんはこの辺りのアパートでひとり暮らしをしているらしい。そしてその部屋から飼い猫《ねこ》が逃《に》げたから一緒《いっしょ》に捕《つか》まえてほしいと連絡《れんらく》が入ったのだった。

「まあいいじゃん。ちょうどいい気分転換《てんかん》になるでしょ」

「まるで俺が追い込まれてるみたいないいかたですね」

「だってそうじゃん。バイトのシフトいっぱい入れて、わざと忙《いそが》しくしてさ」

国見《くにみ》さんは空のジョッキをかかげて、ビールをもう一杯頼《ぱいたの》みながらいう。

「悩《なや》んでるんでしょ？　胸の大きいほう？　足がいい感じのほう？」

国見《くにみ》さんは俺たちの事情を知っている。

バイトのときにそういう会話をしているのだ。国見《くにみ》さんには話しやすかった。彼女は俺たちの人間関係の外にいる人だからだ。

「桐島《きりしま》、最近、鏡で自分の顔みてる？」

国見《くにみ》さんは卓《たく》に置かれた新しいジョッキを手にとり、ひとくち飲んでからいう。

「ひどい顔してるよ。やつれて、もう限界って感じ」

◇

最近、自分がやつれていることは自覚している。食欲がなくて、あまり食べていない。

人はなにをしていいかわからないときに、ひどく混乱する。

俺と橘《たちばな》さんが一緒《いっしょ》にクリスマスを過ごすことはない。その事実を俺が口にしてしまって以来、橘《たちばな》さんは目にみえて落ち込んでいた。

俺のいる教室にくることもなくなって、休み時間、様子をみにいってみたら自分の席で顔を伏《ふ》せてふさぎこんでいた。

クラスの誰《だれ》かがクリスマスの話をするたびに顔をあげ、恨《うら》めしそうな視線を送っていた。そして俺は、そんな橘《たちばな》さんのつかれた表情すら美しいと思ってしまった。

でも、もう橘《たちばな》さんは限界で、それを示す出来事が起こった。

昼休み、旧音楽室でのことだ。

橘《たちばな》さんがピアノを弾《ひ》いて、俺は同じ椅子《いす》のとなりに座りながらそれをみていた。橘《たちばな》さんはすらすらと弾《ひ》いていたが、やがて手をとめて顔を伏《ふ》せた。

「クリスマス、司郎《しろう》くんと一緒《いっしょ》にいないのは、柳《やなぎ》くんと過ごすためじゃないよ」

「わかってるよ。ピアノのコンクールだろ」

　橘《たちばな》さんの参加するピアノのコンクールは二十四日、二十五日と二日にわたって開催《かいさい》される。それぞれの日に、課題曲と自由曲を弾《ひ》くらしい。

　そして二十五日の夜は、ピアノ関係者の友人とその家族で、そのままクリスマスパーティーが開催《かいさい》される。柳先輩《やなぎせんぱい》は、橘《たちばな》さんの婚約《こんやく》者としてそのパーティーに参加する。

「司郎《しろう》くん、コンクール観《み》にくる？」

　自分でそうきいたあとで、橘《たちばな》さんは「ダメだよね」と力なくいった。

　橘《たちばな》さんのピアノに関する人間関係は完全に俺の知らない領域だ。そして、そこにはちゃんと橘《たちばな》さんの友人がいて、柳先輩《やなぎせんぱい》が婚約《こんやく》者として紹介《しょうかい》されている。そう、先輩《せんぱい》に教えられた。

「…………もうピアノやめようかな」

「え？」

「ピアノやめたら、コンクールなくなるし、普通《ふつう》の大学いけるし、そしたら司郎《しろう》くんと一緒《いっしょ》に通えるし」

「それは……」

「そうだ！　そうしよう！」

　橘《たちばな》さんは急に明るい表情になっていう。

「私、全然勉強できないし！　だから司郎《しろう》くん、教えてくれるよね？　毎日、図書館で勉強したりしてさ！　絶対、楽しいよ！」

「いや、橘《たちばな》さん……」

専門的なことは俺にはわからないけど、橘《たちばな》さんのピアノの腕《うで》はコンサートピアニストも現実的な目標になるほどで、それって多分すごいことで、これまで費《つい》やした時間とかを考えると、簡単にやめたら、なんていえなかった。

だから俺は、「ピアノはつづけたほうが……」といってしまう。

その瞬間《しゅんかん》だった。

橘《たちばな》さんは左手を鍵盤《けんばん》に置いたまま、右手でピアノの蓋《ふた》をつかむと、叩《たた》きつけるように閉じた。

なんのためらいも手加減もなかった。

でも彼女の左手が潰《つぶ》れることはなかった。

俺が右手を差し込んだからだ。手《て》の甲《こう》が挟《はさ》まれて、鈍《にぶ》い音がした。

橘《たちばな》さんは驚《おどろ》いた顔で俺をみたあと、すぐに俺の右手を両手でつかむ。俺の右手は赤くなって、もう腫《は》れはじめていた。

「ごめん……司郎《しろう》くん……ごめん……」

橘《たちばな》さんはうなだれながらいう。長い髪《かみ》が垂れて、表情はわからない。

手の痛みはそれほど感じなかった。それよりも、いつも「別にいいけど」といって自分をコントロールしていた橘《たちばな》さんが、ここまでになっていることがつらかった。

「弱いのは私だね」

橘《たちばな》さんは顔を隠《かく》したままいう。

「柳《やなぎ》くんのこと少し好きになったり、家のこと無視できなかったりして」

「俺はそれがわるいことだとは、一度も思ったことないよ」

橘《たちばな》さんは自分の生活とか、芸大でお金がかかるとか、そういうことを気にしているわけじゃない。彼女が本当に気にしているのはお母さんの事業で、そしてその事業に関わる人たちのことだ。事業が縮小すれば、そこで雇《やと》われている人たちにも影響《えいきょう》がでてしまう。

「柳《やなぎ》くんのこといいなって思ったとき、このまま柳《やなぎ》くんと一緒《いっしょ》になるのもわるくないな、って考えた。楽だな、って。それで全部丸くおさまるな、って」

最低だよね、と橘《たちばな》さんは俺の手にすがりつく。そして、いった。

もう迷わないように、本当に好きな人をずっと好きでいられるように——。

「ねえ司郎《しろう》くん、壊《こわ》してよ。私のこと、壊《こわ》してよ。もっと、完璧《かんぺき》にさ」


その数日後のことだった。

夜、柳先輩《やなぎせんぱい》が俺の家をたずねてきた。また、予備校帰りだった。

母は柳先輩《やなぎせんぱい》が久しぶりにきたのでたいそう喜んだ。そして事情を知る妹は「どういう状《じょう》況《きょう》？」と驚愕《きょうがく》の目で俺をみていた。

「ひかりちゃんを泣かせてしまったよ」

俺の部屋に入り、座椅子《いす》に腰《こし》かけたところで柳先輩《やなぎせんぱい》がいった。婚約者《こんやく》として定例の食事会をしているとき、橘《たちばな》さんが声もなく泣きだしたのだという。その日はすぐに帰したらしい。

「でも、俺はやめるわけにはいかない。あの涙《なみだ》は、俺を嫌《きら》って泣いたわけじゃない」

そのとおりだ。橘《たちばな》さんは先輩《せんぱい》に対して自分が好意を持ちはじめたことをわかっていて、それで一途《いちず》になれていない自分に戸惑《とまど》っている。

「卑怯《ひきょう》になるってのはつらいな。正々堂々としているほうがよっぽど楽だ」

柳先輩《やなぎせんぱい》はそういいながら、テーブルに一枚のハガキを置いた。

「これは……」

「二十五日のクリスマスパーティーの招待状だ」

ハガキの裏面《りめん》をみる。会場は都内のホテルのホールだった。

「ひかりちゃんはお前にみせていない部分がある」

「知ってます」

それは俺と橘《たちばな》さんのあいだに存在する格差の部分。それはこのあいだ垣間《かいま》みた暮らしぶりだったり、ピアノの才能による将来性といったもの。橘《たちばな》さんはそれを隠《かく》して、普通《ふつう》の女の子のふりをして、いつも俺のとなりにいる。

「ひかりちゃんは俺に好意を持ちはじめている。彼女がその気持ちに向き合ってくれたら、この婚約《こんやく》はもう不幸なものじゃない」

先輩《せんぱい》はこういっているのだ。橘《たちばな》ひかりの将来を考えれば、幸せにできるのは自分だと。だから自分と一緒《いっしょ》になるべきだと。それを知るために、納得《なっとく》するためにクリスマスパーティーにこいといっている。そして――。

「橘《たちばな》ひかりを俺にくれ」

先輩《せんぱい》はそういって、俺に頭を下げたのだった。

◇

「男友だち欲《ほ》しかったんだ～」

国見《くにみ》さんがいう。

ふたりで、逃《に》げだした猫《ねこ》を上野公園で捜していた。冬だけれど、日差しがあって暖かい。家族連れや絵を描《か》く人、芸をする人がいて公園内はにぎわっていた。

「それより、どんな猫《ねこ》なんですか」

「太った三毛猫《ねこ》」

ポケットに手を突《つ》っ込んで歩きまわる国見《くにみ》さんは楽しそうだ。

「男友だちってなかなかできないんだよね。みんなちゃんと下心あるし」

その点、俺は安心なんだという。

「なんせ彼女ともできない意気地《いくじ》なしだからね」

「わるかったですね」

「あと、桐島《きりしま》って高校のとき好きだった男子に少しだけ似てるんだよね。ちょっと七三分けにしてくんない？」

「いやですよ」

俺たちは猫《ねこ》を捜して公園内を練り歩いた。そのあいだ、俺は早坂《はやさか》さんや橘《たちばな》さん、柳先輩《やなぎせんぱい》のことを国見《くにみ》さんにつらつらと話した。

アドバイスを期待したわけじゃないし、実際、なにか説教じみたことをいわれることもなかった。国見《くにみ》さんは「やべぇ」といって面白《おもしろ》がってきいていた。

しゃべっているうちに、なんだか俺の気持ちはだんだんと軽くなっていった。暖かい日差しと、公園をゆきかう人たちの笑い声が心地《ここち》よかった。こうやって広い場所で多くの人といると、俺の悩《なや》みなんてちっぽけなものかもな、と思えた。

それから国見《くにみ》さんがみようというので、俺たちは美術館や博物館をまわった。

「なんだか知的ですね」

「大学で高度な教育を受けてるんだよ？　もっと敬いたまえ」

ただ展示物を冷やかしてまわっただけだった。原始人の人形の前で同じポーズをさせられ、スマホで撮影《さつえい》された。国見《くにみ》さんはけたけたと笑った。

ひととおり遊んで、また猫《ねこ》捜しを再開する。

俺たちはコーヒーの紙カップを片手に、ベンチに座って猫《ねこ》が通りかかるのを待った。

「桐島《きりしま》、幸せゲームしよう」

「なんですか、それ」

「幸せな気分になれる言葉をいってくの。いえなかったらデコピンね」

「それ、今思いついたゲームですよね」

まあね、といいながら国見《くにみ》さんは勝手にゲームを開始する。

「冬の朝の布団《ふとん》のなか」

「しわひとつない白いシャツ」

「飲んだくれたあとの始発列車」

「ぴんぴんに尖《とが》った鉛筆《えんぴつ》」

「エビとホタテのアヒージョ」

「誰《だれ》もいない静かな図書館」

ずっとぐだぐだ時間を潰《つぶ》しつづけた。でも猫《ねこ》が通ることはなくて、俺たちの目の前を過ぎていくのは家族連れとカップルと芸大生、あとハトくらいのものだった。

　そして日が暮れそうになってきたときのことだ。

　スマホでマンガを読んでいる国見《くにみ》さんに俺はきいた。

「俺たちが捜してる猫《ねこ》ってどんなのでしたっけ？」

「すらっとした黒猫《くろねこ》だよ。けっこう品のあるやつ」

　国見《くにみ》さんのスマホの画面には、ちょうどロシアンブルーのいるコマが映されていた。やれやれ。俺がジトッとみつめると、国見《くにみ》さんは「くはは」と笑った。

「猫《ねこ》なんて、最初からいなかったんですね」

「やっと気づいたか」

「これじゃあ今日、ホントにだらだらしただけじゃないですか」

「まあいいじゃない。桐島《きりしま》、顔色ちょっとよくなったよ」

「俺が元気なかったから、そのために呼んだんですか？」

「やつれてたからね。しっかりホルモン食べて日の光にあたって、ベンチでくつろいで、ちょっとはリフレッシュできたでしょ」

　国見《くにみ》さんはどうやら最初からこのつもりだったようだ。俺が悩《なや》んでつかれているのをみかねて、気分転換《てんかん》させるために誘《さそ》いだした。

　でも、なぜ、と思う。バイトの後輩《こうはい》の面倒《めんどう》をみるにしてはおせっかいすぎるし、そんなに他人のことを心配するタイプとも思えない。そのことをいうと、国見《くにみ》さんは気まずそうに頭をかいた。

「ちょっとだけ責任感じててさ。君たちの恋《こい》に」

「なんで国見《くにみ》さんが責任感じるんですか？」

「私、実は桐島《きりしま》と縁《えん》がないわけじゃないんだよね」

いわれて、しばらく考えこむ。俺には生き別れの姉はいないし、髪《かみ》の内側をピンクに染めてピアスをあけまくるファッションの人とは無縁《むえん》の人生を送ってきた。

「ヒントくださいよ」

「そうだなあ。私は、桐島《きりしま》と早坂《はやさか》さんの関係を単純接触《せつしよく》効果じゃなくて自己開示の深度ループと考えている、といえばわかるかな」

自分のプライベートな情報を相手に知らせることはわかりやすい好意の伝達だ。そしてそういった普通《ふつう》はいわないようなことを互《たが》いに教えあうことで、相手に対する好意はループ的に高まっていく。たしかに俺と早坂《はやさか》さんは二番目同士という秘密を共有しながら、肉体的、精神的にも深く自己開示をつづけてきた。

そして国見《くにみ》さんが心理学的な言葉を口にしたことで、点と点がつながっていく。なにかとノートに書きつける性格、ゲームを作るのが好き――。

「まさか……」

「そのとおり」

国見《くにみ》さんがピースサインをしながらいう。

「恋愛《れんあい》ノートの作者は私だよ、後輩《こうはい》くん」

◇

国見《くにみ》さんの通っている大学をきいたら、誰もがよく知る最高学府の名前を口にした。

ＩＱ１８０はどうやら本当だったっぽい。

なんだか急に国見《くにみ》さんがすごい人にみえてきて、リスペクトする気持ちがわきあがったけど、彼女のアパートの台所、洗われてない食器が積みあがっているのをみてすぐにそんな気持ちは消《き》え失《う》せた。

「料理するのは好きなんだけど片付けるのがね」

国見《くにみ》さんが野菜を切りながらいう。包丁の音が小気味いい。俺はそのとなりで、洗い物をしていた。皿についた汚《よご》れを落としてきれいな一枚にすることが気持ちいい。

「その調子で玄関《げんかん》の靴《くつ》とか、たまったアイロンがけもよろしく」

「やりませんよ」

といいつつも、多分やるのだろう。俺はなにかが整っていくと安心する。逆に整っていないと不安になる。だから、早坂《はやさか》さんと橘《たちばな》さんに振《ふ》り回《まわ》される今の状況《じょうきょう》は得意じゃない。

部屋が汚《よご》れても平気でいられる国見《くにみ》さんなら、俺みたいな状況《じょうきょう》になっても余裕《よゆう》でいられるのかもしれない。そして、そういう人のほうがタフでいいと思う。俺もそうなりたい。

「実家、近いんだけどね」

それでも国見《くにみ》さんは質素なワンルームでひとり暮らしをしている。奨学金《しょうがくきん》とバイト代で、学費も自分でだしているらしい。

「自由にやるのが好きだからさ」

テーブルの上きれいにしといて、といわれて、俺は料理をのせられるようテーブルの上を片付けようとする。でも置き場がなくて、テーブルの上のものを床《ゆか》におろすだけになってしまう。化粧《けしょう》品のボトル、電気代の領収証、大学の講義で使ってそうな難しげな本、生活感とはこういうことをいうのだろう。

「はい、チャーハン」

国見《くにみ》さんは冷蔵庫から見慣れないビールの瓶《びん》も持ってくる。

「なんですか、それ」

「わかんないの？　か〜、お子ちゃまだね〜。チンタオビールだよ、チンタオビール。中華《ちゅうか》食べるときはこれでしょ」

国見《くにみ》さんはビールを飲みながらチャーハンを食べたあと、いそいそと一冊のノートをとりだした。そしておもむろに『内臓ゲーム』と『幸せゲーム』という単語を書きつける。上野で遊んでいるときに国見《くにみ》さんが思いついた二つのゲームだ。しかしすぐに、「こっちはボツだな」といって、『幸せゲーム』の文字を消しゴムで消した。

「国見《くにみ》さん、それ、まさか……」

「そうだよ」

国見《くにみ》さんがノートの表紙をみせてくれる。

『真・恋愛《れんあい》ノート』

全十二冊および十三冊目の禁書から構成される恋愛《れんあい》ノートシリーズ、その続編にあたる幻《まぼろし》の十四冊目、完成していたのか……。

「内臓ゲームは可能性あるね」

そこからは魔法《まほう》のようだった。国見《くにみ》さんはまるでなにかに憑《つ》かれたかのように、書いては消し書いては消し、内臓ゲームの内容やレギュレーション、名称《めいしょう》すら改変していく。彼女の頭のなかで、何度も試行回数が重ねられている。トライ・アンド・エラー。

そして完成したのは――。

『目隠《めかく》し味王選手権』

口に入れたものを、味と触感《しょっかん》だけでなにか当てるというシンプルなゲーム。

しかし絶対にズルができないように、設定が追加されている。

目隠《めかく》しをして、背中の後ろで手を縛《しば》ること。

俺は想像してしまう。目隠《めかく》しをされ、手を背中の後ろで縛《しば》られた橘《たちばな》さん。彼女は部室のソファーに座って、頬《ほお》を赤くしながら口をあけているのだ。

そのピンク色の舌がのぞく小さな口に、俺はなんでも入れることができる。舐《な》めて食べるように促《うなが》すこともできるし、喉《のど》の奥に突《つ》き入《い》れることだってできる。橘《たちばな》さんはいうのだろう。

『私、なにもみえないよ。だから、なに入れられてもわからないよ。なんでも入れていいよ』

口から滴《したた》る涎《よだれ》が、白い太ももに落ちる。そんな光景が目に浮《う》かんだ。

「人間、視覚が奪《うば》われると他の感覚が鋭敏《えいびん》になるから、すごいことになっちゃうかもね」

国見《くにみ》さんが俺の想像を煽《あお》ってくる。

「桐島《きりしま》が目隠《めかく》しされるパターンもあるよね。最初はお菓子《かし》とか口に入れられるんだろうけど、だんだん過激になるんじゃない？　女の子も相手がなにもみえてないなら、かなり大胆《だいたん》になれるだろうし。いろんなところ、舐《な》めさせてくれるかもね」

目隠《めかく》しをされていれば、自分が舐《な》めているところはわからない。

答え合わせできないことを言い訳に、いろいろとずっと舐《な》めつづけられる。

しかし国見《くにみ》さんはしばらくその項目《こうもく》をみつめたのち、せっかく書いた『目隠《めかく》し味王選手権』のページを破って捨ててしまった。

「ダメだな、やっぱボツ」

「どうしてですか？　かなりクオリティの高いゲームにみえましたけど……」

「無印の恋愛《れんあい》ノートならまだしも、十四冊目に収録するには見劣《みおと》りがする」

あれで見劣《みおと》りがするというのか。

真・恋愛《れんあい》ノート。一体どれほどのゲームが収録されているのだろう。ノートから、なにやらピンク色の瘴気《しょうき》が立ち上っているように感じる。国見《くにみ》さんが「ほれっ」といって、ノートを俺の体にあててくる。俺は「ひえっ」といって、身をよじってかわす。

そんな遊びをしたあと、国見《くにみ》さんはちょっとだけ真面目になった。

「桐島《きりしま》、バイトはもう辞《や》めたら？」

そんなことをさらりという。

食後のインスタントコーヒーを飲んでいるときのことだ。

「彼女ちゃんたちが桐島《きりしま》に求めてるの、プレゼントとかそういうのじゃないじゃん」

そのとおりだ。彼女たちが欲《ほ》しいのは物質的な満足じゃない。

「あの店でバイトする本当の目的はもう達成してるんだしさ」

国見《くにみ》さん、やっぱり頭いい。俺のことを完全に見抜《みぬ》いている。

「もう用がないのにシフトいっぱい入れて、恋人《こいびと》のためにバイトしてる自分っていうイメージに逃《に》げてたら、噛《か》みつかれるよ」

美しいものは修羅《しゅら》だからね、と国見《くにみ》さんはいう。

「橘《たちばな》さんも早坂《はやさか》さんも、薄皮《うすかわ》一枚、肌《はだ》の下に青白く燃える激情を宿してるんだと思うな。だから、きれいなんだよ。人が美しさを感じるものって、刃物《はもの》だったりするわけじゃん。鋭《するど》かったり、病的だったり、狂《くる》ってるものが美しいんだよ」

人にとって、ある一定以上の美しさは畏怖《いふ》と同義なのかもしれない。おとぎ話や怪談《かいだん》などでも、人ならぬものに美しい容姿があてがわれることが多い。

美しいものは恐《おそ》ろしい。逆説的に、恐《おそ》ろしいものは美しい。

「本人たちにいったら、めちゃくちゃ怒《おこ》られそうですね」

「まだ高校生だし、かわいいもんだけどね。ま、それも虎《とら》の子供《こども》をみてかわいいといっているようなもんだよ」

「修羅《しゅら》ですか」

ということで、と国見《くにみ》さんはコーヒーカップを掲《かか》げる。

「桐島《きりしま》の退職に乾杯《かんぱい》、ふたりの修羅《しゅら》を呼び覚まさぬよう、がんばりたまえ」

「わかりました」

ふざけたトーンではあるが、国見《くにみ》さんのいっていることはもっともだった。

俺はずっと状況《じょうきょう》に振《ふ》り回《まわ》されて、それで完全に目を回して、逃《に》げるように最近はバイトをしていた。でも、もっとふたりと向き合うべきだ。

そう思い、退職を祝って乾杯《かんぱい》しているときだった。

テーブルの上に置いたスマホが震《ふる》えた。橘《たちばな》ひかり、と表示されている。着信だ。

「でなよ」

国見《くにみ》さんがいう。

「話をきく限り、橘《たちばな》さん、もう限界なんでしょ？」

そのとおりだ。柳先輩《やなぎせんぱい》との関係をどうするか、共有の解消も含《ふく》めて、そろそろきちんと話し合う最終局面にきている。

そう思って通話ボタンをタッチしたが——。

『司郎《しろう》くん！』

きこえてきたのは、ひかりちゃん（小学生）かと思うくらい、はしゃいだ橘《たちばな》さんの声だった。

『クリスマスのことなんだけどさ、早坂《はやさか》さんと話しあったんだ！』

今まさに早坂《はやさか》さんと一緒《いっしょ》にいるらしい。遊園地で遊んでいて、観覧車に乗っているという。

一体どこにいるんだって感じだが、俺がいなければ、ふたりは上手《うま》くいくのかもしれない。

『クリスマスは早坂《はやさか》さんで、私はお正月でいいから』

「正月？」

『京都に旅行、二泊《はく》三日ね！』

後ろから『二泊《はく》は長いよ～！』と早坂《はやさか》さんの声がする。橘《たちばな》さんが『クリスマスゆずるんだからいいでしょ！』といい返して、ふたりがわちゃわちゃする音がきこえて、そのまま通話は切れてしまった。

俺はしばしスマホを眺《なが》めたあと、国見《くにみ》さんをみていう。

「限界きてるの、俺と柳先輩《やなぎせんぱい》だけっぽいです」

「みたいだね」

国見《くにみ》さんはぽんと俺の肩《かた》を叩《たた》きながらいう。

「とりあえず、バイトはがんばりたまえ」

正月の京都は高いからね、というのだった。

第25話　リーガル・ハイ

「一体どうなってるんだ、これ」

「さあ？」

となりに座る酒井《さかい》文《あや》がいう。

「本人にきけば？」

俺の視線の先には早坂《はやさか》さんがいた。

早坂《はやさか》さんはサンタガールの格好をして、男にはさまれて座っている。スカートが短く、肩《かた》も露出《ろしゅつ》している。当然、そういう視線でみられているわけだけど、早坂《はやさか》さんはにこにこしながら談笑《だんしょう》している。

「おい、あれ、肩《かた》あたってるよな？　絶対あたってる」

「そりゃあ、がっつかれるでしょ。あんなかわいい子がフリーなんだから」

十二月も半ばを過ぎたある日のことだ。

みんなでクリスマスパーティーしようよ。教室で誰《だれ》かがそういった。ノリのいいやつらがそれに賛同して、牧《まき》が企画《きかく》をまかされ、クラス全体を巻きこんだクリスマスパーティーが開催《かいさい》されることになった。

こうして俺たちはリゾート施設《しせつ》のパーティールームにいるのだった。

最初、部屋に入ってすぐ、一部の女子たちがいなくなった。しばらくして戻《もど》ってきた彼女たちはコスプレをしていた。場を盛りあげるためだろう。メイド、看護師、バニーガール、そしてまだ一着、衣装《いしょう》が余っているといいだした。大本命のミニスカサンタガール。男たちの視線が部屋のなか、ひとりの女の子に集中する。

早坂《はやさか》さんだ。

これはまた俺が助けるパターンだな、と思って俺は大きく腕《うで》をまわした。しかし——。

「も～、今日だけだよ？」

早坂《はやさか》さんは笑いながら衣装《いしょう》を受けとり、着替《きか》えて戻《もど》ってきたのだった。

そして今に至るのである。

部屋にはカラオケやダーツボード、ビリヤードもあるが、ほとんどの人間がソファーに座っておしゃべりに興じている。話題はやはり間近に迫《せま》ったクリスマスで、彼女のいない男たちが、フリーの女子に群がっていた。

俺と酒井《さかい》は、そんな部屋の様子をソファーのすみっこから眺《なが》めていた。

「早坂《はやさか》さんの左右にいるのって、他校の男子だよな」

「ひとり頭の部屋代安くするために知り合い呼んでいいってなったからね」

「完全に早坂《はやさか》さん口説こうとしてるよな、あれ」

「他校だと、ふられたあとの気まずさを考えなくていいからガンガンいけるしね。ふたりとも日焼けしてるから運動部かな。連絡先《れんらく》きくのは当たり前、あわよくば今日で勝負決めちゃいたいってくらいアグレッシブだね」

左右から体格のいい男に迫《せま》られながらも、早坂《はやさか》さんは愛想《あいそ》よく笑っている。

俺は思わず目をそらす。

「あ〜あ〜、あかねったら、あんなに太ももみせちゃって。さわられそうじゃん」

「おい、実況《じつきよう》しないでくれ」

「机の上にポッキーあるね」

「それはダメだろ！」

「あかねが食べさせてあげるみたいだね」

「手だよな？　手で食べさせてるんだよな？」

「でも楽しそうだよ」

運動できる人ってかっこいいよね！　という早坂《はやさか》さんの声がきこえてくる。

俺はなにか現実逃避《とうひ》できるものを探す。カバンをあさるけど、なにもない。呼吸が荒《あら》くなってきたところで、酒井《さかい》が詩集を渡《わた》してくれる。宮沢賢治《みやざわけんじ》の『春と修羅《しゆら》』。ありがとう酒井《さかい》、俺は本を開く。なにもみたくない、ききたくない。

「あ、今、太ももさわられたっぽい。でも、あかね、笑ってる」

けふのうちにとほくへいつてしまふわたくしのいもうとよみぞれがふつておもてはへんにあかるいのだあめゆじゆとてちてけんじや。

「頭なでられた」

「わたくしといふ現象は仮定された有機交流電燈《でんとう》！」

「そんなに嫉妬《しっと》するんなら、ちゃっちゃとヤっちゃえばいいじゃん」

酒井《さかい》はそんなことをあけすけにいう。メガネをかけて前髪《まえがみ》をおろした地味モード、他のクラスメートはまさか酒井《さかい》がこんなことをいうとは夢にも思ってないだろう。

「ヤっちゃえば、あかね、狂《くる》ったように桐島《きりしま》のこと好きになるでしょ。そしたら他の男に見向きもしないって」

「いや、それは……」

「橘《たちばな》さんとのバランス？　でも桐島《きりしま》がガンガンいかないから、あかねの自己肯定《こうてい》感が低くなって、ああいうことになるんじゃん」

早坂《はやさか》さんのはしゃぐ声。

ノリいいね、といわれて「えへへ」と笑っている。その笑い方は俺の前だけでするやつだろ、と思ってしまうのは俺のうぬぼれか。

「も〜、そんな顔するなよ」

酒井《さかい》がいう。慰《なぐさ》めているようにみえるが、声のトーンは完全に面白《おもしろ》がっている。

「ほら、これで楽しい気分になりなよ」

酒井《さかい》がテーブルを指さす。

ティッシュの上に、白い粉がひとつまみ盛られていた。これも場を盛りあげるため、用意されたものだ。

『幸せの白い粉』

これをキメると、頭がハッピーになってトベるらしい。

「いや、これ絶対ヤバいやつだろ。なんでこんなとこにあんの⁉」

「牧《まき》が用意してたからパーティーグッズでしょ」

「ああいう頭よくて気の利《き》くやつがそういうのに手だすんじゃないのか？　法のすき間をぬうのって、ああいう感じのやつだろ」

「そういえば教室で化学部の部長とずっとやりとりしてたな」

「本物じゃん……」

そんなの絶対こわいだろ。そう思ったそのときだった。

早坂《はやさか》さんの声がきこえてきた。

「すっごい気持ちいい！」

思わずみてしまう。となりの男に……肩《かた》を揉《も》まれていた。

「桐島《きりしま》、楽になれ」

酒井《さかい》に肩《かた》を叩《たた》かれる。やれやれ、このところタフな状況《じょうきょう》がつづいてる。

ほんの少しのあいだでもすべて忘れさせてくれ。

俺は指で鼻をおさえて片方の穴をふさぎ、もう片方の穴からストローを使って、幸せの白い粉を吸った。

◇

早坂《はやさか》さんが俺以外の男子と馴《な》れ馴《な》れしくなったのは、なにも今日が初めてというわけではない。最近はずっとそんな感じだ。これまでも人気者で、橘《たちばな》さんみたいに強く男を拒絶《きょぜつ》していたわけじゃないから、表面上はそこまで変わっていないともいえる。

でも、ほんの小さな変化を、クラスの男子たちはちゃんと感じていた。

「なんか最近の早坂《はやさか》さん、いいよな。心の壁《かべ》がなくなったっていうか、なんていうか」

「ああ。前は愛想《あいそ》よかったけど、画面の向こう側にいる感じだったし。でもそれが——」

「すげえ肉感的になったよな。リアルな女の子っていうか」

「そそる、よな」

「体育のあと、ちょっと汗《あせ》ばんで息荒《あら》くしてるだけで、俺、ヤバかったわ」

そんな声が、教室のあちらこちらからきこえてきた。

そんな感じで、早坂《はやさか》さんは他の男子とも仲良くするようになった。

それだけといえばそれだけで、別に俺に冷たくなったわけではない。

俺が電話をとりそこねると五分おきに着信履歴《りれき》が残っているし、マンガを返すために早坂《はやさか》さんが駅で待っていて、「待たせてごめん」と俺がいうと、「ううん、全然待ってないよ。たったの四時間だもん」と笑顔《えがお》でいったりする。

俺が悩《なや》んでいるときも早坂《はやさか》さんは優《やさ》しかった。

「先輩《せんぱい》と橘《たちばな》さんのことでしょ？　大変だね」

移動教室のとき、階段の踊《おど》り場《ば》で俺を呼びとめ、両手を広げた。

「私が慰《なぐさ》めてあげる」

笑顔《えがお》で抱《だ》きついてきて、俺も早坂《はやさか》さんのやわらかい体とその体温に心がホッとして、彼女を抱《だ》きしめ返した。

「久しぶりだなあ、桐島《きりしま》くんが抱《だ》きしめてくれるの。嬉《うれ》しいなあ」

早坂《はやさか》さんは喜んで、俺の胸にこれ以上ないくらい顔を押しつけてきた。

「えへへ、よだれつけちゃった」

そういって笑っていた。

共有になってからの早坂《はやさか》さんは明るくて、安定しているようにみえた。いつも笑顔《えがお》で笑っている。どんなときも、だ。

でもその笑顔《えがお》が心配になるときもある。

その日は共有の、早坂《はやさか》さんの日だった。

俺も早坂《はやさか》さんもバイトがあって、一緒《いっしょ》に帰るだけにしようということになり、誰《だれ》にもみつからないよう、手をつないで路地裏を歩いていた。

「さすがにあれはどうなんだ？」

「なにが？」

「ボウリングいくってやつ」

休み時間、男子の集団が早坂《はやさか》さんをボウリングに誘《さそ》っていた。早坂《はやさか》さんは「いいよ」と承諾《しょうだく》して、でもよくきいてみれば早坂《はやさか》さんは女子ひとりで参加するっぽいのだ。

帰り道、俺がそのことについていうと、「桐島《きりしま》くんは仕方がないな～」と、早坂《はやさか》さんは足をとめて、にこにこしながら、また両手を広げて抱《だ》きついてきた。

俺が抱《だ》きしめ返すと、早坂《はやさか》さんは俺の後頭部に手をあて、自分の肩《かた》に俺の頭がのるような格好にした。

「よしよし、嫉妬《しっと》しちゃったんだね」

早坂《はやさか》さんは俺の頭をなでながら、耳元でささやいた。

「桐島《きりしま》くんって、ほんと、クズだよね」

「え？」

思わぬ言葉に、俺は驚《おどろ》いて顔を離《はな》す。

でも早坂《はやさか》さんは笑顔《えがお》で、「どうかした？」と、変わらずにこにこしている。

「大丈夫《だいじょうぶ》だよ、ボウリングいかないよ。だって桐島《きりしま》くんがそういうんだもん。当たり前だよ」

そういって、また俺の頭を抱《かか》えてなではじめる。

きき間違《まちが》いかと思った。クズ、といったときも、とても明るい口調だったから。

でも――。

「自分は橘《たちばな》さんに夢中なのに、私が他の男子とちょっと遊びにいこうとしたらダメなんて、桐《きり》島《しま》くんはどうしようもないね」

そんなことを、耳元でいうのだ。

「全然、手をだしてくれなくて、私のことみてくれなくて、私はそのたびに魅力《みりょく》ないのかな、って傷ついて、私って価値ないんだってボロボロになっちゃってるのにさ」

えへへ、と早坂《はやさか》さんは笑う。

俺は早坂《はやさか》さんをみる。

早坂《はやさか》さんはやっぱり笑顔《えがお》で、楽しそうにずっと話している。

「他の男の子は、私のことすごく物欲《ものほ》しそうな顔でみてくれるんだよ？　すごくさわりたがってくれるんだよ？　だから私、価値ある女の子なんだって思えて、価値があるから桐島《きりしま》くんのとなりにまだいれる、って思えるんだ。すごくいいサイクルで、私、毎日楽しいの！」

最近は柳《やなぎ》先輩《せんぱい》の恋愛《れんあい》相談にのって、一緒《いっしょ》にカフェにいっているらしい。

「柳《やなぎ》先輩《せんぱい》ね、すっごく悩《なや》んでるんだよ。橘《たちばな》さんを戸惑《とまど》わせてるって」

先輩《せんぱい》はそうやって現状をゆさぶらないと、橘《たちばな》さんの心を手に入れることができない。

「でもね、そんなに悩《なや》んでるのに、私が胸元《むなもと》の大きくあいたセーターを着ていったらね、ずっとそこばかりみるんだよ。おかしいよね！」

じゃあいこっか、というので、また早坂《はやさか》さんと手をつないで歩きだす。

俺は早坂《はやさか》さんになにをいっていいのか、なにを話していいのかわからない。いっている内容と、テンションのギャップについていけてない。

「私ね、桐島《きりしま》くんのこと、あんまり好きにならないようにしてるんだ。重いと大変でしょ？」

早坂《はやさか》さんは腕《うで》を大きくふりながら、ご機嫌《きげん》な感じで歩く。

「だって、二番目だもん。共有も、両想《りょうおも》いのところに無理やり入れてもらってるだけだもん。遠慮《えんりょ》して当たり前だよね、傷つけられて、ボロボロにされて当然だよね。自分で準備までしたのに最後までしてもらえなくても、文化祭のステージからキスみせつけられても、文句なんていえないよね」

大丈夫《だいじょうぶ》、私、平気だよ、と早坂《はやさか》さんはいう。

「桐島《きりしま》くんが都合のいいときに、都合のいいように使ってね。どれだけ私のこと傷つけたっていいんだよ。他の男の子たちが、私にはまだ価値があるってすぐ教えてくれるから」

「でも、そのやりかたって……」

「えへへ、桐島《きりしま》くんの考えてるとおりだよ。たまに、理性失《な》くしてそうな目をしてる男子もいるよ。このままだと私、他の男子とどうこうなっちゃうかもね。どうこうされちゃうかもね。めちゃくちゃにされちゃうかもね」

でもさ、と早坂《はやさか》さんは足をとめて、ひどく色気のある大人びた表情でいう。

もしそうなったとしても――。

「全部、桐島《きりしま》くんのせいだよね」

◇

幸せの白い粉を吸ってから俺の頭はもうトロトロに溶《と》けていて、テーブルの上に置かれたコップが大きくみえたり小さくみえたりするし、脈絡《みゃくらく》なくこの一週間に食べたものが写真みたいに順に浮《う》かんでくる。

「桐島《きりしま》、キマりすぎ」

となりに座る酒井《さかい》はめちゃめちゃウケている。

「ストローで鼻からとかよくやるよね」

「映画だとだいたいあんな感じだろ」

「もっと治安のいい映画みな」

酒井《さかい》の口の動きがとてもスローにみえる。部屋のなかのみんなのしゃべり声も、それぞれ、はっきりときこえる。早坂《はやさか》さんと男の声も解像度が高い。

白い粉の影響《えいきょう》か、感覚が鋭《するど》くなっている。こんな状態で早坂《はやさか》さんと男が仲良くしてるところを直視したら大変なことになる。なにもききたくないし、なにもみたくない。

俺はそう思って目をそらし、カバンからイヤホンをとりだして耳につける。その瞬間《しゅんかん》、イヤホンから音の洪水《こうずい》が流れだしてきた。脳に端子《たんし》をぶっ刺《さ》されたかのように、ダイレクトに鳴っている。歌詞の情緒《じょうちょ》が俺のなかに満ちる。なんだこれ、すごい、トべる。

「ちょっと桐島《きりしま》、大丈夫《だいじょうぶ》?」

「音楽が……映像でみえるんだ……音楽が……みえる……ユアマイワンダーウォール……」

「トリップしすぎでしょ」

酒井《さかい》にイヤホンを外されて、俺は戻《もど》ってくる。

「すごいぞ、これ。次はもっと重低音のきいたトランスで……」

「はい、現実を直視しようね」

顔をつかまれて、早坂《はやさか》さんのほうを向かされる。

ダーツをやるみたいだった。俺たちが勝ったらアドレス教えてね、とさっきまで左右に座っていた他校の男子たちの声がきこえてくる。早坂《はやさか》さんは笑っている。

「酒井《さかい》、メガネはずそう」

「突然《とつぜん》どうした」

「酒井《さかい》が本気をだせば、あの男たちがこっちに群がってくるかもしれない」

「そういうのがめんどくさいからメガネかけてるんだけど」

それでも俺が「はずせはずせ」というと、酒井《さかい》は「桐島《きりしま》だけだよ」と頬《ほお》を赤らめながらメガネをはずして前髪《まえがみ》もあげて顔をみせてくれて、そしたらめちゃくちゃ美人で、こいつマジで色気すごいなって思ってたら、いきなり「ずっと桐島《きりしま》つまみぐいしたいって思ってたんだ」なんていいだして「あかねも橘《たちばな》さんもお子ちゃまだよ、やっぱ私でしょ」とかいいながらキスしてきて、おいおい今みんながいるんだぞって思いながらもキスしてみたら、たしかに酒井《さかい》のキスは大人のキッスで、俺はもう酒井《さかい》うぉぉ酒井《さかい》うぉぉ酒井《さかい》酒井《さかい》という気持ちになって――。

「――りしま、きりしま、桐島《きりしま》！」

「んん？」

目の前に酒井《さかい》がいる。メガネもしっかりかけているし、前髪《まえがみ》もおろしている。

「酒井《さかい》、俺、今なにしてた？」

「一瞬《いっしゅん》ぼ～っとしてたけど……キマりすぎでしょ」

酒井《さかい》が笑う。なんだ妄想《もうそう》か。そりゃそうか、俺と酒井《さかい》がそんなことになるはずない。

「ほら、さっさとあかねのとこいってきたら？　桐島《きりしま》がいえば、すぐにいうことくって」

早坂《はやさか》さんをみれば、ダーツの投げ方を教えてもらっていた。ボードに向かって構えて、肘《ひじ》をさわられたりしている。

「いや、本人がいいなら……」

「桐島《きりしま》は変なところで理想主義だよね。自由意志を尊重しようみたいなこと考えてさ」

そもそも恋愛《れんあい》って相手に影響《えいきょう》与《あた》えるものでしょ、と酒井《さかい》はいう。

「ボクは手をだしませんが、あなたはあなたのありのままの気持ちでボクを好きになってください、なんて、ちょっと甘すぎじゃない？」

「この酒井《さかい》、厳しいな。さっきの酒井《さかい》を返してくれ」

「あかねをぶっ壊《こわ》して狂《くる》うほど桐島《きりしま》のこと好きにならせたらいいじゃん。あかねはそれを望んでるんだし。完全にぶっ壊《こわ》す最後のトリガー、わかってるんでしょ？」

「でもそれは……」

少なくとも、と酒井《さかい》はいう。

「あかねと橘《たちばな》さんは、桐島《きりしま》のことぶっ壊《こわ》してでも自分のものにしようとしてると思うよ」

そしてそれは柳先輩《やなぎせんぱい》も同じで、強い意志で橘《たちばな》さんの現状を変えようとしている。

「このままだと、あかねも橘《たちばな》さんも他の男にもってかれちゃうよ？」

早坂《はやさか》さんと目があう。

ダーツボードに対して垂直に体が向くように、男が両肩《りょうかた》をつかんで立つ位置を調整している。

もちろん男はダーツなんかどうでもよくて、早坂《はやさか》さんにさわりたいだけだ。早坂《はやさか》さんもわかってんだろって感じだけど、早坂《はやさか》さんは俺をみて「えへへ」と笑う。

俺は机に置かれた幸せの白い粉を次から次にストローで鼻から吸っていく。高くトぶ。

「そんなことしたって現実は変わらないよ」

ワイルドスマイル酒井《さかい》がいう。

くそう、と思う。

みんな自由気ままに振《ふ》る舞《ま》って、アクセルだけ踏《ふ》んで、俺を挑発《ちょうはつ》しやがって。

そりゃ俺だって、そうしたいよ。早坂《はやさか》さんとヤって、ぶっ壊《こわ》して、狂《くる》ったように愛されたら

そんなの超《ちょう》気持ちいいし、橘《たちばな》さんと望みどおり強引《ごういん》にシて、ぶっ壊《こわ》して、人生かけて愛されたら最高に気持ちいいってわかってる。でも無理だろ、それ。

どっちかとそうなったら、どっちかがめちゃくちゃキレるじゃん。共有でいいって完全に口だけじゃん。どっちかとヤったら、絶対ふたりでケンカして、そのケンカってもう本当に取り返しのつかない感じのことやりそうじゃん。

じゃあ、俺がどっちか選べばいいじゃんって感じだけど、それも許してくれないじゃん。自分が選ばれない可能性消すために無理やり共有にして、それで桐島《きりしま》くんは両手に花だからいいでしょって、勝手に抜《ぬ》け駆《が》け禁止のルールつくって、それで俺がなにもしてくれないってすねたりなんかしちゃって。

ていうかそもそも共有ってなんだよ。文化祭のあと、俺もつっこまなかったけどさ。

そこは、私とあの子どっちがいいのよ、って選ばせるとこなんじゃないの？

それがスタンダードなんじゃないの？

「桐島《きりしま》が、そういうスタンダードな考え方を否定したんでしょ？　映画やドラマの恋《こい》に洗脳されて、純愛ってイメージに酔《よ》って、そんな恋愛《れんあい》してるやつらと俺はちがう、ってさ」

酒井《さかい》、そのいいかたはよせ。俺はそこまでわるいことを考えてるわけじゃない。

「わるいよ、桐島《きりしま》は。どうしていいかわからないって顔してるけど、演技でしょ？　無垢《むく》なふりしてさ。わるい桐島《きりしま》はちゃんとプラン持ってるよ」

みんな好き勝手に恋《こい》するんだからさ、桐島《きりしま》もやりたい放題やればいいじゃん、とワイルドスマイル酒井《さかい》はいう。

「あかねも橘《たちばな》さんも、どっちも壊《こわ》しちゃえばいいじゃん。お前が一番だ、お前を選んだ、ってふたりにいって、ふたりとヤって、ふたりに狂《くる》ったように愛されればいいじゃん」

「いや、どっちかとヤった時点でもうひとりがキレるだろ」

「橘《たちばな》さんとの関係はあかねに知られないように、あかねとの関係は橘《たちばな》さんに知られないようにすればいいだけでしょ」

「それ、今からはできないだろ」

共有になってるし、早坂《はやさか》さんに「一番だ、君を選んだ」っていったところで、橘《たちばな》さんと毎日手をつないで登校してたらすぐにその嘘《うそ》はバレる。

「不可能だ」

「不可能じゃないよ。実際、桐島《きりしま》にはそのプランが頭のなかにちゃんとある」

いわれてみれば——ある。

早坂《はやさか》さんと橘《たちばな》さんが互《たが》いに連絡《れんらく》をとることがなく、場所的にも離《はな》れていれば、俺は橘《たちばな》さんには早坂《はやさか》さんと別れたといい、早坂《はやさか》さんには橘《たちばな》さんと別れたといって、ふたりと狂《くる》ったように愛しあうことができる。その状況《じょうきょう》の可能性は、たしかに存在する。

「バレたとき、桐島《きりしま》はホントに、絶望的に、究極的に、タダじゃすまないけどね」

これは俺が無意識に封印《ふういん》したプランだ。あまりに悪いから、俺が気持ちいいだけで全員を壊《こわ》しているから。クズじゃ済まない、救いようのない悪の計画。

「私、本当の悪徳みたいんだよね。みんな背徳とかいいながら、そうなるのも仕方ないみたいな言い訳用意するでしょ？　非難されないよう逃《に》げ道《みち》つくるでしょ？　そうじゃない、本当に自分が愛の悦楽《えつらく》に耽《ふけ》るためだけの極《きわ》まった悪徳みせてよ」

やっちゃえ、やっちゃえ、とハートビート酒井《さかい》はいう。どうせみんな好き勝手やってるんだから桐島《きりしま》もやっちゃえやっちゃえ、究極悪徳計画やっちゃえやっちゃえ、という。

ちょっと待て、お前、本当にハートビート酒井《さかい》か？　俺の頭のなかにアクセスしすぎだろ。

ダメだ。現実と妄想《もうそう》の区別がつかない。

『究極悪徳計画』

いや、いけない。それはいけない。ふりをしろ、状況《じょうきょう》にふりまわされる典型的なダメ男のふりをして悪い考えをやりすごせ。

俺は幸せを求めて、相手を本当に幸せにするための恋《こい》を目指していたはずだ。

いや、そうだったか？

酒井《さかい》のいうとおり恋《こい》は相手に多大な影響《えいきょう》を与《あた》えるものだし、そもそも相手をある種の不幸におとすことが恋《こい》といえるのかもしれない。もう、俺には恋《こい》がなんなのかわからない。

ダメだ、完全に思考の世界にハマってしまっている。

現実と妄想《もうそう》の境界がわからない。

俺は探す。恋《こい》について理解するためのもの、現実に戻《もど》るためのもの。

そうだ、本だ。本に書いてあることはいつも不変だ。妄想《もうそう》から現実に戻《もど》るための結節点。本はいつも俺を助けてくれる。

俺は探す。最初にワイルドスマイル酒井《さかい》が貸してくれた本。あった、机の下に落ちている。

これだ。宮沢《みやざわ》ヘブンアンドヘル賢治《けんじ》の永訣《えいけつ》の遺作『愛と修羅《しゅら》』。

俺は本をめくる。すごい。文字が浮《う》かびあがってみえる。その文字は俺の眼球に飛び込んできて、脳幹に直接イメージを叩《たた》きこんでくる。

俺は愛の真理を理解する。

人を愛するということはやはりその人に愛されたいという気持ちをともなうもので、そして人に愛されるためには俺たちはなにかをしなきゃいけなくて、そしてなにかをするということは必ず相手に影響《えいきょう》を与《あた》えそこには修羅《しゅら》的にぶっ壊《こわ》す須弥山《しゅみせん》の頂でしたり顔で俺は待つものであり因果交流有機とともに流れるような饕餮《とうてつ》にくわれた世界で無間地獄《むけんじごく》に落ちた無間流浪《るろう》人として繰《く》り返《かえ》す虔《けん》と呼ばれる人と出会いながら沙命館《しゃめいかん》にて一つ目の支配人と碁《ご》を打ちクシティガルバと赤い少女を救い聴《き》く虫の鳴き声水彩《すいさい》画の背景で描《えが》かれた永久の夜の美しサのなかにある残像を無縁《むえん》墓地の名残惜《なごりお》しさ中華《ちゅうか》料理と呼び食すその様は燭灯火《しょくとうか》の筆の運びと同律の弧《こ》の調べを奏《かな》でながら廻天《かいてん》して莫高窟《ばっこうくつ》から挨拶《あいさつ》なく消える虚《むな》しさを校舎の上で寝《ね》そべり眺《なが》めながら俺たちは一抹《いちまつ》の寂寥《せきりよう》感を胸にずっと待ちつづ　こつ　りょ　しょく　し

◇

気づいたらトイレの個室のなかで便器に向かってかがみこんでいた。頭が痛い。吐《は》いた気配

はない。胃になにも入れてなかったのが幸いしたみたいだ。

「大丈夫《だいじようぶ》?」

サンタコスの早坂《はやさか》さんが俺の背中をさすってくれている。

俺の意識は潰《つぶ》れた豆腐《とうふ》みたいにどろどろで、その早坂《はやさか》さんが幻覚《げんかく》なのか現実なのか判断がつかない。

「ここ、男子トイレじゃないのか?」

「そうだよ。心配だからついてきたの。今は誰《だれ》もいないからいいけど、誰《だれ》かきたら声ださないほうがいいかも。なにしてるの、ってなっちゃう」

どうやらあれからさほど時間は経過していないらしい。

「桐島《きりしま》くん、みんなの前でいっぱいラップしてた。桐島《きりしま》コールが起きて、上半身裸《はだか》にもなったんだよ」

「そんなことを……」

「でもね、桐島《きりしま》くん、ずっと私のほうみてた。えへへ」

早坂《はやさか》さんは背後から、しゃがみこんだままの俺の頭を愛おしそうに抱《だ》いてくれる。

「ホント、桐島《きりしま》くんはどうしようもないね、弱いね、情けないね、かわいそうだね」

「おい、あまり挑発《ちようはつ》するな。俺、今あたまトロトロだから」

「そんなこといっちゃってさ。でも口だけだよ。桐島《きりしま》くんはなにもできないんだよ、指をくわえてみてるだけなんだよ、私が他の男の子にさわられても、みてるしかできないんだよ」

早坂《はやさか》さんが俺の耳に吐息《といき》をかけながらささやく。

「私のしてるバイト、メイド喫茶《きっさ》なんだよ」

男への苦手意識を克服《こくふく》するため、そういうところでバイトしてるといっていた。

「けっこう、お客さんから声かけられるんだよ」

マナーのいいお客さんばかりだが、たまにいるらしい。

「このあいだはね、中年のおじさんに『三十万円でどう？』って、耳うちされたんだ。どこかの社長さんなんだって」

そのお金、受け取ったらどうなるのかな。なにされるのかな。あのごつごつした指で、全身さわられちゃうのかな。一晩中、されちゃうのかな。

早坂《はやさか》さんがいう。

俺はまだ白い粉の影響《えいきょう》が残っているのか、その言葉がダイレクトに映像として頭のなかのスクリーンに投映《とうえい》されてしまう。

「けっこう有名なバンドのメンバーもくるんだよ。それでね、泊《と》まってるホテルの部屋番号のメモを手に握《にぎ》らされるの」

いったら、なにされるのかな。いかにも俺様って感じだったから、乱暴にされちゃうんだろうね。いろいろされて、大変なことになって、でも責任取ってもらえなくて、ボロボロにされて、ヤり捨てられちゃうんだろうね。

「あとね、ダーツを教えるふりして体をさわってきた他校の男の子たちいたでしょ？　そう、桐島《きりしま》くんが恨《うら》めしそうにみてたふたりだよ。あの人たちね、ずっと『ここ抜《ぬ》けだして、静かなところいかない？』って誘《さそ》ってくるんだよ」

ついていったら、どうなっちゃうのかな。絶対、そういうことする気だよね。前と後ろからされちゃって、壊《こわ》されちゃうんだろうね。運動部で体力ありそうだから、ずっとされちゃうんだろうね。私がもうやめてっていってもやめてもらえなくて、毎週呼びだされて、オモチャみたいに使われちゃうんだろうね。

「牧《まき》くんの用意した粉、私もいっぱい舐《な》めてるんだ。舐《な》めさせられたんだ。それでね、私ふわふわした気分になっちゃってるの」

このままだとホントにやられちゃうね、と早坂《はやさか》さんはいう。

「桐島《きりしま》くんがなにもしないからだよ、いい子ちゃんぶってるからだよ」

そういわれた、その瞬間《しゅんかん》だった。

俺は立ちあがって、早坂《はやさか》さんを壁《かべ》に押しつけていた。

していいのかよ、本当に、と思う。

「抜《ぬ》け駆《が》け禁止ってルールつくったの、早坂《はやさか》さんと橘《たちばな》さんだろ」

「最後までしなくても、他にできることいっぱいあるよ」

早坂《はやさか》さんの濡《ぬ》れたくちびるが挑発《ちょうはつ》的に動く。

「ねえ、そんな顔するなら証明してよ。私に価値があるって桐島《きりしま》くんが証明してよ。桐島《きりしま》くんが私のことちゃんと好きって、わからせてよ――」

言葉の途中《とちゅう》で、俺は床《ゆか》に膝《ひざ》をつき、早坂《はやさか》さんのスカートのなかに頭を突《つ》っ込む。

そのときだった。

「き、桐島《きりしま》くん、いきなりすぎるよっ」

早坂《はやさか》さんが、戸惑《とまど》った声をあげた。

さっきまでの色っぽくて挑発《ちょうはつ》的な感じが後退している。やっぱり恥《は》じらいがあるみたいで、わるい女になりきれてない。さっきまで色気をただよわせていた表情も、いつもの幼いものに戻《もど》っている。

「なんだ、早坂《はやさか》さんだって強がってるだけじゃないか」

「ち、ちがうもん！　強がってないもん、き、桐島《きりしま》くんがしてくれなかったら私――」

「他の男とこういうことするのか？　できるのか？」

「それは……」

しないし、できないけどさ、と早坂《はやさか》さんは目を伏《ふ》せた。結局ポンコツなところは変わってなくて、他の男とどうにかなるかもとかいってたのは全部――。

「桐島《きりしま》くんの気を惹《ひ》きたかったんだもん……」

それにしてはやりすぎたな、と俺はいう。ここまできたら――。

「おさまりつかないから、早坂《はやさか》さんの体、楽しませてもらうからな」

俺は早坂《はやさか》さんのスカートのなかに、また頭を入れようとする。

「や、優《やさ》しくしてね」

早坂《はやさか》さんは照れながらもそんなことをいう。まんざらでもないようで、そういうところが、キッズの橘《たちばな》さんとのちがいだったりする。

「白い粉のせいかな、私も、なんだか、その……体が……ムズムズするんだ……」

そういってスカートを指でつまんで、自分からあげた。

これが現実なのか、幻覚《げんかく》なのかはわからない。いずれにせよ俺たちの頭はもうどうにかなっていて、もう我に返る方法がなくて、こうするしかないのだった。

◇

全部、白い粉のせいだ。

現実と妄想《もうそう》の境界が曖昧《あいまい》だ。まるで夢だとわかってみる夢のようだ。

そして夢のなかにいるなら、好きなことをしたほうがいい。

俺は床《ゆか》に膝《ひざ》をつき、立ったままでいる早坂《はやさか》さんのスカートのなかに頭を入れ、下着に顔を押しつけた。白い下着の感触《かんしょく》を鼻の先で感じる。そして――。

深く、息を吸い込んだ。

「ダメだよぉ、恥《は》ずかしいよぉ」

早坂《はやさか》さんが泣きそうな声でいう。そうだ。わるい女の子なんて似合わない。そうやって、いろいろと積極的だけど、最後はポンコツなところが好きだ。

俺は早坂《はやさか》さんが元《もと》に戻ってくれて嬉《うれ》しい。

「ごめん、俺が橘《たちばな》さんのことばっかりになってたからだよな」

「そ、それよりそんなに匂《にお》いかがないでよぉ」

内またになる早坂《はやさか》さん。俺の顔が、やわらかい内ももにはさまれる。最高だった。

「そっちが挑発《ちょうはつ》してきたんだからな。どうなるかみてろよ」

俺は何度も息を吸い込む。そのたびに早坂《はやさか》さんが「やだぁ」と泣きそうな声でいう。

やっちゃえやっちゃえ、と耳元でワイルドスマイル酒井《さかい》がいう。俺は、「ばぶぅ」とこたえる。

早坂《はやさか》さんの香りに酩酊《めいてい》しながら、下着に舌を這《は》わせる。

「う、嘘《うそ》、き、桐島《きりしま》くん、私、シャワー浴びて――」

早坂《はやさか》さんが両手で俺の頭をわしづかみにする。俺はかまわず舐《な》めつづける。

俺は地獄《じごく》にいる。早坂《はやさか》さんの心を満たさないと戻《もと》れない地獄《じごく》だ。そして俺は修羅《しゅら》だ。早坂《はやさか》さんと橘《たちばな》さんが求めた修羅《しゅら》だ。

舐《な》めつづけるうちに、だんだんと下着が湿《しめ》ってくる。俺の唾液《だえき》だけじゃない。

「桐島《きりしま》くん、これ、すごっ、すごいよぉ……」

舐《な》めるたびに早坂《はやさか》さんの腰《こし》が動く。前かがみになって逃《に》げようとするから、俺は太ももの後ろに手をまわして逃《に》がさない。

「うあぁ……桐島《きりしま》くん……うあぁ……」

早坂《はやさか》さんのリアクションは完全に頭が溶《と》けている。俺たちはもうドロドロだ。早坂《はやさか》さんは腰《こし》を浮《う》かせながら、俺の頭を抱《だ》き込むようにして喘《あえ》ぎつづける。下着から染《し》みだしてきた液が、内ももを伝う。俺がそれを舐《な》め上げると、早坂《はやさか》さんはひときわ大きな嬌声《きょうせい》をあげた。

そのとき、誰《だれ》かがトイレに入ってくる。

俺は急いで手の指を早坂《はやさか》さんの口元にもっていく。早坂《はやさか》さんは赤ちゃんみたいに俺の指を吸いはじめて、嬌声《きょうせい》をあげるのをやめる。早坂《はやさか》さんの口のなかは熱く湿《しめ》っている。ちゅぱちゅぱという音が響《ひび》くが、入ってきたのが男ふたりで、なにやら話をしているから、この程度なら大丈夫《だいじょうぶ》だろう。

「あの早坂《はやさか》あかねって子、マジでエロいよなあ」

「ヤりたくてたまんねえわ」

入ってきたのは、さっきまで早坂《はやさか》さんの脇《わき》を固めていた男子ふたりだった。用を足しながら、早坂《はやさか》さんについての卑猥《ひわい》な話をしている。

「キスしてえよなあ」

男がそういうから、俺は立ちあがって早坂《はやさか》さんの口から指を抜《ぬ》き、キスをする。

「舌突《つ》っ込んでよお、むこうに俺の舌しゃぶらせんの」

男の言葉をきいて、早坂《はやさか》さんは俺の舌を迎《むか》え入《い》れ、一生けんめいしゃぶりはじめる。

「あの胸わしづかみにしたいよなあ」

俺は早坂《はやさか》さんの胸を乱暴につかむ。

「いや、吸いたいだろ」

早坂《はやさか》さんが服をめくりあげ、ブラを外して床《ゆか》に落とす。俺は男たちがいうようにする。早坂《はやさか》さんが声にならない声をあげる。

「で、パンツのなかめちゃくちゃにまさぐってよお」

俺は下着のなかに手を入れ強引《ごういん》にさわる。完全にできあがっていて、指と下着のあいだから液が漏《も》れ、床《ゆか》にぽたぽたと落ちた。

「あの顔でエロい喘《あえ》ぎ声とかあげられたら、もうたまらねえだろ」

早坂《はやさか》さんが大袈裟《おおげさ》に喘《あえ》ごうと息を吸い込むから、俺は急いでハンカチを嚙《か》ませた。早坂《はやさか》さん、もう理性がなくなっている。

それからも、男たちがいう卑猥《ひわい》な発言を、俺たちはそのまま実践《じっせん》した。最後までする以外のことをほぼ全てした。

彼らがトイレから去っていったとき、早坂《はやさか》さんは乱れきっていた。サンタ服はほとんど脱《ぬ》げ、体の至るところが俺の唾液《だえき》や早坂《はやさか》さんのそれで濡《ぬ》れている。

「嬉《うれ》しいよぉ、桐島《きりしま》くんが私のことちゃんと好きで嬉《うれ》しいよぉ」

早坂《はやさか》さんが潤《うる》んだ瞳《ひとみ》でしがみついてくる。

なかなかいい感じに壊《こわ》してるじゃん、とワイルドスマイル酒井《さかい》がいう。うるさい、俺は俺の羅刹《らせつ》の心に従ってやる。だからさっき中断していたことを須弥山《しゅみせん》の頂で再開する。

めくれあがったスカート、濡《ぬ》れた下着を横にずらして、直接舐《な》める。

「うわぁっ、すごいよ、桐島《きりしま》くん、それ、すごい、すごいすごいすごいすごい」

早坂《はやさか》さんが全身を震《ふる》わせる。奥からとめどなくあふれてくる。

「ちがうの、私こんなにはしたない女の子じゃないの。牧《まき》くんの変な粉のせいなの。だから体が変になってるの」

早坂《はやさか》さんの体の震《ふる》える間隔がどんどん短くなる。俺は音を立てて舐《な》める。

「きちゃう、きちゃうよぉ」

でも、そこで早坂《はやさか》さんが体をよじって暴れはじめる。

「最後は抱《だ》きあいながらがいいよぉ、キスしながらがいいよぉ」

切なげな声でそんなことをいうから、俺はそれをやめて、早坂《はやさか》さんと抱《だ》きあう。そして早坂《はやさか》さんの右足を持ちあげ、ラブホテルでそうしたみたいに、互《たが》いに押しつけ合う。俺は直前まで早坂《はやさか》さんの下着のなかを舐《な》めていたわけだが、早坂《はやさか》さんは全然かまわないようで、俺の口をむさぼりはじめる。ひとつになりたい俺たちに境界はない。

「私、幸せ、桐島《きりしま》くんの愛情感じるもん。もっと感じたいよぉ、もっと、もっとぉ」

あ、あ、あ、と早坂《はやさか》さんが嬌声《きょうせい》をあげるたびに俺たちの理性は蒸発していく。

「腰《こし》、とまらないよぉ」

早坂《はやさか》さんは俺の首に腕《うで》をまわし、がくがくと体を震《ふる》わせる。

そのときだった。

また、誰《だれ》かがトイレに入ってきた。俺は動きをとめようとするが、早坂《はやさか》さんは「とまらないもん、仕方ないもん」と熱に浮《う》かされたように腰《こし》を動かしつづける。

そして、大袈裟《おおげさ》に喘《あえ》ぎはじめた。

「早坂《はやさか》さん⁉」

俺は口にハンカチを噛《か》ませようとするが、早坂《はやさか》さんは幼児がイヤイヤするみたいに首を横にふる。

「やだ！　私、桐島《きりしま》くんの彼女だもん。彼女っていえないから、あんなことになっちゃうんだもん！」

早坂《はやさか》さんは息を荒《あら》くしながらいう。

「このまま最後まで気持ちよくなろ？　それでみんなにみつかっちゃおうよ。みんなにみつかって、ひどいことになろ？」

腰《こし》の動きはどんどん激しくなる。

トイレに入ってきた男の足音が乱れる。戸惑《とまど》っているのだろう。

「桐島《きりしま》くんは橘《たちばな》さんを裏切った浮気《うわき》ものになっちゃうね。私は彼女持ちの男子とトイレでそういうことするはしたない女の子になっちゃうね。いいよね？　私、それでいいもん。気持ちよくなろ？　うわぁすごいよぉ、あふれてきちゃうよぉ。一緒《いっしょ》に破滅《はめつ》しよ？　大丈夫《だいじょうぶ》だよ、桐《きり》島《しま》くんがみんなに嫌《きら》われても私は平気だもん」

早坂《はやさか》さんの太ももが、二《に》の腕《うで》が、首すじが、どんどん汗《あせ》ばんで、頬《ほお》が紅潮して、そして――。

「桐島《きりしま》くん、桐島《きりしま》くん、桐島《きりしま》くん、桐島《きりしま》くんっ！」

悲鳴に近い声で、いくいくと連呼し、早坂《はやさか》さんは信じられないくらい体を跳《は》ねさせた。その摩擦《まさつ》で、俺も視界が明滅《めいめつ》するほどの快感に襲《おそ》われる。

頭が焼ききれそうで、その勢いで俺は最後に早坂《はやさか》さんの口にめちゃくちゃにキスをして、胸を強くつかんでいた。

それもほんの一瞬《いっしゅん》で、俺たちはその場に崩《くず》れ落《お》ちて脱力《だつりょく》する。

終わった、と思った。

個室の外から、わざとらしい咳《せき》ばらいがきこえる。

早坂《はやさか》さんはまだうっとりとした表情で、甘えるように俺に向かって手を伸《の》ばしている。

こんこん、とトイレの個室の扉《とびら》が叩《たた》かれる。

俺の体にあった熱は消え、完全に現実が戻《もど》ってくる。なんとかこの状況《じょうきょう》をやり過ごす方法を考えるが――。

「よかったな」

扉《とびら》の向こうからきこえた声は、よく知ったものだった。

「入ってきたのが俺でさ」

牧翔太《まきしょうた》だ。

俺は少しだけ安心する。この男が俺たちのことをいいふらしたりすることはない。しかし、まあ、なんとも恥《は》ずかしいところをみられたものだ。

「なあ牧《まき》、なんていうんだろ、今めっちゃ気まずいんだけど」

「そりゃこっちのセリフだろ」

たしかに。

「いや、これはあれだから。牧《まき》が用意した幸せの白い粉のせいだから。あれで頭がバグっただけだから」

「そのことだけどさ」

あの粉はただのしゃれで、ドラッグでもなければ、パーティーグッズですらないという。

「思い込み強すぎだろ、お前と早坂《はやさか》くらいだぞ、そんなにキマってんの」

「まさか……」

「あれ、ただの砂糖だからな。お菓子《かし》のまわりについてるやつ」

◇

「桐島《きりしま》くん、ごめん」

「別にいいって」

背中に抱《だ》きついている早坂《はやさか》さんをずるずるとひきずって歩く。

あのあと、ひと悶着《もんちゃく》あった。パーティールームに戻《もど》ってお開きになったとき、例の男たちが早坂《はやさか》さんを少し強引《ごういん》に『次のところにいこう』と連れだそうとしたのだ。手首をつかまれたところで、早坂《はやさか》さんが大騒《おおさわ》ぎした。

『やだ！　はなして！　私、桐島《きりしま》くんと帰るの！　そういうことしていいのは桐島《きりしま》くんだけなの！　さっきもいっぱいしてもらったもん！　もっとしてもらうんだもん！』

助けて桐島《きりしま》くん、桐島《きりしま》くん、と連呼して、『砂糖の粉でキマっちゃったんだね。あかね、自己暗示かかりやすいもんね』と酒井《さかい》にフォローされていた。

『桐島《きりしま》は橘《たちばな》がいてアンパイだからな～』

牧《まき》もうまく早坂《はやさか》さんの発言をぼかしてくれた。

俺はあのふたりに飯でもおごらないといけないだろう。

そんなこんなで店をでて、人気のない路地に入り、べったりになった早坂《はやさか》さんをひきずって帰っているのだった。

「私、わるい女の子なんだ」

早坂《はやさか》さんがいう。

「なにも考えてないポンコツって思ってるでしょ？　たしかにそういうところもあるけど、ちがうんだよ。ずるいこと、考えてたりするんだよ」

「他の男と仲良くして俺の気を惹《ひ》こうとするとか？」

「うん。それで周りに迷惑《めいわく》かけて、私ってほんとダメだよね。そういうところがダメなんだよね。価値ないんだよね」

早坂《はやさか》さんは俺の背中から離《はな》れて、となりを歩きはじめる。手をつなごうとするが、彼女は首を横にふった。

「私ね、他の男の子と仲良くしようとしたのはね、それで桐島《きりしま》くんから卒業できるかな、って気持ちもあったの」

だって私、桐島《きりしま》くんに迷惑《めいわく》しかかけないんだもん、と早坂《はやさか》さんはいう。

「橘《たちばな》さんと桐島《きりしま》くんが両想《りょうおも》いになったら、私離《はな》れなきゃいけないのに、できなくてさ」

そのときに気づいたのだという。

「私、頭のすみで計算してるって。私が壊《こわ》れそうになったら桐島《きりしま》くんは私を手放せないとか、共有しよっていったときも、これならまだとなりにいれるって、心のどこかで計算してた。私、そんなずるくてわるい女の子なんだ」

だから、もし他の男の人にどうこうされても仕方ないって思ってた、なんていう。

「それで今日もこんなことになっちゃってさ、ホント、自分のことキライになっちゃうよ。だから、もうやめるね」

「なにを？」

「わるい子でいること」

早坂《はやさか》さんは立ちどまり、さわやかに笑った。その笑顔《えがお》は、まるで出会ったときの頃《ころ》のようだった。シャイだけど、ちょっと背伸《せの》びしてる感じの、普通《ふつう》にかわいい女の子。

「私、わるい子になりきれないよ。これ以上ずるいこと考えたくないもん。橘《たちばな》さんとも仲良くしたいし、桐島《きりしま》くんの負担になりたくないし。やっぱ、いい子なのかも。みんながイメージ押しつけてくるから反抗《はんこう》しちゃったけど、そのイメージが正しかったのかも」

だって、桐島《きりしま》くんや橘《たちばな》さんみたいに普通《ふつう》の顔して、この恋《こい》してられないもん、と早坂《はやさか》さんは少し寂《さび》しそうな笑顔《えがお》でいう。

「ホントのホントにわるい子になっちゃう前に、めちゃくちゃな女の子になっちゃう前に、私おりるね」

だから桐島《きりしま》くん——。

「私たち、クリスマスで最後にしよ」

第26話　一番好き

十二月二十五日、午後。

俺はダウンジャケットを羽織り、白いスニーカーを履《は》いて家をでた。

寒くて、風《ふ》が吹くと耳が痛い。そんな感じで気温は低いが、空はよく晴れていて、雪が降ることはなさそうだ。

手には二つの紙袋《かみぶくろ》。妹と一緒《いっしょ》に選んだクリスマスプレゼントだ。早坂《はやさか》さんには手袋《てぶくろ》で、橘《たちばな》さんにはマフラー。妹の助言に従った形だ。

「こういうのはオーソドックスでいいんだよ。ちょっとだけいつもよりいいやつ買って渡《わた》せばいいの。絶対使うものだけど、でも自分じゃなかなか買わない品質のいいブランドもの貰《もら》えたら嬉《うれ》しいでしょ？　変に個性だす必要なんてないんだから」

妹と一緒《いっしょ》にデパートにいったわけだが、妹もビビりなのでブランドショップに入ったところで俺の背中に隠《かく》れてしまい、結局、俺が店員さんに事情を話して、店員さんがいうがままのものを買った。

「お兄ちゃんが自分で選ぶより絶対よかったと思うよ」

まったく役に立たなかった妹にレストラン街でクリームソーダをおごってやった。お金があると人にしてあげられることが増える。バイトをしていてよかったと思う。

クリスマスまでに特別したことといえばそのプレゼント選びくらいのもので、他はなにごともない日々だった。

橘《たちばな》さんは例のごとくコンクールが近くなって学校を休んでいたし、クリスマスに本当の橘《たちばな》さんをみにこいといった柳先輩《やなぎせんぱい》は、それまで特にアクションを起こす気がないようだった。

そしてクリスマスで終わりにしよう、といった早坂《はやさか》さんは、とても穏《おだ》やかに俺から離《はな》れつつあった。橘《たちばな》さんが忙《いそが》しいからずっと『早坂《はやさか》さんの日』だったわけだけど、会わなくて大丈夫《だいじょうぶ》だよ、と早坂《はやさか》さんからメッセージがきた。いつもみたいに、無理をしている感じもない。

教室でも静かに微笑《ほほえ》んでいて、もう必要以上に男子にフレンドリーにすることもない。

『二十四も二十五もバイトいれちゃったんだ。二十五は早めにあがるから、夕方から一緒《いっしょ》にデートしよ？』

早坂《はやさか》さんは完全に普通《ふつう》の女の子だった。壊《こわ》れてないし、病《や》んでない。

嵐《あらし》が去ったあとの、きれいな海のようだった。

そんな感じでさらっと二十五日になり、俺は二つのプレゼントを手に持ち、まずは橘《たちばな》さんのところに向かっていた。

ピアノ関係者と、その家族と友人でおこなわれるクリスマスパーティー。

俺の知らない橘《たちばな》さん。

柳先輩《やなぎせんぱい》は俺をあきらめさせるために、その橘《たちばな》さんをみにこいといった。俺はいく気はなかった。橘《たちばな》さんがハイソな自分を俺にみせたくないなら、それを俺があえてみにいく必要なんてないからだ。でも、いくことにした。

単純に喜ばせたかった。橘《たちばな》さんは俺とクリスマスを過ごせなくて、すごくへこんでいたから、サプライズで会いにいってプレゼントを渡《わた》せば笑顔《えがお》になってくれると思ったのだ。

柳先輩《やなぎせんぱい》からもらった招待状はそんなふうに利用するつもりだった。なのに——。

「なんで私が一緒《いっしょ》にいるんですか！」

電車のなかで、浜波《はまなみ》が絶叫《ぜっきょう》する。

「高級ホテルとか、ひとりでいけないだろ」

「このチキン野郎《やろう》！」

「なるほど、クリスマスだからな」

「今のは事故です！」

浜波《はまなみ》が悔《くや》しそうな顔をする。

「まあいいだろ、どうせ吉見《よしみ》くんは合宿なんだし」

吉見《よしみ》くんはバスケットで真面目に全国大会を目指しており、そのバスケ部は二十五日から合宿に入っているのだった。浜波《はまなみ》と吉見《よしみ》くんのクリスマスは別の日におこなわれるらしい。

「プレゼント選びも手伝ったろ」

浜波《はまなみ》から、吉見《よしみ》くんに贈るプレゼント選びを手伝ってほしいと連絡《れんらく》があった。そのため、昼過ぎから一緒《いっしょ》に店をまわり、ついでにホテルのパーティー会場までついてきてもらっているのだった。

「まあいいでしょう」

浜波《はまなみ》がいう。

「紳士《しんし》淑女《しゅくじょ》の社交場なんて、桐島先輩《きりしませんぱい》にとってはアウェイでしょうから」

電車が到着《とうちゃく》する。都心のど真ん中の駅で降りる。少し歩くと、都内にこんな静かな場所があったのかと思うほど上品な区画にでた。皇居が近いせいかもしれない。

夕闇《ゆうやみ》のなか、そのホテルはあった。俺たちは敷地《しきち》に入っていく。金色のロゴ。

「浜波《はまなみ》、ここはどこだ？」

「先輩《せんぱい》、相変わらずバカですね。みたらわかるでしょ、ニューヨークに決まってるじゃないですか――」

黒塗《ぬ》りの車がとまって、姿勢のいい白い手袋《てぶくろ》をしたドアマンが車の扉《とびら》を開け、キャスター付きのスーツケースを転がしていく。俺たちはそんな様子を横目にみながら、こそこそとエントランスから中に入っていった。

目に飛び込んできたのは大きなシャンデリアだった。歩くとコツコツ鳴る床《ゆか》は大理石というやつだろう。

「会場は二階みたいだな」

「先輩《せんぱい》、招待状、逆になってますよ」

シャンデリアの下、二階につづく大きな階段をのぼっていく。赤い絨毯《じゆうたん》が敷《し》かれていて、足音が吸い込まれる。

会場をみつける。もうパーティーは始まっているみたいで、そのまま入っていこうとする。

しかし係の人に、クロークはあちらですと案内される。

「先輩《せんぱい》、おのぼりさんみたいですねえ」

「浜波《はまなみ》も似たようなもんだろ」

俺たちは上着と橘《たちばな》さんに渡《わた》すプレゼント以外の荷物をクロークにあずけ、会場になっている部屋に入っていった。

会場はいわゆる派手な宴会《えんかい》場ではなかった。そこそこの広さで、装飾《そうしよく》は控《ひか》えめ。奥ゆかしくまとまったデザインが落ち着いていて、本物の高級さを感じた。

入ったところにグラスがずらりとならべられ、間接照明に照らされ輝《かがや》いている。立食形式で、皿も置かれている。

壁《かべ》の二面がL字形に全面鏡張りで、ライトアップされた庭園がみえた。

「あれ、橘先輩《たちばなせんぱい》じゃないですか?」

浜波《はまなみ》がいう。

部屋のすみにグランドピアノが置かれていて、そのまわりで友だち数人と談笑《だんしょう》しているようだった。俺にはそれが一瞬《いっしゅん》、橘《たちばな》さんかどうかわからなかった。

髪《かみ》をあげて、シックな色合いの、肩《かた》のあたりがレースになったワンピースを着て、アクセサリーをつけていたからだ。すごく大人びてみえる。

「みんなパーティードレスですね」

浜波《はまなみ》が自分の服装をみる。俺と買い物をすることがメインだったからパーカーだ。かわいらしいキャラとあいまってよく似合っているが、さすがに場ちがいで、もちろんそれは俺も同じだった。

「俺は浜波《はまなみ》のパーカー、カラフルですごくオシャレだと思うぞ」

「そんなフォローいりませんって」

ちなみにこの部屋にいる男はみんなジャケットを着ている。

「さっさとプレゼントだけ渡《わた》して、帰ろうか」

「そうしましょう」

近づいていこうとしたそのときだった。

橘《たちばな》さんがグランドピアノの椅子に座って戯《たわむ》れにピアノを弾《ひ》きはじめる。すると友人らしき女の子がとなりに腰《こし》かけて、連弾《れんだん》をはじめた。ジャケットにスラックス姿の柳先輩《やなぎせんぱい》が、近くで微笑《ほほえ》ましそうにみている。

「当たり前ですけど、こういう世界ってホントにあるんですね」

「クラシックピアノって本気でやるとお金かかるらしいし、その関係者が集まってるとなるとそういうことなんだろうな」

　近くにいる男女の会話がきこえてくる。俺たちと同年代くらい、年末年始の過ごし方について話している。海外のどこそこで年を越《こ》すとか、そんな感じ。

「バイトして彼女と京都にいくの、私はいいと思いますよ」

「浜波《はまなみ》は優《やさ》しいな」

「だって迷子の子供みたいな顔してるんですもん」

　俺がここで話しかけることができるのは橘《たちばな》さんだけで、でもその橘《たちばな》さんはこの世界にしっかり馴染《なじ》んでいる。もちろん俺が話しかければ橘《たちばな》さんはきれいな髪《かみ》も服も気にせず俺のことをみてくれるだろうけど、他の人にとってはどうだろう。

　まるで、自分が異物のように感じられた。

　俺たちはまだ部屋に入ったところに突《つ》っ立《た》っていて、そこには荷物台のようなテーブルが設置されていた。その台の上にはこれから交換《こうかん》するのか、もう贈り合ったのか、クリスマスプレゼントらしきものが置かれている。

　今回、クリスマスプレゼントのためにいろいろと調べたからわかる。

　俺が橘《たちばな》さんに買ったマフラーは、背伸《せの》びしたとはいえバイトする高校生の手でなんとかなるブランドで、でもこの部屋の台の上にならんでいるブランドの紙袋《かみぶくろ》の数々は、どれも俺の金銭感覚ではどうにもならないものばかりだった。

『自分じゃなかなか買わない品質のいいブランドもの貰《もら》えたら嬉《うれ》しいでしょ？』

妹の、相手が喜ぶプレゼントの定義から、俺の持ってきたものは外れてしまっていた。

俺が用意したものは、ここにいる人たちからすれば品質のいいものでもなければ、ブランドものでもなく、普段《ふだん》買わないというところは当たっているけど、それは完全にちがう意味になってしまっていた。

俺は部屋をぐるりとみまわし、次に自分の汚《よご》れた白いスニーカーに視線を落として、大きく息をついた。

「先輩《せんぱい》、ここにいちゃダメです。早く帰りましょう」

「だな」

俺は橘《たちばな》さんのために用意したプレゼントを、その台の上に置いて部屋をでようとする。

そのときだった。

「なにしにきたんですか」

橘《たちばな》さんの妹、みゆきちゃんが立っていた。橘《たちばな》さんと同じように髪《かみ》をロールアップして、色ちがいのワンピースを着ている。

「姉に近よらないでください」

みゆきちゃんは俺をにらんでいう。

「先輩《せんぱい》、なんか嫌《きら》われてません？　なにしたんですか？」

浜波《はまなみ》がきくから、「たいしたことはしてない」と俺はこたえる。

「橘《たちばな》さんを小学生にして司郎《しろう》お兄ちゃんと呼ばせてたんだけど――」

「初手から理解不能！」

「そのとき俺はツインテールとスクール水着をみるとトんでしまう男になっていて――」

「私が代わりにいってあげましょうか？　それ、ロリコンっていうんですよ」

「で、俺はひかりちゃん（小学生）にイタズラしようとして――」

「倫理《りんり》のハードルが低すぎる！」

「そこをみゆきちゃん（中学生）にみられた」

「トラウマなんですよ！　アナーキー！」

私は全面的に妹さんの味方です、と浜波《はまなみ》はみゆきちゃんの側に立つ。

たしかにそんなシーンをみせられて、ビビっているのはみゆきちゃんのほうなのかもしれない。俺をみるその目はちょっと涙《なみだ》ぐんでるし、手は少し震《ふる》えているし、正対しながらも体を少し開いて、いつでも逃《に》げられる体勢をとっている。

「まったく、俺をなんだと思ってるんだろうな」

「ロリコンですよ、決まってるじゃないですか」

やれやれ、浜波《はまなみ》は容赦《ようしゃ》がないな。

「姉には婚約者《こんやく》がいるんです。変なことして、たぶらかさないでください」

みゆきちゃんはそういうと、さっき俺が台の上に置いたプレゼントの紙袋《かみぶくろ》を持ち、部屋の外にあるダストボックスの前までいく。そして困った顔で何度もためらいながら、ダストボックスのなかにとても丁寧《ていねい》に紙袋《かみぶくろ》を入れた。

他人に悪意を向けるのがずいぶん下手くそで、橘《たちばな》ひかりの妹だな、と思う。

「も、もう帰ってください！」

自分のしたことがよくないことだという自覚があるのだろう。みゆきちゃんはわかりやすくうろたえていた。これ以上、彼女を混乱させたくなかったから、俺は「ごめんね」と謝ってその場をあとにした。

外はすでに真っ暗だった。

ホテルを振《ふ》り返《かえ》ってみる。遠い場所だ。SNSなんかで、暮らしぶりがいい人たちがいるのは知っていた。いざそれを間近でみると、そのギャップは想像以上に大きかった。

あそこにいる彼ら彼女らは多分優《やさ》しくて、俺が気おくれしてると知れば、それはとても上品にフォローを入れてくれるのだろう。

「先輩《せんぱい》、もういきましょうよ」

浜波《はまなみ》が俺の袖《そで》を引っ張って駅にいくよう促《うなが》してくる。

「大人になったら先輩《せんぱい》だってこういう場所で堂々としてられるようになりますって」

「どうなんだろうな」

むしろ大人になったときのほうが、より大きな壁《かべ》を感じるんじゃないだろうか。子供の頃《ころ》ならなにも感じなかっただろう。

部室で、橘《たちばな》さんのピアノを壁越《かべご》しにきいていた頃《ころ》のことを思いだす。

牧《まき》は俺のことをジェイ・ギャツビーみたいだといっていた。好きな女の子の住む屋敷《やしき》の明かりを、対岸から眺《なが》めて酒を飲む男の物語。男と女のあいだには大きな隔《へだ》たりがある。

たしかに今ならギャツビーの気持ちがわかるような気がする。でも――。

「なあ浜波《はまなみ》、俺は卑屈《ひくつ》になったわけじゃないし、自分をあわれんだわけでもないんだ」

「そうなんですか？」

橘《たちばな》さんがみてくれとか世間体《せけんてい》なんか気にしないことはわかっている。声をかければ、橘《たちばな》さんは周りのことなんて気にせず、いつもの感じで話してくれただろう。年末年始だって海外旅行にいくよりもバイトしたお金で彼女と京都にいくほうがいいだろ、と自分にいいきかせることだってできた。俺は別にかっこつけたいわけじゃないから、あのプレゼントを堂々と渡《わた》すことにためらいもなかった。

「ただ、あそこでそうすることになんの意味があるんだろう、って思っただけなんだ」

「そうですか」

　私は、と浜波《はまなみ》がすっとぼけた顔でいう。

「あれこれ考える先輩《せんぱい》よりも、文化祭のステージの上でアホみたいにキスしたり、ロリコンだったりする先輩《せんぱい》のほうが好きですねえ」

「俺だってそうだ」

　そしておそらく、橘《たちばな》さんも。

　浜波《はまなみ》とは駅で別れた。そのあとひとりで電車に乗っているとき、車窓から夜景を眺《なが》めながら、これは柳先輩《やなぎせんぱい》に一本取られたな、と思った。実際のところ、俺はしっかりヘコんでしまっていたからだ。

　それから俺はターミナル駅に到着《とうちゃく》して、改札をでて、雑踏《ざっとう》のなかを歩いて、待ち合わせの駅前広場の大きなビジョンの下にくる。

　スマホを操作しながら時間をつぶしていると——。

「えへへ」

　背中を指でつつかれる。振《ふ》り返《かえ》ると、早坂《はやさか》さんが寒さで頰《ほお》を赤くしながら笑っていた。息も白い。そして早坂《はやさか》さんは俺の顔をみて、明るい声でいった。

「じゃあ、はじめよっか。最後のクリスマスデート！」

◇

二十五日のメインイベントは早坂《はやさか》さんだ。

「デートプランは全部、私にまかせて。ずっと、やりたかったことがあるんだ」

数日前、早坂《はやさか》さんは笑いながらそういっていた。

そして当日の夜、待ち合わせのあと連れていかれたのは、普通《ふつう》のファミレスだった。

たしかに美味《おい》しいけど、今日はクリスマスで、もうちょっと背伸《せの》びしていいような気もした。

でも──。

「ううん、ここでいいの、ここがいいの！」

早坂《はやさか》さんは本当に楽しそうにメニューを広げて笑うのだった。

「桐島《きりしま》くん、いっぱい食べて体力つけといたほうがいいよ。今日は朝までだからね」

そこで早坂《はやさか》さんは顔を真っ赤にする。

「そ、そういう意味じゃないからね！　朝まで普通《ふつう》に遊ぶってことで……」

「わかってるって」

早坂《はやさか》さんにはずっとやりたかった理想のデートがあるらしく、今夜はそれをするというコンセプトだった。ちなみに内容は教えられていない。

おそらく、とても健全なものだろう。

早坂《はやさか》さんはタートルネックのニットにロングスカートをはいて、肌《はだ》をまったくみせていない。わるい子ではなく、いい子のファッション。

それから俺たちは料理を注文したあと、プレゼント交換《こうかん》をした。早坂《はやさか》さんはさっそく包装をといて、手袋《てぶくろ》をして、喜んでくれた。

「嬉《うれ》しいなあ。ちょっといい手袋《てぶくろ》ほしかったんだ。自分じゃなかなか買えないもん」

ほしかったリアクション。

「でもこれ、店員さんが選んだでしょ」

「なんでわかるんだ？」

「だって、桐島《きりしま》くんがこんなにセンスいいはずないもん」

そういいながら、手袋《てぶくろ》をした手をほっぺにあてて、早坂《はやさか》さんはずっとにこにこしていた。ちなみに早坂《はやさか》さんが俺にくれたのはニット帽《ぼう》だった。俺がそれをかぶると、「桐島《きりしま》くんがかわいくなった～」と、早坂《はやさか》さんはまた嬉《うれ》しそうだった。

「桐島《きりしま》くん、また橘《たちばな》さんのことで悩《なや》んでたでしょ」

早坂《はやさか》さんがいう。

俺たちは食事のあと、夜の通りを歩いていた。

「大丈夫《だいじょうぶ》だよ」

早坂《はやさか》さんが手をつないでくる。俺があげた手袋《てぶくろ》をしている。

「橘《たちばな》さん、最後は絶対、桐島《きりしま》くんだよ。同じ女の子だからわかるんだ」

「そうなのかな」

「柳先輩《やなぎせんぱい》も心の底ではわかってると思うよ。橘《たちばな》さんの心は動かないって。だから、私に恋愛《れんあい》相談しながら、たまに甘える感じで弱音いうんだよ」

橘《たちばな》さんをあきらめたら多分、私のところにくると思う、と早坂《はやさか》さんはいう。

「柳先輩《やなぎせんぱい》からね、私のこと気になってるって雰囲気《ふんいき》、最近よく感じるんだぁ」

早坂《はやさか》さんは嬉《うれ》しそうだ。

出会ったころ、柳先輩《やなぎせんぱい》と楽しいことがあると、こういう顔で翌日に俺とよく話していた。

でも、今は思う。

柳先輩《やなぎせんぱい》の早坂《はやさか》さんへの好きは完全に二番目だ。そして一番好きなのは橘《たちばな》さんで、今もそこで俺と争っている。

早坂《はやさか》さんは俺にとっても柳先輩《やなぎせんぱい》にとっても、二番目でしかない。

こんなにかわいいのに、こんなに魅力《みりょく》的なのに、本当は一番になれる女の子なのに。

そんな状況《じょうきょう》なのに、柳先輩《やなぎせんぱい》に少し優《やさ》しくされて、早坂《はやさか》さんはけなげに笑っている。

俺はなんともいえない気持ちになって——。

早坂《はやさか》さんを抱《だ》きしめていた。

「どうしたの、桐島《きりしま》くん？」

俺はなにもいえない。二番目は、俺がはじめたことだから。

「えへへ」

早坂《はやさか》さんは俺を抱《だ》き返す。

「桐島《きりしま》くんが優《やさ》しくて嬉《うれ》しい」

早坂《はやさか》さんが、俺の腕《うで》のなかでぴょんと跳《は》ねる。

俺たちの心は完全にすれちがっている。俺は早坂《はやさか》さんのことをあろうことか『かわいそう』という同情の感情で抱《だ》きしめてしまっている。でも早坂《はやさか》さんは俺に抱《だ》きしめられて喜んで笑う。

俺はそれでまた哀《かな》しくなって、もっと強く抱《だ》きしめる。早坂《はやさか》さんはさらに嬉《うれ》しそうに顔をこすりつけてくる。

「ダメだよ～桐島《きりしま》くん、ここ路上だからね～」

それから早坂《はやさか》さんに連れられて向かったのは映画館のオールナイト上映だった。

俺たちはそこから映画を三本も観《み》た。

一本目は流行《はや》りのマンガ原作の映画だった。俺が原作を知らないというと、早坂《はやさか》さんも知らないと笑っていた。観《み》る映画の内容はなんでもいいようだった。

「面白《おもしろ》かったね。わからないところあったから、原作のマンガ読まなきゃ」

「あいかわらず真面目だな」

二本目は心あたたまるヒューマンドラマだった。途中《とちゅう》、深夜〇時をまわったあたりで、となりから寝息《ねいき》がきこえてきた。一応、頬《ほお》をついて起こそうとしてみたが、早坂《はやさか》さんは眠《ねむ》そうな目で首を横にふり、俺の肩《かた》に頭をのせたまま、すやすやと眠《ねむ》った。

「感動的だったね」

「エンドロールが？」

上映後、早坂《はやさか》さんは満足気にうなずいていた。

三本目はギャング映画だった。深夜二時ともなれば、他に選択肢《せんたくし》はなかった。早坂《はやさか》さんは二本目のときに寝《ね》たおかげで、かなり目が冴《さ》えていた。子供みたいだ。そして銃《じゅう》撃《げき》戦のたびに、俺の手を強く握《にぎ》った。

そうして一晩中、映画を観《み》たのだった。

映画館の外にでたとき、まだ空は真っ暗だった。電車が動くまで、もう少し時間がある。

「ちょっと歩こうよ」

早坂《はやさか》さんがそういうので、誰《だれ》もいない繁華《はんか》街を歩いた。普段《ふだん》、人であふれている場所に人がいないのは、なんだか不思議な感覚だった。

そして、二十五日は完全に終わっていた。

『私たち、クリスマスで最後にしよ』

ふれないようにしていたけど、俺は頭のなかで早坂《はやさか》さんが先日いったこの言葉についてずっと考えていた。でもいくら考えても、その言葉はそのとおりの意味しかなかった。

　そして――。

「最後にわがままいっていい？」

　早坂《はやさか》さんは、ついに『最後』という言葉を使っていった。

「いいよ」

「指輪、ほしいかも」

　早坂《はやさか》さんは、あの困ったような笑《え》みを浮《う》かべながらいう。

「小さい頃《ころ》から、好きな人から指輪もらうの、憧《あこが》れてたんだ」

　明け方と呼べる時間帯で、当然、デパートなんか開いてない。だから俺たちは二十四時間やっているディスカウントストアに入った。ごみごみとした店内、香水《こうすい》や時計と一緒《いっしょ》にガラスケースのなかに指輪が陳列《ちんれつ》されていた。

　俺は帰りの電車賃だけを残して、財布《さいふ》にあるだけのお金で指輪を買った。たいしたものじゃない。箱や保証書もない、紙袋《かみぶくろ》に入れられただけの指輪だ。

　店をでたあと、また少し歩いたけど、あまりに寒くて駅で始発待ちすることになった。

　ホームの待合室は暖かく、そして誰《だれ》もいなかった。

　俺はそこでさっき買った指輪を紙袋《かみぶくろ》からだし、早坂《はやさか》さんの手袋《てぶくろ》をとって、彼女の左手の薬指にはめた。

「えへへ」

早坂《はやさか》さんは指輪を満足そうに眺《なが》めながらいう。

「桐島《きりしま》くんに夢、全部かなえてもらっちゃった」

俺はもう、駅の待合室の寂《さび》しさにあてられてしまっている。ここはどこかにいくための人が少しのあいだ座るだけの場所で、誰《だれ》もとどまることはない。

「今日のデートね、大学生になったら好きな人とこういうことしたいなって想像してたことなんだよ」

早坂《はやさか》さんは自分が高校生で恋愛《れんあい》することはなく、大学生で恋人《こいびと》ができると思っていたらしい。

そして、今日したことはその未来の、楽しい日常の一コマなんだという。

「ファミレスでね、おしゃべりしてね、そのあと一晩中映画観《み》て、眠《ねむ》い目こすりながら感想をいいあうの。で、次の日の授業サボっちゃうの」

早坂《はやさか》さんは楽しそうに語る。

「でね、想像のなかの彼氏《かれし》はひとり暮らしをしてるから、そこに帰って、小さなベッドで一緒《いっしょ》に眠《ねむ》るの。私はその人の胸に抱《だ》かれて、すごく幸せな気分になるんだ」

でも、うまくいかないね、と早坂《はやさか》さんはいう。

「ホントは映画観《み》たあと、歩きながら一緒《いっしょ》に朝日をみようと思ってたんだ。でも寒くて駅に入っちゃうし……指輪ねだっちゃうし……」

そこで早坂《はやさか》さんは黙《だま》ってしまった。

俺も黙《だま》って明滅《めいめつ》するホームの電灯をみていた。しばらくすると貨物列車が通過していった。

空が白みはじめたころ、「ホント、うまくいかないよ」と早坂《はやさか》さんがつぶやく。

「今日でね、最後にするつもりだったんだ。桐島《きりしま》くんと橘《たちばな》さん両想《りょうおも》いだし、そこに私がいるのおかしいし、桐島《きりしま》くんに迷惑《めいわく》かけてるのわかってるし、私頭どうにかなっちゃいそうだし」

早坂《はやさか》さんはクリスマスを最後に吹《ふ》っ切《き》れて、「橘《たちばな》さんと一生やってろ！」と俺にカッコよくいって、それでもう俺たちとの関係を終わりにすることを想像していたらしい。

でも——。

「できないよ、やっぱりできないよ」

早坂《はやさか》さんは顔を伏《ふ》せてしまう。

「だって、桐島《きりしま》くんなんだもん。大学生になったとき、こういう恋《こい》がしたいなって想像するときの相手、全部桐島《きりしま》くんなんだもん」

別れられないよ、終わりになんてできないよ。

髪《かみ》で早坂《はやさか》さんの目元はみえないけれど、頬《ほお》を涙《なみだ》が伝っていた。

「ごめんね、ごめんね、桐島《きりしま》くん、ごめんね」

いっちゃいけないってわかってるんだよ。

これ、絶対いっちゃいけないし、いわないようにしてたし、気づかないふりしてたんだよ。

でも――。

早坂《はやさか》さんは両手で顔を覆《おお》って、泣きながらいった。

「私、桐島《きりしま》くんのことが一番好き。だから、桐島《きりしま》くんと普通《ふつう》の恋人《こいびと》になりたい」

◇

週明けは都内の路面が凍《こお》るほどの寒さだった。

だから、俺は早坂《はやさか》さんからもらったニット帽《ぼう》をかぶって登校した。

橘《たちばな》さんがみたら多分、ジトッとした目をするんだろうなと思うものの、かぶってなかったらかぶってなかったで、早坂《はやさか》さんが「こんな寒い日なのに?」と乾《かわ》いた笑顔《えがお》を向けてくるにちがいない。

でも、ふたりの板挟《いたばさ》みになる日々も、もう終わりだ。

『私か橘《たちばな》さん、どっちか選んでほしい』

あの日、早坂《はやさか》さんはそういった。

『桐島《きりしま》くんのこと一番好きになっちゃったんだもん。もう二番じゃいられないよ、共有なんかしてられないよ、普通《ふつう》の恋人《こいびと》になりたいよ』

選ばれないかもしれない。それもわかってる。でも、今のままじゃいられない。早坂《はやさか》さんはそういった。

そして、俺は選ぼうと思う。

共有なんて最初から無理だとわかっていたから。早坂《はやさか》さんも橘《たちばな》さんも、本当はそんなことしたくないのは明らかだった。

俺は、俺のはじめた恋《こい》の責任を取るときがきたのだ。

でも、選ぶといったら橘《たちばな》さんは嫌《いや》がるだろうな、と思った。橘《たちばな》さんは家の事情があるせいで、俺との将来がみとおせない。普通《ふつう》じゃない恋《こい》のほうが、彼女にとっては都合がいい。

実際、橘《たちばな》さんの悩《なや》みは共有であることよりも、柳先輩《やなぎせんぱい》に揺《ゆ》れてしまったことへの戸惑《とまど》いのほうが大きい。

選ぶ、と橘《たちばな》さんに告げるのは気が重かった。

どうしようと思いながら校門の前まできたときだった。

「司郎《しろう》くん！」

満面の笑《え》みの、アオハル橘《たちばな》さんが俺を待っていた。テンションが高く、俺が早坂《はやさか》さんのくれた帽子《ぼうし》をかぶっていることなんかどうでもいいみたいだった。勘《かん》の鋭《するど》い彼女が気づかないはずないんだけど、それ以上に機嫌《きげん》がいい。

「カバン、教室まで私が背負ってあげるよ」

「なんか俺が持たせてるみたいになるよな」

「いいじゃん」

橘《たちばな》さんが俺のカバンを背負う。なんでもいいから俺のものを身につけたいみたいだった。

「みんなみてるぞ」

「じゃあ、もっとみせつけないとね」

橘《たちばな》さんが腕《うで》を組んでくる。全身を押しつけてくるから、「あれ、絶対クリスマスにヤったろ」と周りにいた誰《だれ》かがいって、まあそういうのも無理はないよな、と思う。

橘《たちばな》さんはそんな他人の声なんてどうでもいいみたいだった。その理由は簡単だ。

俺は橘《たちばな》さんの首元に目をやる。

赤いマフラーを巻いていた。

「司郎《しろう》くんはシャイだね」

橘《たちばな》さんはマフラーに口元をうずめ、匂《にお》いをかぐように得意げに息を吸い込んでいう。

「妹に渡《わた》して帰っちゃうなんてさ」

結局、みゆきちゃんはダストボックスに入れた俺のプレゼントをちゃんと渡《わた》したらしい。ただ、話をきいてみると、みゆきちゃんは俺にわるいと思ったわけではなく、橘《たちばな》さんに根負けして渡《わた》したようだ。

あの日、橘《たちばな》さんはパーティーが終わったあとも、ずっとあのホテルのロビーで待っていたらしい。

「司郎《しろう》くんがきてくれる気がしてたんだ」

二時間たったところで、みゆきちゃんが「メガネの人きてたよ。プレゼントあずかってたの忘れてた」と、マフラーの入った紙袋《かみぶくろ》を渡《わた》したという。

結局、朝一緒《いっしょ》に校舎に入っていくときには、選ぶ、ということをいいだせなかった。

休み時間も、昼休みも、いえなかった。

俺がプレゼントしたマフラーを首に巻いたまま、幸せそうな顔で自分の席に座っている橘《たちばな》さんをみると、なにもいえなくなってしまうのだ。

橘《たちばな》さんはその日ずっとマフラーをして過ごしたらしい。授業中もしていて、先生に注意されて、「寒いんです」とでもいえばいいものを、「彼氏《かれし》にもらったんです」と得意げな顔でいっていたと、橘《たちばな》さんと同じクラスの女子にきかされた。反省文もにこにこで書いたという。

彼女の気分に水を差したくなかった。

でも、どちらか選ぶと決めたからには、いうしかない。

放課後のことだ。

今日は橘《たちばな》さんの日で、部室にいくと彼女がコーヒーを淹《い》れて俺を待っていた。暖房《だんぼう》のよく効いた部屋でも、まだマフラーをしている。

俺がソファーに座ると、犬がしっぽを振《ふ》るようなテンションで橘《たちばな》さんはすぐにとなりにやってきた。

「今日はなにする？　お出かけする？　私、部室で一緒《いっしょ》にいるだけでも全然いいよ。どちらかというと、そのほうがいいかも！」

肩《かた》に頭をのせてくる橘《たちばな》さん。

でも、俺が早坂《はやさか》さんと話した内容、どちらかを選ぶと決めたことを伝えると、彼女の表情はどんどん冷めていった。

「なんで、なんでそんなことというの？」

体を離《はな》して、雨に濡《ぬ》れた迷子犬みたいな顔でいう。

「共有でいいじゃん、司《し》郎《ろう》くんだってそっちのほうがいいでしょ？」

橘《たちばな》さんはダウナーになっているけど、驚《おどろ》いたり怒《おこ》ったりはしていない。

いつかはこういう日がくると、わかっていたのだろう。

「旅行はどうするの？」

「選ぶのは旅行から帰ってからでいいって」

早坂《はやさか》さんがそういっていた。クリスマスもらっちゃったから、と。

「そんなの……楽しめないよ……」

選ぶと決めた。それを告げるのを旅行のあとにすることは考えた。

でも、俺がそんな気分で旅行していたとあとから知るほうが、よくないと思ったのだ。

「旅行の前に、結論だしたほうがいいか？」

「やだ。旅行、いきたいもん」

橘《たちばな》さんはそういって、哀《かな》しそうな顔をする。

「俺、まだなにも決めてない」

「司郎《しろう》くんは早坂《はやさか》さんを選ぶよ」

なぜなら橘《たちばな》さんの家の事情をどうしようもないから。橘《たちばな》さんの将来のことを考えて、俺は早《はや》坂《さか》さんを選ぶ。橘《たちばな》さんはそう思ってる。

「ねえ、早坂《はやさか》さんを説得しようよ。共有つづけよ？　表向きの彼女、早坂《はやさか》さんでいいから。早《はや》坂《さか》さん優先でいいから、私、我慢《がまん》するから」

まだなにも決めてない。もう一度いっても、橘《たちばな》さんは俺が早坂《はやさか》さんを選ぶという考えを変えなかった。

「これが最後の旅行なんて、やだよ」

橘《たちばな》さんは少し取り乱している。

「司郎《しろう》くんは本当にいいの？　この旅行だって、いけないかもしれないんだよ？」

お母さんに反対されているという。

もともと橘《たちばな》家には、正月は家族で過ごすという習慣があるらしい。そこを友だちと旅行にいくといって突破《とっぱ》しようとしたところ、妹が告げ口したという。柳《やなぎ》くんじゃないメガネの男と旅行にいこうとしてる、と。

「なんで司郎《しろう》くんといくってバレたんだろ？　妹にはなにもいってないのに……」

俺はテーブルの上に置かれたノートをみる。橘《たちばな》さんが家でつくってきたという、京都旅行のための旅のしおりだ。

表紙にはカラフルなペンを使って、大きな字でこう書かれている。

『司郎《しろう》くんに一方的に愛されて巡《めぐ》る古都の旅～司郎《しろう》くんが一日百回キスしてくる～』

なんでバレたんだろうな、と俺は首をかしげてみせる。

「どうせ司郎《しろう》くんは『家族は仲良しなほうがいい』とかいって、旅行はやめようっていうんでしょ？　私の家のことになると、及《およ》び腰《ごし》だもんね」

たしかに、俺はそのあたりに二の足を踏《ふ》む傾向《けいこう》がある。

でも――。

「旅行はいこう。旅のしおり、つくってくれて嬉《うれ》しいよ」

「もうムリだよ」

「俺がなんとかする」

「なんともできないよ」

橘《たちばな》さんは投げやりにいう。婚約《こんやく》の件とかで、お母さんになにかしら思うところがあるようだ。

でも――。

「俺は、橘《たちばな》さんのお母さんはそんなに物分かりのわるいタイプじゃないと思う」

「司郎《しろう》くんは知らないからそんなこといえるんだよ」

「そうかな。旅行にいけるよう俺から頼《たの》んでみるよ」

「え？」

橘《たちばな》さんは怪訝《けげん》な顔をする。そして、なにか思いあたったようで、目を見開いていった。

「司郎《しろう》くん、どこでバイトしてるの⁉」

第27話　別れてよ！

　このところ俺は早坂《はやさか》さんと橘《たちばな》さん、柳先輩《やなぎせんぱい》に振《ふ》り回《まわ》されっぱなしだった。でも、なにもアクションを起こしていなかったわけじゃない。

「最初から、なにかあると思ってたわ。娘《むすめ》と同じ高校だし」

　オーナーの玲《れい》さんは、国見《くにみ》さんの注いだヒューガルデンホワイトを飲みながらいう。

「でも、まさかひかりの彼氏《かれし》だったとはね」

　バイトのシフトに入って、閉店したあとのことだ。

　従業員は帰り、俺たちは店のテーブルに座って話をしていた。国見《くにみ》さんが「がんばれ少年」といって、テーブルにビールとトニックウォーターを置いていってくれた。

「旅行の件はわかったわ」

　そういって、テーブルに封筒《ふうとう》を置く。

「給料を前払《まえばら》いするから、娘《むすめ》を変なところには泊《と》めないでちょうだい」

　もっとなにかいわれると思っていたが、玲《れい》さんはすんなりと旅行にいくことを承諾《しょうだく》してくれた。俺が戸惑《とまど》っていると、「高校生になった娘《むすめ》の恋愛《れんあい》に口をだすほど野暮《やぼ》じゃないわ」と玲《れい》さんはクールにいった。

「それにしても桐島《きりしま》くんはクラシックね。厳しい母親を感動的な演説で説得しようとでも思ってた？」

「最初は」

橘《たちばな》さんのお母さんが経営するライブバーの求人をみてすぐ応募《おうぼ》した。

俺たちの関係がややこしいことになっている原因が、橘《たちばな》さんと柳先輩《やなぎせんぱい》の婚約《こんやく》にあることは明らかだった。そこさえなんとかできれば、いろいろな問題が解決すると思ったのだ。

「で、実際、私と会ってみてどう思った？」

「イメージとは全然ちがいました」

スマートで、クールな人だった。ある意味、橘《たちばな》ひかりというスペシャルな女の子の母親として期待どおりではあった。

「私はね、婚約《こんやく》を解消してもいいと、ひかりにはいっているのよ」

柳先輩《やなぎせんぱい》のお父さんの会社は不動産をたくさん所有している。ここもそうで、都内の賃料としては信じられないほど低い額で、玲《れい》さんに貸しているのだった。

「本来、払《はら》うべき賃料を払《はら》うだけだもの」

でもそれをすると、店の経営に影響《えいきょう》がでる。玲《れい》さんは他の店よりも多くのお金を従業員や、ステージに立つ演奏家に支払《しはら》っている。もし賃料があがって利益が減れば、そういった人たちへの支払《しはら》いが減るかもしれないし、三つある店の数だって減るかもしれない。

「ひかりは難しいことを考えるのは苦手だけど、そういうのが直感的にわかってしまうのよ」

私もひかりに甘えてたのかもね、と玲《れい》さんはいう。

「でも、そういう前提は全てなくなったわ。もうノーリスクで婚約《こんやく》を解消できるのよ」

「え？」

きいてないのね、と玲《れい》さんはいう。

「柳《やなぎ》くんがお父さんを説得したのよ。ひかりが柳《やなぎ》くんと結婚《けっこん》するしないに拘《かか》わらず、この店の賃料は低いままにしておくって」

ということはつまり——。

「ひかりはもう自由恋愛《れんあい》よ。ただ、柳《やなぎ》くんに大きな借りをつくることになるけれど」

母親として娘《むすめ》をこういう状況《じょうきょう》にしたことを申し訳なく思うわ、もちろんあなたに対してもね、と玲《れい》さんはいう。

「でも、生きているとこういうことって起きてしまうものなのよ」

「なんとなく、わかります」

ところで、これはきいておきたいのだけど、と玲《れい》さんはいう。

「ひかりと桐島《きりしま》くんとのあいだにはもう基本的になにも壁《かべ》になるようなものがないわけだけど、君は本当にひかりを恋人《こいびと》に選んでくれるのかしら？」

玲《れい》さんのガラス玉みたいな瞳《ひとみ》が俺をみつめてくる。まるで全てを見透《みす》かしているようで、やはりこの人は橘《たちばな》さんの母親なのだと思った。そして橘《たちばな》さんよりも大人だから、それ以上はなにもいう気はないようだった。

「自由にすればいいわ。あなたたちの恋《こい》だから。ひかりだって柳《やなぎ》くんにここまでされて、ゆれないはずないでしょうし」

いずれにせよ、と玲《れい》さんは立ちあがり、俺の肩《かた》に手を置いていう。

「娘《むすめ》を泣かせないで」

◇

十二月三十一日、大晦日《おおみそか》。

居間のコタツで、橘《たちばな》さんが紅白をみながらミカンを食べている。

「うわっ、橘《たちばな》さん、お兄ちゃんと同じ食べ方してる！」

一緒《いっしょ》にコタツに入っている妹が橘《たちばな》さんの手元をみながらいう。

「スジは全部とったほうが美味《おい》しいんだよ」

橘《たちばな》さんはせっせとミカンを口に運ぶ。平和な光景だ。元日から旅行だからと、スーツケースを持った橘《たちばな》さんが俺の家に前乗りしてきたのだ。しっかり俺のジャージを着て、コタツに入って、我が家に溶《と》け込んでいる。

「俺もミカン食べよっかな」

そういって、俺もコタツに入り、ミカンを食べながらテレビをみる。俺と橘《たちばな》さんはあまり会話をしない。

「もしかして、私ジャマ？」

妹がきいて、橘《たちばな》さんは首を横にふって、じゃれあうように妹を抱《だ》きしめて倒《たお》れこんだ。

「橘《たちばな》さんいい匂《にお》いする〜」

妹が嬉《うれ》しそうにいう。

そんな感じでだらだらと時は過ぎていき、年越《としこ》しの時間が近づいてくる。

「初詣《はつもうで》いってきたら？」

母がそういうから、ずっとゴロゴロしているのもあれなので、俺はいそいそと支度《したく》をする。

妹が「ふたりきりにしてあげるね〜」なんていう。

「司郎《しろう》くん、ジャンパーかして」

「いいけど、自分のあるだろ」

橘《たちばな》さんはそれにはこたえず、俺の手からダウンジャケットを受けとった。

外はかなり寒かった。けれど大晦日《おおみそか》だけあって、人通りは多い。みんな、近くの神社に向かっている。神社に納めるための古い破魔矢《はまや》を持っている人もいた。

橘《たちばな》さんと手をつないで歩いた。スタートが遅《おそ》かったせいで、歩いているうちに年が明けて、俺たちは互《たが》いに「明けましておめでとう」といった。

神社の列に並んで、鈴《すず》を鳴らして、柏手《かしわで》を打って祈《いの》る。

けれど、俺が初詣《はつもうで》にきたのはこういうことをするためというより、なんとなく予感があったからだ。そして、その予感は的中した。

「明けましておめでとう」

そう声をかけてきたのは――。

柳先輩《やなぎせんぱい》だった。

そして先輩《せんぱい》の顔をみたとたん、橘《たちばな》さんはわかりやすく動揺《どうよう》した。困った顔をしたあと、無表情になって、どうしていいかわからないというように目を強く閉じた。

それをみて、柳先輩《やなぎせんぱい》は哀《かな》しそうな顔をした。

「戸惑《とまど》わせてしまって、ごめん」

そうだ。橘《たちばな》さんは戸惑《とまど》っている。

柳先輩《やなぎせんぱい》は父親を説得して、婚約《こんやく》を解消して、橘《たちばな》さんを自由にした。そして柳先輩《やなぎせんぱい》は彼女にいったのだ。自由になったうえで、俺と一緒《いっしょ》にいてほしい、と。

橘《たちばな》さんは、もうなにをやっても不利はない。

「別にいいんだ。俺と会いたくないなら、そうしてもらっていい。気を遣う必要なんてない」

先輩《せんぱい》はいう。

でも橘《たちばな》さんはそんなことできないだろう。先輩《せんぱい》のおかげで不自由ない暮らしを約束されながら、先輩《せんぱい》をこっぴどくふって、他の男と幸せになる自分を簡単に受け入れられるかといえば、そうじゃない。

そうするには橘《たちばな》さんは優《やさ》しすぎるし、先輩《せんぱい》への好意が大きくなりすぎている。

「俺はどこか見下していたんだ」

ダサいよな、と先輩《せんぱい》はいう。

「小さいころから、なんでも一番だったんだ。勉強も、運動も、努力しなくても人よりできた。笑顔《えがお》でいるだけで友だちはできたし、女の子も好きになってくれた。怪我《けが》をしてサッカーはあきらめたけど、また別の道で成功できるって思ってた」

恋《こい》も、そんな感覚だったらしい。

「ひかりちゃんのことも、そんな感じでなんとかできると思ってたんだ。人の心は勉強やスポーツみたいにはいかないのに。そんなこともわかってなかったんだ」

だから壊《こわ》したのだという。自分を、婚約《こんやく》という枷《かせ》を。

「なあひかりちゃん、俺はろくでもない男だったけど、これでひかりちゃんと対等になれたかな?」

「えっと……」

橘《たちばな》さんはなにかいおうとして、俺の顔をみて、口をつぐんでしまう。

先輩《せんぱい》は「いいんだ」といいながらも、しっかりとした口調でいう。

「なにも無理強《むりじ》いするつもりはないんだ。ただ、ほんの少しでも俺に好意があるなら、可能性があるなら、どうか真剣《しんけん》に考えてほしい」

橘《たちばな》さんをみすえる先輩《せんぱい》の瞳《ひとみ》には、強い意志が宿っている。

「俺は橘《たちばな》ひかりが好きなんだ。婚約《こんやく》者なんかじゃない、恋人《こいびと》になってほしい」

まるで、物語の主人公だ。まっすぐで、純粋《じゅんすい》で、自己犠牲《ぎせい》的ですらある。

橘《たちばな》さんが髪《かみ》の先をさわる。動揺《どうよう》したときのくせ。

「旅行にいくんだろ？　帰ってきてからでいい。俺、ずっと待ってるから」

先輩《せんぱい》はそういって、その場を去っていった。俺に向かってなにかいいたそうだったけど、あえていわないようにしたみたいだった。橘《たちばな》さんの前では、好きな女の子の前ではいいたくない言葉で、みせたくない顔だったのだろう。

去り際の俺への視線には親しみが一切《いっさい》なく、もう俺と柳先輩《やなぎせんぱい》が肩《かた》をならべることはないのだと直感した。

俺たちはそれから何事もなかったかのようにおみくじを引いて、結んでから家路についた。

「……司郎《しろう》くん」

橘《たちばな》さんが手をつなぎながら、寄りかかってくる。

「私を選んでよ。そしたらもう、壊《こわ》れるから」

なにも考えないから。

司郎《しろう》くんしかみないから。

だから、選んでよ。

そう、いうのだった。

◇

「司郎《しろう》くん、窓際《まどぎわ》いっていいよ」

「俺は通路側でいいよ。橘《たちばな》さん、そういうの好きだろ」

橘《たちばな》さんは子供っぽいところをたくさん残した女の子だ。窓際《まどぎわ》とか絶対、俺より好きだろ。

「司郎《しろう》くんが大人ぶる……おぎゃあのくせに……」

そういいながらも橘《たちばな》さんは窓際《まどぎわ》に座り、新幹線がホームから発車すると足をぱたぱたさせながら窓の外を眺《なが》めていた。

元日、京都に向かう東海道新幹線でのことだ。

みんな帰省を終えているタイミングだから、車内はとても空いていた。

静岡あたりまでは順調だった。よく晴れていて、俺たちは富士山《ふじさん》がみえたと一緒《いっしょ》にはしゃいでいた。しかし名古屋あたりから、新幹線が徐行運転するようになった。

雪が降り、積もりはじめたのだ。

特に米原のあたりで積雪があるため、遅延《ちえん》するという車内放送が流れた。

窓からみえる雪景色は旅情がありすぎて、俺たちは世界でふたりぼっちみたいな気分になって、どうしても『最後の旅行』という雰囲気《ふんいき》がでてしまう。

俺はどちらを選ぶか、まだ決めていない。

でも、なんだか、しんしんと降り積もる雪が俺たちの旅路に物悲しい色を添《そ》えてしまう。

考えずにはいられなかった。

この旅行が終わったら、俺は早坂《はやさか》さんか橘《たちばな》さん、どちらかと別れ、どちらかと普通《ふつう》の彼氏《かれし》彼《か》女《の》《じょ》になる。さんざんこじれたあと、いろいろな物事が終わって、そして落ち着いていく。そんなサイクルの最終局面にきていた。

冬休みに入る直前、早坂《はやさか》さんは教室でいった。

「ちゃんと帰ってきてね。帰ってきて、それで、私を選んでほしい」

早坂《はやさか》さんはいつものあの困ったような顔で、明るく笑っていた。

「桐島《きりしま》くんと橘《たちばな》さんが両想《りょうおも》いなのは知ってる。それでも私を選んでほしいの。意味わかんないよね。でも、それでもそうしてほしいの」

待ってるから、信じてるから、と早坂《はやさか》さんは祈《いの》るように俺の制服の裾《すそ》をつかんでいた。

俺はこれまで橘《たちばな》さんの家の事情があるからと、それを言い訳にして、橘《たちばな》さんと早坂《はやさか》さん、ふたりといろいろなことをしてきた。

でも、橘《たちばな》さんの家の事情は柳先輩《やなぎせんぱい》の手によってクリアされてしまった。

となれば橘《たちばな》さんと一緒《いっしょ》になって、早坂《はやさか》さんとは別れるのが筋というものだ。頭ではわかっている。でも、今まで早坂《はやさか》さんを手放さなかったのは、本当に、最初に予定したとおり一番の恋《こい》が叶《かな》わなかったときの保険としてだけだったのだろうか。

俺は橘《たちばな》さんを選んだときのことを想像する。

浮《う》かんでくるのは早坂《はやさか》さんが別の男に抱《だ》かれているシーンだった。それは柳先輩《やなぎせんぱい》かもしれないし、不特定多数の男かもしれない。

イヤだ、と思った。

そしてそんなことを考えてしまう俺の頭は浸食《しんしょく》されている。

以前、早坂《はやさか》さんが俺に吹《ふ》き込んだイメージに——。

いずれにせよどちらを選ぶかというのは深刻な問題だった。一番好きなのは橘《たちばな》さんだし、でも俺は早坂《はやさか》さんに対して純粋《じゅんすい》に大きな好意と、屈折《くっせつ》した独占欲《どくせん》を持っていることは認めざるをえなかった。

そう、屈折《くっせつ》した独占欲《どくせん》——。

「司郎《しろう》くん」

気づけば、橘《たちばな》さんがとなりから俺の服の袖《そで》を引っ張っていた。

「やめようよ、そういうの」

俺と橘《たちばな》さんはなんでも相性《あいしょう》がよくて、だから考えていることがなんとなく伝わってしまう。

でも、だからこそ橘《たちばな》さんの悩《なや》みだって俺にはわかる。

柳先輩《やなぎせんぱい》にここまでしてもらって、じゃあ自由になったからさようなら、なんてできるのか？

感動したんだろ？　好意を抱《いだ》いてるんだろ？

柳先輩《やなぎせんぱい》と早坂《はやさか》さんを大きく傷つけて、それでも俺と恋人《こいびと》としてやっていけるのか？

俺は橘《たちばな》さんに、それを問うような視線を投げかける。

むしろ橘《たちばな》さんのほうこそ、俺とは終わりにしようと考えているんじゃないのか？

そうだ。橘《たちばな》さんはまちがいなく俺のことが好きで、俺のことを理解している。だからこそ、意思の疎《そ》通《つう》が完璧《かんぺき》な俺たちだからこそ、お互《たが》い好きだけど周りのためにやめときましょう、ということができてしまう。

最後の旅行という感覚は、橘《たちばな》さんの心の奥底からきているのかもしれない。

「考えるの、やめようよ」

橘《たちばな》さんがまた子犬みたいな表情でいう。

「旅行中は、なにも考えないで楽しい気持ちでいよ？」

そんな橘《たちばな》さんの視線の先には、車内販売《はんばい》のワゴンがあった。

ちょうど中年のおじさんが呼びとめているところだ。

新幹線、車内販売《はんばい》、おじさん、楽しい気持ち――。

「絶対ダメだからな」

「司郎《しろう》くんのケチ」

しかし、俺がお手洗いにいって戻《もど》ってくると――。

「なんで買ってんだよ！」

しっかりと、ビールとスルメを手に持っているのだった。

「これでテンションあげる」

「ていうか、どうやって買ったんだよ、車内販売《はんばい》のお姉さん、売ってくれないだろ」

橘《たちばな》さんはどうみても未成年だ。

「お兄ちゃんに買っとくようにいわれたっていった。戻《もど》ってくるまでに買えてないとぶたれる、家に帰ったら折檻《せっかん》されちゃう、っていったら売ってくれた」

「めちゃくちゃいうんだよなあ」

カシュッ、と音がする。

「ちょ」

待てよ、という間もなく、橘《たちばな》さんは両手でビール缶《かん》を持ち、意を決したように強く目をつむってごくごくとのどを鳴らして飲みはじめた。

「――――ぷはぁっ！」

やれやれ。俺はシートに座ってため息をつき、覚悟《かくご》を決める。

橘《たちばな》さんの頬《ほお》がだんだんと赤らんでくる。

そして――。

「司郎《しろう》くん‼」

橘《たちばな》さんは顔をくちゃくちゃにしながら俺に抱《だ》きつき、ゆさぶってくる。

「私のこと捨てないでよ～！　なんでもするから、なんでもするからぁっ！」

酔《よ》いが醒《さ》めたら、橘《たちばな》さんを問《と》い詰《つ》めよう。

泣き上戸のくせに、なぜビールでテンションがあがると思ったのか。


新幹線は大幅《おおはば》に遅《おく》れて京都駅に到着《とうちゃく》した。立てていたスケジュールは崩《くず》れ、とりあえず京都駅から近い東寺の四天王立像と三十三間堂の千手観音像をみにいった。

「しおり、つくってくれたのにな」

「別にいい。司郎《しろう》くんと一緒《いっしょ》だったら、なんでもいい」

雪の積もった市内を、ビールのせいでグズりやすくなった橘《たちばな》さんの手を引いて歩いた。

日が暮れて、ラーメンを食べて、バスに乗って市街地を抜《ぬ》ける。

京都でも北のほう、大きな川が流れ、橋がかかり、山の寂《さび》しさを感じる場所に、俺たちの泊《と》まる旅館はあった。日本家屋の温泉宿。門をくぐり、庭園を抜《ぬ》け、母屋《おもや》に入る。

チェックインは橘《たちばな》さんがした。慣れた手つきでなにやら書き込み、玲《れい》さんがサインしてくれた未成年が泊《と》まるための同意書を渡《わた》していた。

若い仲居さんが部屋まで案内してくれる。

旅館の説明をする仲居さんはとても上品で凜《りん》としていたが、俺たちの顔をみて、わずかながらその瞳《ひとみ》に好奇《こうき》心がのぞいていた。

高校生らしき男女が旅館に泊《と》まろうというのだから、その気持ちもわかる。

そして橘《たちばな》さんはなにをごまかそうと思ったのか、突然《とつぜん》、俺の袖《そで》を引っ張っていった。

「司郎《しろう》お兄ちゃん……」

いや、それは無理があるだろ。

仲居さんは俺と橘《たちばな》さんの顔をみて首をかしげる。

「お兄ちゃん、お部屋に入ったら、ひかりの歯磨《はみが》きしてね」

仲居さんの目が大きく見開く。

「ねえ、またひかりが吐《は》くまでイジめるの？」

仲居さんが驚愕《きょうがく》の表情で俺をみる。

「ひかり、お兄ちゃんのこと大好きだよ。ぶたれても、イジめられても、お仕置きされても、大好きだよ。だから……捨てないで」

仲居さんは俺たちを部屋まで案内すると、逃《に》げるように去っていった。

「橘《たちばな》さん、遊びすぎだ」

「あんなの遊んだうちに入らないよ」

部屋にもお風呂《ふろ》はあるが、せっかくなので大浴場にいった。

露天風呂《ろてんぶろ》に入りながら、せりだした木の枝にのっていた雪が湯に落ちて溶《と》ける様をずっと眺《なが》めていた。

長風呂《ながぶろ》をしてから部屋に戻《もど》ると、浴衣《ゆかた》を着た橘《たちばな》さんはもう布団《ふとん》の中に入っていた。起きてはいるが、なにも話したくない。そんな背中だった。

俺も明日の支度《したく》をして、電気を豆球にして、自分の布団《ふとん》に入った。

畳《たたみ》の上に敷《し》かれたふたりの布団《ふとん》は、ほんの少しだけ離《はな》れている。

橘《たちばな》さんは相変わらず背中を向けている。

旅行の計画は橘《たちばな》さんが浮《う》かれているときに立てたものだから、二泊《はく》三日もある。でも俺たちはうまく楽しめないでいた。どうしても先のことを考えて悩《なや》んでしまう。

さっきみたいに一瞬《いっしゅん》だけならコミカルになれるけど、夜眠《ねむ》るときになれば、なにもごまかすことはできない。

俺はただ天井《てんじょう》を眺《なが》めつづけていた。

やがて眠《ねむ》ろうとしたとき、橘《たちばな》さんの肩《かた》が震《ふる》えていることに気づいた。暖房《だんぼう》はしっかりと効いている。

俺は橘《たちばな》さんの布団《ふとん》に入って、彼女を後ろから抱《だ》きしめた。

橘《たちばな》さんは声もださずに泣いていた。泣きながら、スマホの画面をスライドさせて、写真をみている。どれも、俺と一緒《いっしょ》に写っているものだった。

秋から冬にかけて、アオハルモードだったときのものだ。

とぼけた顔でピースサインをするふたり、生クリームを頰《ほお》につけてクレープを食べるふたり、観覧車に乗っているふたり、今日、俺が新幹線で寝《ね》ていたときのものもある。

橘《たちばな》さんはそれらをみたあと、枕元《まくらもと》にスマホを置き、俺の方に向きなおって抱《だ》きつき、キスをしてきた。一生けんめい、何度も、くちびるを押しつけてくる。

媚《こ》びるような、キスだった。

クールで誇《ほこ》り高《たか》い橘《たちばな》さんが、泣いて、媚《こ》びるようなキスをしてくるのだ。

せがむような表情が、なにをいいたいかはよくわかる。

それで、俺は手に握《にぎ》り込んでいたものを橘《たちばな》さんにみせる。

それは俺のずるさと卑怯《ひきょう》さの象徴《しょうちょう》、クズの証明。

コンドームの小さな箱。

橘《たちばな》さんはそれをみて、切なげな表情でいう。

「全部なかったことにすればいいよ。だから――」

◇

なにも考えたくない。

俺も橘《たちばな》さんと同じ気持ちで、この旅は完全な逃避《とうひ》だった。知り合いのいない土地で、雪の降る夜、布団《ふとん》のなかで好きな人の温《ぬく》もりを感じる。

互《たが》いの浴衣《ゆかた》を脱《ぬ》がし、俺たちは抱《だ》きあった。

橘《たちばな》さんのなめらかな肌《はだ》を感じる。背中をなで、太ももをなでる。橘《たちばな》さんが切ない吐息《といき》を漏《も》らしながら、求めるように舌をだす。俺はその舌を受け入れる。

強く抱《だ》きあい、体のあちこちがあたる。

うぶな橘《たちばな》さんは一瞬《いっしゅん》驚《おどろ》いて身を固くするけど、すぐになにかを決意したような顔になって、すがるように、俺に強く抱《だ》きついてくる。

橘《たちばな》さんはキスしながら、腰《こし》をしならせて、押しつけてくる。

俺たちはもっと重なりたい。こぼれ落ちそうな好きという感情を全部相手に伝えたい。

口を離《はな》すと唾液《だえき》が糸をひく。

もう、なにもなかった。俺たちには今しかなかった。

布団《ふとん》をめくって、橘《たちばな》さんの全身をみる。窓から差し込む夜の明かりに照らされた肢体《したい》は、驚《おどろ》くほど白く、きれいだった。すらりと伸《の》びた手足と、ひきしまったお腹《なか》。暖房《だんぼう》がよく効いているせいもあって、うっすらと汗《あせ》ばんでいる。

橘《たちばな》さんは全身をじっくりみられて、恥《は》ずかしそうに身をよじる。でも、彼女が身を隠《かく》すところはどこにもない。

俺は橘《たちばな》さんの足と足のあいだに自分の体を入れ、彼女に覆《おお》いかぶさる。そして橘《たちばな》さんの背中に手をまわし、ホックを外す。

これまで、橘《たちばな》さんは恋愛《れんあい》ゲームを言い訳に俺とそういうことをしていた。でも根はうぶだから、直接的なことをしたことはない。

今も、恥《は》ずかしそうに横を向いてしまっている。でも――。

全部さわって。

そう、小さな声でいってから、枕《まくら》に顔を押しつける。

俺は橘《たちばな》さんの胸を衝動《しょうどう》的に舐《な》める。舌で弾《はじ》けば、橘《たちばな》さんの体が弓なりになる。

俺の体の下で、橘《たちばな》さんの白い肢体《したい》がもだえる。

俺にだけみせる乱れた姿。

そんな橘《たちばな》さんをもっとみたくて、俺は胸をさわり、舐《な》めつづける。

橘《たちばな》さんはシーツを強く握《にぎ》りしめながら体をしならせ、腰《こし》を浮《う》かせ、それを繰《く》り返《かえ》す。

俺は橘《たちばな》さんが好きだ。感じやすいところも、本人の意思とは関係なく、はしたないくらい濡《ぬ》れてしまうところも。

橘《たちばな》さんが声にならない嬌声《きようせい》をあげつづけ、肌《はだ》を熱くしたところで、俺はその濡《ぬ》れて色の変わった下着に手をかけた。

橘《たちばな》さんは反射的に俺の両手を強くつかむ。

しばらくそうしていたけど、やがて橘《たちばな》さんは静かにその手をはなした。

俺たちは裸《はだか》になってもう一度しっかりと抱《だ》きあってキスをした。互《たが》いに体を押しあて、相手の肌《はだ》を感じあった。

それから俺は体を起こし、コンドームをひとつだして、それをつけた。

橘《たちばな》さんは口元に手をあてて、体を閉じていた。でも俺が近づいて、そっと足を開くと、まったく抵抗《ていこう》しなかった。

恥《は》ずかしいからあまりみないで。

そういう橘《たちばな》さんの表情は、本当に少女みたいだった。

俺は、橘《たちばな》さんに押しあてる。

橘《たちばな》さんが緊張《きんちよう》したのがわかった。

俺はもうとまれない。橘《たちばな》さんのなかに入りたかった。橘《たちばな》さんを自分のものにしたかった。誰《だれ》にも渡《わた》したくないし欲望をぶつけたいし、橘《たちばな》さんが二度と泣かなくていいくらい、俺の好きとという感情を伝えたかった。

沈《しず》みこむように、入っていく。スムーズだったのは最初だけだった。濡《ぬ》れているから押せば入っていくけど、狭《せま》すぎて、押し返してくるような圧迫《あっぱく》感があって、奥にいけばいこうとするほど割って入る感覚で、心配だった。

橘《たちばな》さんは感覚が鋭敏《えいびん》だ。

眉間《みけん》にしわをよせて、痛そうにしている。

俺は思わずとまってしまう。でも橘《たちばな》さんは痛そうにしながらも、首を横にふった。

だから、俺は狭《せま》いそこに押し返されないよう、強く橘《たちばな》さんに腰《こし》を押しつけた。

橘《たちばな》さんの奥まで、入った。

女の子のなかに完全に入った感覚があった。それはとても気持ちよくて、肉体的にというだけじゃなく、全てを受け入れてもらったという精神的な快感があった。

橘《たちばな》さんは、感極《かんきわ》まった表情でいう。

痛い。

そういいながら、目じりに涙《なみだ》をためたまま、俺を本当に力いっぱい抱《だ》きしめた。

しばらく、じっとしたまま、橘《たちばな》さんの息と鼓動《こどう》を感じていた。

少しでも動くと、橘《たちばな》さんが痛そうに表情を歪《ゆが》めるからだ。

でも――。

橘《たちばな》さんは苦しそうな顔をしながら、いった。

「気持ちよくなりたいわけじゃない」

そうだ。

俺たちは互《たが》いに本当に好きで、でもこれが最後の旅行になるかもしれなくて、もっと感情を確かめあいたくて、この気持ちの証拠《しょうこ》とか痕跡《こんせき》を互《たが》いに残したくて、傷つけあうみたいに抱《だ》きあいたい。

だから俺は動いた。

橘《たちばな》さんが痛がって俺の背中に爪《つめ》を立てる。でも俺は動きつづける。橘《たちばな》さんはこんなに痛がっているのに、俺はその濡《ぬ》れながら強く圧迫《あっぱく》してくる感触《かんしょく》がただ気持ちいい。すぐに快感が全身に広がっていく。

頭が、全身が、熱を帯びる。

その瞬間《しゅんかん》はすぐに訪《おとず》れた。

とてつもない快感だった。俺は思わず声を漏《も》らし、橘《たちばな》さんを強く抱《だ》きしめた。視界が明滅《めいめつ》して、橘《たちばな》さんのことが好きだという感情の奔流《ほんりゅう》に全身が押し流されるようだった。好きだ好きだ好きだ好きだ、あまりに自分の体の震《ふる》えが大きくて、頭がショートしたみたいになって、橘《たちばな》さんの白い首すじを噛《か》む。もっと噛《か》んでと橘《たちばな》さんがいって、俺はもっと強く噛《か》む。

橘《たちばな》さんの背骨が折れるんじゃないかっていうくらい強く抱《だ》く。橘《たちばな》さんは苦しそうな声を漏《も》らしながらも俺の腰《こし》の後ろで足を交差させる。

俺たちは強くつながる。

視界と意識がしっかりと戻《もど》ってきたとき、俺は脱力《だつりょく》したまま、橘《たちばな》さんに抱《だ》きしめられていた。

橘《たちばな》さんは俺の頭を抱《かか》え、俺の鎖骨《さこつ》や首すじにずっとキスを繰《く》り返《かえ》していた。

快感の余韻《よいん》のなか、橘《たちばな》さんが耳元でいった。

私、司郎《しろう》くんの女の子になっちゃった。

壊《こわ》されちゃった——。

◇

二日目、朝起きてから、橘《たちばな》さんは俺とひとことも口をきいてくれなかった。

ずっと黙《だま》ったまま。コートにロングブーツという旅装は昨日と変わらないが、キャスケット帽《ぼう》を深くかぶって顔もみせてくれない。でも俺がそろそろ出発しようとか、朝ごはんを食べにいこうとかいうと、こっくりとうなずいて、なんでもいうことをきく。

観光をはじめてからは少ししゃべるようになった。

「バスでいく？」

「………好き」

「電車でもいけそうだけど」

「………好き」

とりあえず橘《たちばな》さんがつくった旅のしおりに書き込んであるところをまわった。

橘《たちばな》さんはずっと俺の腕《うで》にしがみついていた。顔をみたくてキャスケット帽《ぼう》をひょいととると、「ふみぃっ！」と謎《なぞ》の声をだしながら帽子《ぼうし》を取り返し、また深くかぶって、「恥《は》ずかしいからみないで！」と怒《おこ》っていた。

そんな感じで、清水寺に参って、三年坂を歩き、お香《こう》を買ったりした。

その夜、俺は布団《ふとん》に入ってすぐに眠《ねむ》りに落ちた。またしたいとか考えないわけではなかったけど、橘《たちばな》さんは昨夜あんなに痛がっていたし、恥《は》ずかしくて顔もみられなくなっていたから、そういうことはないと思ったのだ。

でも深夜、まどろみからさめれば、橘《たちばな》さんが俺の布団《ふとん》のなかにいた。

俺の上にのって、俺の首すじや胸板《むないた》に一生けんめいキスをしているのだ。そして俺が起きたのに気づくと、せがむような顔をする。

橘《たちばな》さんは、すでに下着姿だった。

俺は一瞬《いっしゅん》でスイッチが入って、橘《たちばな》さんを組《く》み敷《し》いていた。

橘《たちばな》さんは期待に満ちた視線で俺をみながら「して」という。

俺は橘《たちばな》さんにキスをして、体をさわる。彼女は感じやすいから、それだけでまた腰《こし》を浮《う》かす。

首すじに昨夜噛《か》んだ跡《あと》が残っていて、血がにじんでいる。俺は「ごめん」と謝りながらそこを舐《な》めた。

「平気、嬉《うれ》しかったから……」

俺たちは強く抱《だ》きあう。

昨日の快感を思いだして、俺はまたすぐにしたくなる。橘《たちばな》さんはそれを察して、「いいよ」という。下着を脱《ぬ》がしてみれば、橘《たちばな》さんはもう完全にできあがっていた。

「司郎《しろう》くんが私の布団《ふとん》にきてくれないから……なかなか起きてくれないから……」

指で、していたという。

俺はまた橘《たちばな》さんのなかに沈《しず》んでいく。相変わらず狭《せま》くて、圧迫《あっぱく》感がある。

全て入ったときの橘《たちばな》さんの表情は痛いというよりも、苦しいという感じのものだった。

「司郎《しろう》くんが入ってるのわかる……内側で全部感じる……」

俺はもう橘《たちばな》さんを痛くしたくなかったから、最初はほとんど動かなかった。

つながったまま抱《だ》きあって、キスをして、胸をさわったり、耳を舐《な》めたりした。

そしてそのあとで、とてもゆっくりと動いた。

橘《たちばな》さんは苦しそうな顔から、満足げな表情へと変化していった。

「司郎《しろう》くん、好きだよ」

俺たちはとても深く抱《だ》きあった。

そうだ。

俺たちは互《たが》いのことが好きで、その感情を伝えたくて抱《だ》きあって、でも抱《だ》きあうだけじゃ全然足りないくらい好きで、足りないことを伝えたいからさらにキスをして、こういう行為《こうい》だってする。この行為《こうい》は不健全なものでも忌避《きひ》されるものでもない。

とても尊い行為《こうい》だ。そう、思った。

そうやって互《たが》いの感情を確認《かくにん》するようにさわりあっているときだった。

橘《たちばな》さんに変化があらわれた。

恍惚《こうこつ》とした表情になって、吐息《といき》に甘いものがまじっている。俺はついつい強く動いてしまう。

すると橘《たちばな》さんはさらに蕩《とろ》けた顔になって、喘《あえ》ぎはじめた。

橘《たちばな》さんの姿が煽情的《せんじょうてき》で、俺は思わず強く打ちつけてしまう。

水音が立つ。

橘《たちばな》さんが甲高《かんだか》い声をあげる。

俺はさっき、この行為《こうい》を尊いものだと思った。でも、もっと特別で、もっと取り返しのつかないものかもしれない。

そんな一瞬《いっしゅん》の思考は、簡単に快楽に上書きされる。

橘《たちばな》さんは自分のそこが立てた水音をトリガーに、完全にスイッチが入ったようで、俺の体の下にいながら、自分から腰《こし》を動かしはじめる。

いつもなら「ちがうの、腰《こし》が勝手に……」とかいいそうなものだが、橘《たちばな》さんはもう我を忘れている。

「司郎《しろう》くん……好きっ……あ、あっ……好き、司郎《しろう》くん……あっ……」

うわごとのように繰《く》り返《かえ》す。

何度も体を跳《は》ねさせながら、その間隔がどんどん短くなってきて、それと共に、俺は強く締《し》めつけられる。

そして——。

橘《たちばな》さんはひときわ甲高《かんだか》い声をあげて、全身を震《ふる》えさせた。その震《ふる》えがそこから俺にもダイレクトに伝わってきて、とてつもない快感の波が押し寄せる。

昨夜、俺に訪《おとず》れたものが橘《たちばな》さんにも訪《おとず》れたのだと思った。

だから——。

俺はさらに強く動いた。

「司郎《しろう》くん！　ダメ！　今、動かないで！」

これ以上されたらおかしくなる、と橘《たちばな》さんは悲鳴に似た喘《あえ》ぎ声をあげる。

おかしくなってほしかった、壊《こわ》れてほしかった。

俺だけの女の子になってほしかった。この旅行のあとがどうなるかとか、どの立場でそんなことを思うのかとか、そんないい人ぶった建前なんてどうでもよかった。

俺は人間で感情だった。

俺は体の下でもだえる橘《たちばな》さんをおさえつけ、耳元でいう。

「俺の女の子だろ」

橘《たちばな》さんは喘《あえ》ぎながら、何度も首を縦にふり、司郎《しろう》くんの女の子だよ、という。

「好きなの、俺だけだろ」

橘《たちばな》さんは体を震《ふる》わせながら、また何度も首を縦にふり、司郎《しろう》くんだけ好きでいる、という。

もう、俺も我慢《がまん》できなくなる。

快感がせりあがってくる。

そして、昨夜と同じ快感の奔流《ほんりゆう》に流された。

ふたりで、部屋に付いているお風呂《ふろ》に入っていた。

小さいけど檜風呂《ひのきぶろ》で、ちゃんと温泉だった。

橘《たちばな》さんは俺に抱《だ》かれながら、ずっと惚《ほう》けた顔をしている。時折、俺のほうに顔を向け、軽くくちづけをして、また惚《ほう》けた顔をする。

濡《ぬ》れた黒い髪《かみ》、雫《しずく》が白いうなじを伝う。

湯にあたためられた肌《はだ》はやわらかい。

美しくて、ずっとみていられる。

「ねえ司郎《しろう》くん」

橘《たちばな》さんは俺に寄りかかったままいう。

「私、もう離《はな》れられない。司郎《しろう》くんに狂《くる》っちゃったから」

◇

帰りの新幹線、橘《たちばな》さんはずっと俺に寄りそっていた。

膝《ひざ》の上で寝《ね》てみたり、体を起こしたと思ったら俺の首すじを甘嚙《あまが》みしたり、俺の手を両手で握《にぎ》って、時折、指を嚙《か》んでみたり、とにかく俺の体のどこかをさわりつづけていた。

新幹線が東京に近づくにつれ、俺はこの先のことについて考えようとする。

この旅行が刹那《せつな》的だったことは明らかだった。

『全部なかったことにすればいいよ』

橘《たちばな》さんはこういっていたが、あの夜のことをなかったことにできるのだろうか。

俺たちは以前と決定的にちがってしまっているんじゃないだろうか。

それを前提に、このあとどうすればいいかを考えようとする。

けれど、昨夜の甘い記憶《きおく》の残り香で、うまく考えがまとまらない。

そうこうしているうちに、新幹線は東京駅に到着《とうちゃく》した。

橘《たちばな》さんのスーツケースを転がしてホームを歩く。その橘《たちばな》さんは俺の腕《うで》を抱《だ》きこみながら、ずっとくっついている。

「ねえ司郎《しろう》くん」

橘《たちばな》さんが顔をあげていう。

「このあと家こない？　お母さん、遅《おそ》くまで帰ってこないし……」

なんて会話をしているときだった。

ホームに見知った人影《ひとかげ》をみつけた。

キャメルのピーコートを着た、かわいらしい女の子。

彼女は俺たちをみつけると、こちらに近づいてきた。

早坂《はやさか》さんだ。

「ごめんね」

いつもの困ったような笑《え》みを浮《う》かべながらいう。

「なんか、不安だったんだ。このまま桐島《きりしま》くんも橘《たちばな》さんもどっかいっちゃいそうな気がして」

だから入場券でホームに入って、俺たちが帰ってくるのを待っていたらしい。

「それに、やっぱり気が気じゃないっていうか。ほら、桐島《きりしま》くんが戻《もど》ってきたら選んでもらうわけだし……もし桐島《きりしま》くんがもう決めてるなら、早めに結果、知りた──」

そこで早坂《はやさか》さんの言葉が途切《とぎ》れる。

俺と橘《たちばな》さんの顔をみて、組んだ腕《うで》に視線をやって、そのときにはもう表情が消えている。

そして、感情のない声色《こわいろ》でいった。

「したんだね」

時が止まったかのような感覚。

橘《たちばな》さんがぎゅうっと俺の腕《うで》をさらに強く握《にぎ》る。

早坂《はやさか》さんの虚《うつ》ろな目が、その組まれた腕《うで》に向けられる。

「……私、バカだよ」

バカでどんくさい女の子だよ、と早坂《はやさか》さんはいう。

「でも、わかるんだよ。そういうの、わかっちゃうんだよ」

そこで早坂《はやさか》さんはまた困ったような笑《え》みを浮《う》かべた。

「桐島《きりしま》くんもなんでしちゃうかなあ、私とは全然しなかったくせにさあ」

明るい声だけど、かなり無理している。

だから、うつむいてしまう。

「ひどいよ、ふたりとも、ひどいよ」

前髪《まえがみ》が垂れて、その表情はうかがい知れない。

俺は彼女になにか声をかけようと、一歩近づこうとするが、橘《たちばな》さんが俺の腕《うで》をつかんで離《はな》さない。まるで、いかないでといっているみたいだ。

早坂《はやさか》さんはしばらく黙《だま》りこんだあと、少し投げやりな口調でいう。

「別にいいけどさ」

場の空気が鋭《するど》くなる。

「別に橘《たちばな》さんと桐島《きりしま》くんがしちゃってもいいって思ってたよ。ホントだよ。なんなら、早くしちゃってよって思ってた」

だって――。

「ペナルティあるもん。抜《ぬ》け駆《が》け禁止のペナルティ」

それはずっと俺が教えてもらえなかったふたりの約束。

「いいよね。好きな人と、初めて同士でできてさ。私はもう、それできないね。橘《たちばな》さんがしちゃったから。一生、一番になれないね。でも、いいよ。それ、ゆずってあげる」

だから代わりに――。

「約束守ってよ。橘《たちばな》さん、ちゃんと約束守ってよ」

早坂《はやさか》さんが抑揚《よくよう》なくいう。

橘《たちばな》さんは俺に隠《かく》れるように一歩さがる。

俺にはなにをいっているのかわからない。でも、ふたりのあいだでは通じている。

「桐島《きりしま》くん、もう選ばなくていいよ」と早坂《はやさか》さんはいう。

「どういうことだ？」

「決まったから。橘《たちばな》さんが抜《ぬ》け駆《が》けしたから、もう選ばなくていいの、決まったの」

抜《ぬ》け駆《が》け禁止のペナルティはね、と早坂《はやさか》さんはいう。

「別れなきゃいけないの。抜《ぬ》け駆《が》けしたほうが桐島《きりしま》くんと別れるって約束だったの。だから橘《たちばな》さんは桐島《きりしま》くんと別れなきゃいけないの」

約束守ってよ。

そういいながら顔をあげた早坂《はやさか》さんは、泣いていた。

目からぼろぼろと涙《なみだ》があふれ、洟《はな》をすすり、なにかをいおうとするけど、嗚咽《おえつ》がまじって、なにもいえなくなって、子供みたいに泣いていた。

でも、力を振《ふ》りしぼって、橘《たちばな》さんに向かっていった。

約束でしょ。

桐島《きりしま》くんと、別れてよ。

「今すぐ、別れてよ！」

つづく

あとがき

読者の皆様《みなさま》こんにちは、作者の西条陽《にしじょうよう》です。

三巻もお読みいただき誠《まこと》にありがとうございます。

早坂《はやさか》ぁ～、という感じになりましたね。

おそらく早坂《はやさか》は橘《たちばな》が旅行で抜《ぬ》け駆《が》けするであろうことは予感していて、それでも桐島《きりしま》が自分のものになるならかまわないと考えたのではないでしょうか。

肉を斬《き》らせて骨を断《た》つ作戦ですね。

しかし、明らかに肉だけじゃなく骨まで斬《き》らせちゃってるんで、取り返しのつかないことになってしまった気がします。

他ならぬ早坂《はやさか》が一番、『彼氏彼女《かれしかのじょ》がすること』に重きを置いていたわけですし。

こういう読みの浅いところがポンコツたるゆえんでしょう。

一方、橘《たちばな》は吐《は》きましたね。

二番目彼女から嘔吐《おうと》ヒロインが生まれるのは想定外でした。

かわいいといえる範囲《はんい》だと思うので、読者の皆様《みなさま》におかれましては、温かい目で見守っていただければ幸いです。

さて、四巻はどうなるんでしょう？

ふたりの女の子の鋭角《えいかく》な感情が激突必至《げきとつ》といったところでしょうか。書くのがちょっと怖《こわ》いです。

なんとかしてくれ桐島《きりしま》、という気持ちです。

桐島《きりしま》は書いていてとても面白《おもしろ》い男です。頭でっかちなことを考えてすぐ失敗して、女の子に翻弄《ほんろう》されて、そんな状況《じようきよう》でうじうじ悩《なや》むかと思いきや、赤ちゃんになったり、幸せの白い粉を鼻から吸ってキマりまくったり、無駄《むだ》にノリがいい。

立派に主人公していると思います。

普通《ふつう》の人なら、ビジュアルは一級品とはいえ修羅《しゆら》みたいな感情を振《ふ》り回《まわ》す女の子ふたりに両手を引っ張られたら裸足《はだし》で逃《に》げだすんじゃないでしょうか。

あと、桐島《きりしま》の特徴《とくちよう》としては強い肯定《こうてい》の力を持っていると感じます。早坂《はやさか》に清楚《せいそ》なイメージとギャップがあってもありのままを受け入れますし、橘《たちばな》の気持ちが柳《やなぎ》の方に揺《ゆ》れても、そういうこともあると受け止めます。橘《たちばな》を責めないし、でも自分のなかに嫉《しつ》妬《と》という感情があることはちゃんと認めます。

肯定《こうてい》できるというのは素晴《すば》らしい美徳だと思います。

早坂《はやさか》と橘《たちばな》が桐島《きりしま》のことを好きなのは、そういう部分なんでしょう。

何事にもポジティブで肯定《こうてい》的な人物というのはいつの時代も好ましいですから。

桐島《きりしま》がふたりの女の子に好かれていることについて、作者は違和感《いわかん》がありません。

というのも、女の子って割と、顔がいいとか、お金を持ってるとか、オシャレとか、そういうカタログスペックみたいな部分を気にしてない人が多い気がしています。テレビとかだとこういう意見がわかりやすくて面白《おもしろ》いから大きく取り上げられますが、実際のところ、多くの女の子が別にそこまで求めてないけど、みたいな感じで、懐《ふところ》の深い人が多い印象です。

じゃあ、どういう男が女の子に好かれやすいかというと、周りをみていると『なんか憎《にく》めないやつ』が当てはまる気がします。いいやつであるとか正しさとかトラウマを解決する必要もなくて、ただ自然体で、よくわからないけど前向きなやつです。

つまり桐島《きりしま》です。（笑）

スクール水着を着て幼児になるようなぶっとんだことをしても、「とんだおてんば小学生だな」のひとことで済ませてくれる男は、女の子からしたらかなり安心感があるんじゃないでしょうか。一緒《いっしょ》にいて気楽、とはまさにこういうことなのかな、と。

まあ、作者による主人公の擁護《ようご》も多分に含《ふく》まれてるので、この桐島《きりしま》モテ理論は眉唾《まゆつば》と思っていただいて全然大丈夫《だいじょうぶ》です。

いずれにせよ物語が成立しているのはひとえに肯定《こうてい》の力によるものです。

桐島《きりしま》もそうだし、早坂《はやさか》と橘《たちばな》も、自分たちに生じた感情や関係性が世間的に否定されるものであっても、「だからなに？」とばかりに自分の感情を素直《すなお》に認めます。

四巻も桐島《きりしま》たち登場人物の肯定《こうてい》の力を頼《たよ》りに、彼らの想《おも》いや行動をあるがままに書きとめていきたいと思います。

まだ一文字も書いてませんが、どうか楽しみにお待ちください。

さて、それでは謝辞です。

担当編集氏、電撃《でんげき》文庫の皆様《みなさま》、校閲《こうえつ》様、デザイナー様、本をならべてくださる書店の皆様《みなさま》、特典をつけてくださる販売《はんばい》店の皆様《みなさま》、本書にかかわるすべての皆様《みなさま》に感謝致《いた》します。

そしてRe岳《れたけ》先生、今回も素敵《すてき》なイラストありがとうございます！

一巻、二巻と最高のイラストを描《か》いていただいて、さらにこの三巻の表紙！　かわいい、色気がある、だけじゃなく、そこはかとなく漂《ただよ》う不穏《ふおん》さまで表現されていて、感激しました。上品さとイケナイ雰囲気《ふんいき》のどちらもあって、まさにオンリーワンのイラストで嬉《うれ》しかったです。本当にありがとうございます！

最後に読者の皆様《みなさま》、重ね重ねありがとうございます！

読者の皆様《みなさま》はまちがいなく肯定《こうてい》の力を持っています。この不健全で不道徳な物語を受け入れてくださるその懐《ふところ》の深さに感謝しかありません。

桐島《きりしま》たちのどんどん加速する物語に今しばらくお付き合いいただけると幸いです。

一線を越《こ》えてしまったライトノベル、二番目彼女を今後ともよろしくお願いします！

◉西　条陽著作リスト

「世界の果てのランダム・ウォーカー」（電撃文庫）
「世界を愛するランダム・ウォーカー」（同）
「天地の狭間のランダム・ウォーカー」（同）
「わたし、二番目の彼女でいいから。 1〜3」（同）

本書に対するご意見、ご感想をお寄せください。

ファンレターあて先
〒 102-8177　東京都千代田区富士見 2-13-3
電撃文庫編集部
「西　条陽先生」係
「Re岳先生」係

本書は書き下ろしです。

電撃文庫

わたし、二番目《にばんめ》の彼女《かのじょ》でいいから。3

西《にし》 条陽《じょうよう》

◇◇◇

2022年5月10日　初版発行

発行者　青柳昌行
発行　株式会社KADOKAWA
〒102-8177　東京都千代田区富士見2-13-3
0570-002-301（ナビダイヤル）
装丁者　荻窪裕司（META＋MANIERA）
印刷　株式会社暁印刷
製本　株式会社暁印刷

ISBN978-4-04-914232-7　C0193　Printed in Japan

電撃文庫　https://dengekibunko.jp/

電撃文庫創刊に際して

文庫は、我が国にとどまらず、世界の書籍の流れのなかで〝小さな巨人〟としての地位を築いてきた。古今東西の名著を、廉価で手に入りやすい形で提供してきたからこそ、人は文庫を自分の師として、また青春の想い出として、語りついできたのである。

その源を、文化的にはドイツのレクラム文庫に求めるにせよ、規模の上でイギリスのペンギンブックスに求めるにせよ、いま文庫は知識人の層の多様化に従って、ますますその意義を大きくしていると言ってよい。

文庫出版の意味するものは、激動の現代のみならず将来にわたって、大きくなることはあっても、小さくなることはないだろう。

「電撃文庫」は、そのように多様化した対象に応え、歴史に耐えうる作品を収録するのはもちろん、新しい世紀を迎えるにあたって、既成の枠をこえる新鮮で強烈なアイ・オープナーたりたい。

その特異さ故に、この存在は、かつて文庫がはじめて出版世界に登場したときと、同じ戸惑いを読書人に与えるかもしれない。

しかし、〈Changing Times,Changing Publishing〉時代は変わって、出版も変わる。時を重ねるなかで、精神の糧として、心の一隅を占めるものとして、次なる文化の担い手の若者たちに確かな評価を得られると信じて、ここに「電撃文庫」を出版する。

1993年6月10日
角川歴彦

電撃文庫DIGEST　5月の新刊

発売日2022年5月10日

続・魔法科高校の劣等生 メイジアン・カンパニー④

【著】佐島 勤　【イラスト】石田可奈

達也はFEHRと提携のため、真由美を派遣する。代表レナ・フェールとの交渉は順調だが、提携阻止を目論む勢力が真由美たちの背後に忍び寄る。さらにはFAIRもレリックを求めて怪しい動きをしており——。

豚のレバーは加熱しろ（6回目）

【著】逆井卓馬　【イラスト】遠坂あさぎ

メステリア復興のため奮闘を続ける新王シュラヴィス。だが王朝を挑発するような連続惨殺事件が勃発し、豚とジェスはその調査にあたることに。犯人を追うなかで、彼らが向き合う真実とは……。

わたし、二番目の彼女でいいから。3

【著】西 条陽　【イラスト】Re岳

橘さんと早坂さんが俺を共有する。「一番目」になれない方が傷つく以上、それは優しい関係だ。歪で、刺激的で、甘美な延命措置。そんな関係はやがて軋みを上げ始め……俺たちはどんどん深みに堕ちていく。

天使は炭酸しか飲まない2

【著】丸深まろやか　【イラスト】Nagu

優れた容姿とカリスマ性を兼ね備えた美少女、御影冴華。彼女に恋する男子から相談を受けていた久世高の天使に、あろうことか御影本人からも恋愛相談が……。さらに、御影にはなにか事情があるようで——。

私の初恋相手がキスしてた2

【著】入間人間　【イラスト】フライ

水池さん。突然部屋に転がり込んできて、無口なやつで……そして恐らくは私の初恋相手。彼女は怪しい女にお金で買われていた。チキと名乗るその女は告げる。「じゃあ三人でホテル行く？　女子会しましょう」

今日も生きててえらい!2 ～甘々完璧美少女と過ごす3LDK同棲生活～

【著】岸本和葉　【イラスト】阿月 唯

俺と東条冬季の関係を知って以来、やたらと冬季に突っかかってくるようになった後輩・八雲世良。どうも東条冬季という人間が俺の彼女として相応しいかどうか見極めるそうで……!?

サキュバスとニート② ～くえないふたり～

【著】有象利路　【イラスト】猫屋敷ぷしお

騒がしいニート生活に新たなる闖入者！　召喚陣から飛び出してきた妖怪《飛縁魔》の乃艶。行き場のない乃艶に居候してもらおうと提案する和友だったが、縄張り意識の強いイン子が素直に承服するはずもなく……？

新作 ひとつ屋根の下で暮らす完璧清楚委員長の秘密を知っているのは俺だけでいい。

【著】西塔 鼎　【イラスト】さとうぽて

黒河スヴェトラーナは品行方正、成績優秀なスーパー委員長である。そして数年ぶりに再会した俺の幼馴染でもある。だが、黒河には〝ある〟秘密があって——。ビビりな幼なじみとの同居ラブコメ！

新作 学園の聖女が俺の隣で黒魔術をしています

【著】和泉弐式　【イラスト】はなこ

「呪っちゃうぞ！」。そう言って微笑みながら近づいてきた冥先輩にたぶらかされたことから、ぼっちだった俺の青春は、信じられないほども楽しい日々へと変貌する。しかし順調に見えた高校生活に思わぬ落とし穴が——

新作 妹はカノジョにできないのに

【著】鏡 遊　【イラスト】三九呂

春太と雪季は仲良し兄妹。二人でゲームを遊び、休日はデートして、時にはお風呂も一緒に入る。距離感が近すぎ？　いや、兄にとってはいつまでもただの妹だ。だがある日、二人は本当の兄妹じゃないと知らされて!?

チアエルフがあなたの恋を
応援します!
石動 将
Illust. 成海七海
Cheer Elf ga anata no koi wo ouen shimasu!
「あなたの片想い、
私が叶えてあげる!」
恋に諦めムードだった俺が道端で拾ったのは——異世界から来たエルフの女の子!? 詰んだと思った恋愛が押しかけエルフの応援魔法で成就する——? 恋愛応援ストーリー開幕!
電撃文庫

『命《タマ》とられちゃったけど、
文句あるか？』
陸道烈夏
illust
らい
この少女、元ヤクザの
組長にして——!?
守るべき者のため、
兄（高校生）と妹（元・組長）が蔓延る悪を討つ。
最強凸凹コンビの
任侠サスペンス・アクション！
タマ
とられちゃったよおおおぉ
YAKUZA GIRL
電撃文庫

その日、高校生・稲森春幸は無職になった。
親を喪ってから生活費のため労働に勤しんできたが、
少女を暴漢から救った騒ぎで歳がバレてしまったのだ。
路頭に迷う俺の前に再び現れた麗しき美少女。
彼女の正体は……ってあの東条グループの令嬢・東条冬季で――!?

電撃文庫